シャッター・マウンテン

北林一光

角川文庫
19017

目次

プロローグ

春～北アルプス山中漆沢渓谷

三月中旬。

かつて多くの登山者の往来で賑《にぎ》わった、北アルプス穂高《ほたか》連峰に繋《つな》がる旧登山道。今は廃道となり、風雨に晒《さら》され朽ちるがままの手摺《てすり》や踏板が往時を偲《しの》ばせるにすぎない、獣道のような筋沿いに、渓深《たに》い漆沢《うるしざわ》渓谷がある。

近年つづいている暖冬現象は標高二千メートルに近いこの地にもおよび、ことに今冬は平均気温で四～五度も平年を上まわっていると、地元測候所は発表していた。

二月には、この季節としては異例の摂氏プラス十度以上を記録した日が七日もあり、またぞろ「異常気象だ」と騒ぎ出す輩《やから》もいた。気圧配置は北高南低の梅雨型になることが多く、雲海が発生しやすい。つまり標高千メートル以下の地域は、雲に沈んで濃霧が視界を閉ざすが、それより上の地域は呆《あき》れるほどの快晴ということが、間々あった。

こういう天候は意外なほどの温暖を招く。もちろん山稜《さんりょう》は麓《ふもと》とは比較にならないいかめしい氷雪の鎧《よろい》を身につけているものの、積雪量は往年に比してはるかに少ない。陽当たりのよい斜面や、白濁した雪代水が岩を嚙《か》む渓流の近辺には、冬枯れの草や地肌がのぞいている箇所もあり、四月以降の本格的な雪解けの季節を思わせる情景がそこここに見られた。

この日も山男たちが「桔梗色《ききょういろ》」と呼ぶ、独特の淡い優しげな空の色が広がり、春の訪れがそう遠からぬことを告げていた。ビギナーやハイキング気分の観光客は排除され、山はほんのひと握りのベテラン・アルピニストたちだけに懐を開いている。降雪が本格化する十一月の初旬に閉山し、四月も下旬にならなければ山開きとはならない。

残すところ一ヶ月あまり。

獣や鳥たちの〝眠《ねむ》りの楽園〟と化した山は、まだしばらく彼らに安寧を約束しているはずだった。

渓谷の比較的緩やかな斜面にふたつの岩が重なり合い、その隙間のような狭い岩穴からツキノワグマが躰《からだ》を絞るように這《は》い出してきた。

クマは寝たり起きたりの冬眠状態をすでに終え、二、三日ほど前から鳥の声や上空を行きすぎる飛行機の音に敏感に反応するようになり、と同時に苛立《いらだ》ちをあらわにしていた。穴の外を眺めては頸《くび》を引っ込めることを何日か繰り返した末、とうとう外出する決心をしたらしい。例年よりかなり早い眼醒《めざ》めだった。

外に出て久しぶりの陽射しを全身に浴びたクマは、それでも機嫌が悪そうだった。本来であればミズナラやブナが群生する広葉樹林帯で冬ごもりをするはずなのに、人間に追われ棲処《すみか》を失い、標高の高い場所にねぐらを構えるハメになったことを呪っているのかもしれないし、冬ごもりの間に二頭の仔《こ》グマを産み、これから先、自分だけではなく幼くて脆《もろ》い生命《いのち》をも繋がねばならないと思い至り、少し憂鬱《ゆううつ》に感じたのかもしれない。

クマは冬眠明けの躰慣らしのつもりか、うろうろと斜面を徘徊《はいかい》した。

樹木という樹木が雪と氷に覆われ、眼に痛いほどの輝きを放っている。何を思ったのか、突然、そのうちの一本に激しく体当たりした。大量の雪が枝を軋《きし》ませて落下し、雪を被《かぶ》って真っ白になった。さっきまで不機嫌だったクマはアクシデントを喜ぶように低く唸《うな》り、全身を震わせて雪を払った。その行為に何らかの必然があるのか、それともただの気まぐれな遊戯にすぎないのか、人間に推し量る術《すべ》はない。

とその時、「ヒュッ」という人間の口笛とも風音ともつかぬ音を聞いてクマは斜面を振り仰ぎ、すぐに異常を察して駆け出した。

しかし、すでに遅かった。

低い地鳴りが轟《とどろ》いたかと思うと、絶壁の頂上付近に凄《すさ》まじい雪煙が立ち、瞬《また》く間に雪崩が斜面を抉《えぐ》った。冬眠から還《かえ》ったばかりのクマは、つい今しがた彼女を喜ばせたものとは思えない、凶暴な津波と化した雪に呑《の》み込まれ、渓の底深くへ落下して行った。

唯一の幸福は、生まれたばかりで生きる術を持たない仔グマたちもまた、岩もろとも母の後を追ったことだった。少なくとも一緒に冥土《めいど》へ旅立てる。

ただでさえ人を拒む季節、しかも昨今は登山者の往来などまったく期待できない場所だったから、渓谷で発生したこの雪崩を、そして、ツキノワグマの親子に降りかかった悲劇を、目撃した人間はもちろん誰もいなかった。

ツキノワグマの不幸は別にして、雪崩そのものはこの山ではめずらしくもないできごとだったし、規模もさほど大きなものではなかった。が、早くもはじまった雪解けの水が、地下水位を押しあげ、地盤が緩んできたところに発生したブロック雪崩は、ただでさえ脆《もろ》い山肌を惨《むご》たらしく抉《えぐ》り、山腹の樹木を根こそぎ払い除《の》け、渓へ流れ込み、きたるべき地滑りへの序章《プロローグ》となった。

ほぼ一ヶ月がすぎ、山開きの儀式を数日後に控えた日の夕刻、同じ場所にそれは発生した。後に「漆沢大崩落」と呼ばれることになる、大規模な地滑りだった。

地滑りによって押し流された大量の土砂は、自然の堰堤《えんてい》と化し、渓流を塞《せ》き止めてちょっとした湖ほどもある淵《ふち》を形成した。

一連の異変はすべて、人の眼に触れることはなかった。

大崩落の事実は五月下旬、渓谷から一キロほど下った処に建つ山小屋の主人、田沼久《たぬまきゅう》作《さく》によってようやく発見され、営林署などの監督官庁に知らされた。

渓流釣りをたしなむ久作が、ひと頃から川の流れに変化が生じたことに気づき、普段ならめったに立ち入らない漆沢にまで足を延ばし、自然がこしらえた巨大な造形に出くわしたのだ。

もともと深山幽谷の呼称にふさわしい人を寄せつけない雰囲気に満ちた漆沢だったが、底知れない闇を湛《たた》えた大淵《おおぶち》の出現は、より一層、この渓に神秘的な色彩と静謐《せいひつ》をもたらすことになった。

しかし久作も、そしてほかの誰も、土砂と一緒に水中に没した夥《おびただ》しい数の人骨のことは知る由もなかった。

かつて〈虐げられた〉人々が、〈虐げた〉側の人間たちの眼が、決して届かない高台に密《ひそ》かにこしらえた墓地。その墓地が、地滑りとともに崩壊したのだった。

入梅間近の六月初旬のある日、そうとは知らぬ久作が、人骨を呑《の》んだ淵に気まぐれに釣糸を垂れた。

渓は極端な二面性を持っている。木洩《こも》れ陽《び》射す明るい渓は、何ものにも替えがたい至福感をもたらすし、逆に光の届かない暗い渓は、陰々滅々とした気分に人を陥らせる。

漆沢は間違いなく後者の渓だった。

両岸にそそり立つ圧するような絶壁、真昼でも陽射しを遮る鬱蒼《うっそう》とした樹々、寒々と吹き抜ける川風、苔《こけ》むした岩が放つ湿った匂い、自分の鼓動すら聞き取れそうなほどの静けさ。静寂の底に黒く横たわる淵だが、そのての場所は、イワナが好んで居着くポイントでもあった。

読みは当たり、すぐに大物らしき魚の手応《てごた》えが竿《さお》を絞り込んだ。しかし、釣りあげた魚は久作を喜ばせはしなかった。

それは保護色を失った真っ白いアルビノのイワナだった。

色も不気味だったが、五十センチに迫ろうかという体長の割に、体高が低いイワナはどうかすると白蛇のようにも見え、久作をひどく驚かせた。白いイワナなんぞ見たことはおろか、半世紀におよぶ長い山の生活の中で耳にしたことすらない。

久作はその魚をすぐに淵に戻した。

巨大な尾鰭《おひれ》を翻して魚が淵に沈むのを見届けた久作は、その場所にとどまることがふいに恐ろしくなった。ただでさえ濃密な漆沢の静けさが、密度を増して重苦しくのしかかり、不気味なものがひたひたと押し迫ってくるようだった。

山では時々、こんな気分に陥ることがある。

ちょっとしたきっかけで、あるいは理由らしい理由など何もないのに、大の男がふいに落ち着きを失ったり、子供のように怯《おび》えたりするのだ。ある者は、「山の気に当たった」のだと言い、ある者は「何かに憑《つ》かれた」のだと表現する。

久作はまさに得体の知れないものに「取り憑かれた」ような気がした。経験から知り得た対処の仕方はただひとつ。さっさと逃げてしまうことだ。恐怖の源泉をじっくり見極めようとしたり、芽吹いた恐怖心に抗《あらが》ったりすることは、勇敢な行為かもしれないが、決して賢明とは言えない。

久作は迷いなく竿を畳み、その場を立ち去ろうとした。

が、さらなる不可解な現象が、彼を襲った。

淵の底に淡い光が点《とも》ったのだ。

サッカーボール大の蒼白《あおじろ》い光は、呼吸のような間合いで明滅を繰り返した。

怯《おび》え半分、好奇心半分で久作が見入っていると、最初のひとつに呼応するように、いくつもの光が点り、明滅をはじめた。

決して明るい光ではない。ホタルが放つような仄《ほの》かで滲《にじ》むような光だった。やがて数え切れないほどに数を増し、淵全体が脈動するように、息衝《いきづ》くように輝きはじめた。辛うじて久作をとどまらせていた好奇心は一気に萎《な》え、怯えだけが息苦しいほどに膨らんだ。

久作はすぐさま踵《きびす》を返し、小走りに渓流を駆け下った。濡《ぬ》れた岩場に足を滑らせ、危うく転倒しそうになりながらも、息があがるまで走りつづけた。後ろを振り返ることすらせずに。

以来、彼は白いイワナを恐れ、渓《たに》深いこの淵を忌避し、再び近づこうとはしなくなった。

一日目　豪　雨

1

午後、夏の毒々しい紫外線をばらまいていた太陽が急に翳《かげ》り、黒々とした雨雲が墨が広がるように四方の霊峰を呑みほしたかと思うと、雷をともなった凄《すさ》まじい雨があっという間に辺りを水浸しにした。

信じられないほどの豪雨だった。

しかし、標高千五百メートルに位置する「梓平《あずさだいら》ホテル」の宿泊客は、せわしない観光目当ての日帰り客とは違い、華やいだ休日の証《あかし》を何としてでも持ち帰ろうと、躍起になって肌を灼《や》いたり、慌ただしく名所を訪ね歩いてカメラやビデオムービーの前でポーズを取ることとは無縁で、冷房の効いたホテルのロビーや喫茶室で、ゆっくりとくつろいでいたから、大雨も対岸の火事にすぎなかった。

彼らにとっては、森や岩を震わす雷鳴も、おどろおどろしい雲を引き裂く閃光《せんこう》も、避暑気分を煽《あお》る巧妙な自然界の演出、壮大な野外劇《ページェント》とさえ言えた。

分不相応な夏の贅沢《ぜいたく》を持て余し、喫茶室のマホガニーのテーブルでビールを呑《の》みながら、たゆとうような午後をぽつねんと見送っていた梶間隆一《かじまりゅういち》は、天候の急変と激しい雷に落ち着かない気分を味わっていた。

不吉めいた稲妻が上空を走り抜けたかと思うと、間髪入れずに山をも揺るがすほどの大音響が耳を聾《ろう》し、すっかり彼を萎縮《いしゅく》させてしまう。

蚊帳《かや》の中で蒲団《ふとん》を被《かぶ》り、震えながらひたすら雷が行きすぎるのを待った、子供時代の悪寒が肌に蘇《よみがえ》るようで、隆一は深々とソファに腰をおろしていても絶えず緊張し、頸筋《くびすじ》や肩の辺りを強張《こわば》らせていた。

が、次第に、雷なんぞよりも、雨がただごとではないという思いに駆られはじめた。

二本目のビールを呑みほし、眉間《みけん》にとろんとした酔いを感じる頃になっても、雨は熄《や》みそうになかった。

いや、雨などというなまやさしい代物ではない。堰《せき》を切って溢《あふ》れ出した川の奔流そのものだった。ホテルを囲むダケカンバの樹々は激しい雨になぶられて、今にも枝がちぎれてしまいそうだ。芝が抉《えぐ》られた中庭は完全に池と化し、駐車してある数台の自動車は窓の近くまで水に没していた。ホテル前のロータリーは、山と麓《ふもと》の街を結ぶバスの発着所にもなっているのだが、大雨でバスが出発を見合わせたので、行き場を失った登山者や観光客でごった返している。

隆一は窓硝子《ガラス》に顔を押しつけ、自然の猛威に魅入られていた。

吐き出す息ですぐに曇ってしまう硝子を掌《てのひら》で拭《ぬぐ》っては、自分の世界に籠《こも》りきりになった子供のような一途《いちず》さで外を眺めた。

視界の先には、峨々《がが》とした山脈《やまなみ》が連なっている。

梓平と呼ばれる、山間《やまあい》にできた南北五キロあまりの盆地は、登山道の入り口に当たり、天気がよければ高地特有の濃い蒼空《あおぞら》を背景に、鮮やかな緑に染まった這松《はいまつ》や、眼もあやに群生する高山植物、それに処どころ残雪に彩られた夏の山肌を見渡すことができる。が、今は雨と靄《ガス》で山は寒々と煙り、横たわる魔物のように暗く沈んでいた。

ホテルの裏手には、漆黒の湖が広がっている。

そう遠くない昔、火山の噴火によって塞《せ》き止められた川の水が森を呑み尽くしてできあがった湖で、湖水の表面には立ち枯れた樹木が、人骨めいた幹をのぞかせている。

だが、古代さながらの浸蝕《しんしょく》や堆積《たいせき》を未《いま》だに繰り返すこの山は、せっかく懐に抱いた湖を、今度は土砂流で埋め尽くそうとしているらしい。観光シーズンが終盤となる十月ともなれば、湖を調整池として運用している電力会社が大規模な浚渫《しゅんせつ》作業を行うらしいが、そうしなければ、湖は痩《や》せ細る一方で、やがて消滅してしまうという。

学生時代に隆一が梓平を訪れた時と比べると、たしかに湖はいくぶん小さくなったような気がする。未曾有《みぞう》の大雨に祟《たた》られ妖《あや》しく煙《けぶ》るその湖といい、不気味にうねる厚い雲といい猛《たけ》り狂う雷といい、いかにも原始的で破壊的な光景が、理不尽な快感を隆一に与えた。

雨は一時間ほど激しく降りしきり、嘘のように熄んだ。やがて幾層にもうねっていた雲が割れ、西の空から圧倒的な明るさで光芒《こうぼう》が下界を射し照らした。降りはじめた時と同様、山の表情は一変した。辺りはまともに眼を開けていられないほどの光に満ち充《み》ち、水分をいやというほど含んで重たげに頸《くび》を垂れていた樹々たちも、暗く沈んでいた湖も、生気を取り戻し輝きはじめた。光の乱舞に隆一は、軽い眩暈《めまい》を覚えた。

梓平一帯はすっかり埃《ほこり》を落とし、すべてのものの輪郭がくっきりと浮かびあがり、七月らしい明るい景観が鮮やかに蘇《よみがえ》った。

したたかに酔って、隆一は自室に引きあげた。

シャワーを浴びたばかりでローブを身にまとっただけの妻の佳代子《かよこ》が、ベッドに腰を下ろして濡《ぬ》れ髪をすいていた。

「昼間からシャワーか」

自分だって昼間から酔っぱらっているくせに、隆一は棘《とげ》を含んだ口調で言った。妻に対してこういう物言いしかできない自分には腹が立つし、バツも悪いとは思うのだが、後の祭りだ。佳代子は隆一の顔を見るでもなく、抑揚を欠いた声で、「汗をかいたから」とだけ言った。

たしかに今日の暑さは、尋常ではなかった。

燦々《さんさん》と照りつける陽光が容赦もなく森や岩や建物を灼《や》き、この高地ではめずらしいことに、戸外に一歩出ただけで、何もしなくても汗が滲《にじ》んで、ポロシャツの胸元や脇を湿らせた。熱気が上昇気流を呼んで、大雨をもたらしたに違いない。

隆一はベッドにだらしなく躰《からだ》を投げ出した。横になると、かえって酔いがまわった。

「すごい雨だったな」

隆一は言った。

「あんな雨、見たことがない」

実際隆一は、激しい雨が与えた暗い興奮を、甘い酩酊《めいてい》とともにまだ躰の裡《うち》に燻《くすぶ》らせていた。一転して穏やかな夕刻を迎えられることに、少なからぬ失望すら抱きながら。

失望よりは、興奮の方に自分を預けたかった。

妻の腕を取って激しく引き寄せ、細い躰を組み敷いて唇を重ねた。隆一以上に激しい動作で、佳代子は拒絶した。小さくて硬い乳房を隆一に触れられるにおよんで、彼女は小さな悲鳴すらあげたのだった。

妻の声に弾《はじ》かれた隆一は、何もかも放棄するように大の字になって天井を見あげた。

「おれたちは、いったい何しにきたんだ……」

虚空に力ない視線を漂わせ、隆一は呟《つぶや》いた。

夕方の気配に、薄闇が立ち昇ってきた。

佳代子は乱れたローブの胸元を取り繕い、すくっと起きあがり、観音開きの窓を開け放った。雨あがりの柔らかい冷気と、カッコウの啼《な》き声が、部屋に流れ込んだ。

「ああ、涼しい」

髪を掻《か》きあげ、佳代子が言う。

「まるで別世界だわ」

さっきの激しさとは裏腹に仄明《ほのあか》るい夕刻の光を映す佳代子の横顔は、至極穏やかに見えた。

「私たちだけこんな贅沢《ぜいたく》をして……」

彼女は消え入りそうな声で呟いた。

「やっぱり、雅樹《まさき》も連れてくればよかった」

隆一は天井の一点を見据え、黙りこくっていた。

殺伐とした感情が彼を支配する。妻がベッドの上で蝉のようにしおらしく震えていれば、あるいはヒステリックに声を荒げて彼をなじっていれば、心はまだ満たされたのかもしれない。ところが彼女は何ごともなかったかのように、それこそ平凡で幸福な主婦が天気のよい朝を迎えた時と同じ振る舞いで窓を開け放ち、賢母然として子供の話など持ち出したのだ。

（いつまで根に持ってるんだ！）

激昂《げっこう》しかねなかったが、隆一は衝動を辛うじて抑えた。

今度は眠りを貪《むさぼ》ろうと、努力した。昼間の暑気とビールの酔いで、躰は休息《きゅうそく》を欲しているはずだった。しかし眠りはなかなか訪れず、ささくれた苛立《いらだ》ちが、いつまでも彼を責め立てた。

2

激しい夕立を逃れ、田沼久作はカラマツの巨木の陰に身を潜めた。不穏な雲が風に流されて雷鳴が遠ざかり、やがて何かを予感させるような一筋の光芒が、眼前の湖を射し照らし幾千の波頭を輝かせる。ようやく人心地がつき、久作は腰にぶら下げた革袋から煙草を取り出した。雨は袋の中にまで染み透って煙草はすっかり濡れてしまったし、百円ライターも湿って点火しなかった。

一服のお預けを喰《く》らった失意を察し、雑種犬のリュウが黒々とした瞳《ひとみ》を向け、クウンと哀れむように啼いた。久作は思わず苦笑を洩《も》らし、樹の根に腰を下ろして愛犬を抱き寄せた。普段はタヌキのように丸々として愛嬌《あいきょう》のある姿かたちのリュウだったが、今は濡れた被毛が体軀《たいく》に貼りつき、ひとまわりもふたまわりも小さくなり、久作は自分の犬がこんなにも痩《や》せていたのかと今さらのように驚いた。土砂降りの雨は小さな生き物から容赦なく体温を奪った。リュウの躰はさっきから、電気に痺《しび》れたように熄むことなく小刻みに震え、みすぼらしい容貌《ようぼう》と相俟《あいま》って彼をいかにも弱々しい、無力な存在に見せていた。

久作がリュウをこんなふうに哀れむのは、めずらしいことだった。久作とリュウを繋《つな》ぐものは硬質の信頼感であり、やわな感傷など入り込む余地はない。もっと苛酷《かこく》な状況にリュウを晒《さら》したことがあるし、リュウはリュウで危険や苦難を愉《たの》しむところがある勇敢な犬だった。

今日のような大雨に見舞われたことだって一度や二度ではない。

濡れそぼつ我が身や犬を哀れに思ったりして、年のせいかどうもずいぶん気弱になったようだ。久作は苦笑を嚙《か》み殺した。が、自分でも見当はずれだと気づいていた。彼を気弱にさせ、惨めな思いにさせていたのは、悪天候や犬の佇《たたず》まいではなかった。

夜明け前に山小屋を出て丸一日、知っている限りの渓流という渓流を隈《くま》なく辿《たど》ったのに、久作はとうとう一匹の魚も釣りあげることができなかった。腰に下げた魚籠《ビク》の軽さが、空しさを物語っている。獲物に恵まれなかった太公望の落胆を味わっているかと言えば、ことはそれほど単純でも、のどかでもなかった。

久作は、異国に迷い込んだ者と同じ、恐れや戸惑いを感じていた。

長年慣れ親しんだはずの山や森が、この頃どうにも合点のいかない、よそよそしげな、まったく異質の貌《かお》を見せることがあり、久作を苛立たせていた。山には四六時中妖《あや》しげな瘴気《しょうき》が漲《みなぎ》り、日毎に生物の気配が稀薄《きはく》になっていくような気がする。

今日も山は、一種異様な静謐《せいひつ》に包まれていた。

道すがら久作は注意深く観察したが、森には獣たちが潜んでいる気配が感じられなかったし、糞《くそ》や足跡といったフィールドサインを見かけることもなかった。心なしか鳥の囀りすら遠慮がちに聞こえたほどだ。釣りにしても、虚空に釣糸を垂れているような手応《こた》えのなさだった。巧妙に身を隠した手強《てごわ》いイワナを相手にしているという、期待感に満ちた緊張よりは、川の流れそのものを相手にする空しさだけが、竿《さお》を持つ手を痺《しび》れさせた。

（この山はおかしい。何かが狂いはじめている……）

もう三十年以上も前に開いた山小屋には、「梓峰山荘《しほうさんそう》」という正式名称がある。が、いつしか登山者たちの間で親しみを込め「久作小屋」と呼ばれはじめ、いささか図に乗って「山小屋の親切な親爺《おやじ》」を気取り、客をもてなすために養殖場を設けて新鮮なイワナやアマゴを供し、手作りの五平餅《ごへいもち》なんぞを振る舞ったことからちょっとした名所のように喧伝《けんでん》され、ハイキング気分の観光客までもが訪れるようになった。

山小屋を建てたつもりなのに、峠茶屋か土産物屋のように俗化してしまい、たしかに懐は潤ったが、居心地は悪くなる一方だった。

ことに夏の最盛期ともなれば訪れる客は引きも切らず、躾《しつけ》の悪い子供にまでおべっかを使わねばならない山小屋稼業につくづく嫌気がさし、ひと頃から商売の方はすっかり女房任せになった。彼女に先立たれてからは、学生アルバイトに仕事を押しつけ、自分は閑人を決め込んで、渓流釣りや山菜採りに明け暮れていた。

そんな久作が、山に異変を感じはじめたのはいつ頃からだろう。はっきりした時期はわからない。いや、異変などという大袈裟《おおげさ》な事態が、実際に起きたわけでもない。理屈や言葉にならないほど微妙な気配、有り体に言えば、久作の勘のようなものだった。

しかし、リュウだけは久作と同じ異変を感じているのかもしれない。精悍《せいかん》な顔を微動だにせず、躰に比して恵まれた太い四肢を、馬術馬の速歩《トロット》のようにリズミカルに動かし、自信たっぷりに山道を歩く犬が、いつの頃からかおどおどと落ち着きを失い、辺りの気配に怯《おび》える素振りを見せるようになった。

山間《やまあい》の湖畔は急速に暮れはじめた。

「さあ、帰るぞ」

久作が呟いてリュウの頸《くび》を軽く叩《たた》き、カラマツの根から腰をあげた時だった。百メートルと離れていないハンノキの木立から、黒々とした噴煙が湧き立った。

小動物の群れだ。それも尋常な数ではない。

久作は一瞬、異様な塊を鳥の大群だと思った。

が、そうでないことはすぐに知れた。

見慣れない夢幻のような舞い。鳥とは違う揺曳《ようえい》感のある飛翔《ひしょう》。

それは間違いなくコウモリだった。

何百、何千というコウモリが暮れなずむ空に向かって一斉に翔《と》び立ったのだ。

いったいそれだけの数の個体がどこに身を潜めていたのか、次から次へと絶え間なくつづき、低空を舞うその黒い河は、対岸に建つスイス風の赤い屋根のホテルをすっかり覆い隠してしまった。

群れは、今まさに太陽を呑《の》みほそうとしている西の山をまっすぐに目指し、とてつもなく巨大な意志に操られているとしか思えない整然とした動きで、現実離れした光景の異様さを一層際立たせた。

リュウは湖を見おろす岸辺の土手に走り、黒い河に向かってけたたましく吠《ほ》え声をあげた。久作は、コウモリが奏でる羽ばたきと囀りの不気味な和音を聞きながら、茫然《ぼうぜん》と立ち尽くした。

こんな光景に出逢《であ》うのは生まれて初めてだった。

この山にもテングコウモリやウサギコウモリがいることはいる。しかし標高が高いこともあって棲息数《せいそく》は極めて少なく、山の住人でもめったに眼にすることはない。まして、これほどの大群が出現するなど、あり得ないことだった。

あり得ないはずのものを仰ぎ見ていた久作は、言うに言われぬいやな臭いがどこから漂ってきたことに気づいた。

激しく頭を打ちつけた時に、鼻腔《びこう》の奥を刺激する臭い、金属臭とも血の臭いともつかぬあの悪臭に似ていた。

久作は噎《む》せ返り、吐き気すら覚えた。雨がもたらした涼気とは異質の悪寒をふいに感じた。ひどく重たい、密度の濃い冷気に、圧迫されるようだ。

悪臭は急激に濃度を増した。彼は堪《こら》えきれずにその場にしゃがみ込んで嘔吐《おうと》し、昼に食べたものをあらかた戻してしまった。頭を振ってようやく我に返り、眼尻《めじり》を湿らせた涙と口許《くちもと》を汚した粘液を拭《ぬぐ》うと、リュウが湖水に向かって激しく吠《ほ》え立てている様を見た。リュウは土手を右に左に走り、湖の一点を見据えたまま、一向に啼《な》き熄《や》もうとしない。コウモリが湖底を飛翔しているのを目撃したような狂態ぶりだった。

「どうしたんだ」

自分を鼓舞するために、久作は怒声を発した。リュウは「早くこい」とばかりに必死の眼を久作に向ける。

悪臭はますます強まってきた。

掌《てのひら》で口と鼻を覆い、久作は小走りに駆けて土手に立った。

近寄ると、煌《きらび》やかに陽光を反射して見えた湖面は、大雨のせいで赤錆《あかさび》を浮かべたように濁り、しかも燃え盛る夕焼け空を映し、血を湛《たた》えているように見えた。頸輪を摑《つか》んでリュウを押さえつけた久作は、リュウの眼がさっきからとらえている辺り、岸辺から三十メートルと離れていない湖面に視線を走らせた。

照り返しの中で、初めはそれが杭《くい》に見えた。あるいは、立ち枯れた樹木か何かに。しかし、眼を凝らしてその正体を見極めた時、久作は息を呑んだ。

それは人間、しかも、間違いなく女だった。

時代遅れの古めかしい下着――久作の年代にとっては〝シュミーズ〟という呼称しか思い浮かばない――を身につけただけの若い女が、湖面から上半身を晒して佇んでいたのだ。だるそうにうなだれ、うつむいた顔に長い毛髪が垂れさがって、表情は見えない。

痩《や》せぎすの躰《からだ》で、剝《む》き出しの肩や腕は折れそうなほど細く、そのくせ濡《ぬ》れた白い肌が奇妙になまめかしい光を弾《はじ》いていた。下着の一方の肩紐《かたひも》がずれ落ち、お世辞にも豊かとは言えない、貧相な右の乳房がのぞいていた。少女と言ってもよい年格好だ。

自殺未遂?

久作がまず考えたことはそれだった。

入水《じゅすい》自殺を図ったが、死にきれずに戻ろうとしているのではないか。あるいは今まさに死に臨む直前の逡巡《しゅんじゅん》に身悶《みもだ》えしているのではないか。でなければ誰が好きこのんで大雨の後の湖になんか入るものか。それも若い女が下着姿のままで。

リュウは久作に抗《あらが》って前肢《まえあし》を跳ねあげ、狂ったように咆哮《ほうこう》したが、女は啼き声に反応するでもない。魂を吸い取られたように女の姿に見入っていた久作は、「馬鹿な真似はよせ」と叫ぼうとして、言葉を呑み込んだ。眼にしている光景の異様さに、ふと気づいたのだ。女の様子には、生き物が持つ温かみや質感が感じられない。ホログラフィのごとく実体感が稀薄《きはく》な映像を見ているかのようだった。

その時、一陣の風が湖面に漣《さざなみ》を立て、女の顔を覆う長い髪をさらった。その拍子に女が、ゆっくりと顔をあげた。久作の背中に寒気が走った。

女には、眼が——眼球が、なかった。

穿《うが》たれたふたつの黒い空洞が、ぽっかりと口を開けている。

久作は、黒々とした眼窩《がんか》に自分が鋭く見据えられるのを感じた。

肺と喉《のど》の間で空気が凍りついた。

大抵のことには動じない老獪《ろうかい》な山男が、この時ばかりは悲鳴をあげそうになった。女は、笑っているようにも嘆き悲しんでいるようにも見える。しかし、怨《うら》みや蔑《さげす》みや妬《ねた》みといった悪意、あらゆる負の感情が眼窩の奥に宿っているのは間違いないと、久作には思われた。じわじわと躰を締めつける恐怖の中で、そんなことを思いめぐらしていると、ふと女は消え失《う》せた。それこそ、たった今まで女の姿を投射していた光源のスイッチが切れたとでもいうように。

リュウは久作の手を振り切って土手を駆け降り、水に飛び込んだ。しばらく虚空に向かって吠えていたリュウだが、やがて戸惑ったように久作を振り返った。

「やめろ、リュウ」

絞り出すような声で久作は言った。

声にならない声だと自分でも思った。空を仰ぎ見ると、いつの間にかコウモリの大群も翔び去り、雲を紅《あか》く染めていた夕焼けが急速に萎《しぼ》んで入れ替わりに薄闇が山を包みはじめていた。例の悪臭も霧散していた。

リュウは未練がましく湖面を眺めやり、なかなか水から出てこようとしない。

「リュウ、こっちへこい」

久作は言った。水飛沫《しぶき》をあげてリュウが駆け戻ってきた。久作は片膝《かたひざ》をつき、二の腕を広げてリュウを迎えた。

「おまえにも見えたんだな」

久作はリュウを抱きすくめた。

「だがな、リュウよ、あれはこの世のものじゃないぞ」

リュウは久作の腕の中でクウンと鼻を鳴らした。久作はそうすれば自分の正気を保てるとでもいうようにリュウの温かみを掌で必死にまさぐった。そして、つい今しがたまで女が立っていた辺りに視線を移し、同じことを独りごちた。

「あれは、たしかにこの世のものじゃない」

二日目　租界

1

朝、ホテルに騒動が持ちあがっていた。

休日の最終日を迎えた隆一と佳代子は、チェックアウトぎりぎりの時間に眼醒《めざ》め、ほとんど言葉を交わさぬまま、慌ただしく荷物をまとめた。ホテルでの最後の朝食を摂《と》るために階下へ降りると、フロント前に人だかりがしており、いつもは慇懃《いんぎん》で穏やかな五十がらみの支配人が、宿泊客を相手に気難しい顔つきで話をしている光景にぶつかった。ただならぬ気配に引き寄せられ、隆一たちも人垣の後方に立った。支配人の話と、すぐ傍らにいた中年婦人のおせっかいな補足説明によれば、ホテルからそう遠からぬ場所で土砂崩れが発生し、山と麓《ふもと》の街を結ぶ一本道が一部崩壊したとのことだった。ただでさえ不安定な地盤が、昨日の大雨で緩んだらしい。事故現場は、普段から難所と称されていた急勾配《こうばい》の隧道《ずいどう》付近で、崖《がけ》もろとも道が崩れ去ってしまったという。全面復旧がいつになるのか今のところ予測はできない。ただし、復旧のためにはもちろん臨時の作業道が造られるから、それさえできれば麓に下ることはできるだろう――支配人はおおよそそんなことを早口にまくし立てた。

しかし、その作業道にしても完成までには数日を要するという。ほかの抜け道はと言えば、昭和初期まで利用されていた登山道の名残、今では誰も見向きもしない峻厳《しゅんげん》な山脈を越える、草深い峠道くらいしかなかった。もちろん避暑気分の滞在客が気軽に行けるような道ではない。となれば、隆一たちはこの山に閉じ込められてしまったことになる。

土砂崩れのニュースはやがて宿泊客全員に知れ渡るところとなり、ホテルの中は一種異様な殺気を呈しはじめた。電話回線が無事だったまではよかったが、公衆電話に客が殺到したり、逆に外からの問い合わせが多く寄せられたりで、一時は電話も通話不能になった。隆一と佳代子は家族や勤め先への連絡をいったん諦《あきら》め、レストランで遅めの朝食を摂ることにした。

隆一は奇妙な昂揚《こうよう》感を覚えていた。

彼は自分でも不謹慎だとは思いつつ、明らかに身近に起きた災害を愉《たの》しんでいた。大雨を見た時の興奮が、鮮明な形で蘇《よみがえ》って、子供じみたときめきすら感じた。日常生活からかけ離れた事態に出くわした人間は、ややもするとこんな気分を味わうのかもしれない。細胞のひとつひとつまでもが瑞々《みずみず》しく活動しはじめるのを感じ、隆一は朝食のパンやスクランブルエッグはもちろん、普段だったら胃にもたれそうな脂ぎったベーコンすらもペロリと平らげてしまった。

（まったく、我ながらお調子者だ）と隆一は苦笑いを浮かべた。

これでは、天災で予期せぬ休日を与えられた子供と同じではないか。

食後のコーヒーが運ばれる頃になってようやく、ホテルにも落ち着きが戻ってきた。

「携帯電話は繋《つな》がらないの？」

佳代子が険しい顔で隆一に訊《たず》ねる。夫の気分とは裏腹に、佳代子は家に残してきた息子がよほど気にかかるのか、あるいはこの短い旅行そのものに飽き飽きしているのか、不機嫌を隠そうともしない。食事にもほとんど手をつけていなかった。

「無理だよ、こんな山の中じゃ」

隆一も撥《は》ねつけるように応じた。

気まずい沈黙がふたりの間に落ち、やがて佳代子は「電話をかけてみる」と席を立った。妻の後ろ姿を見送った後、濃いコーヒーを啜《すす》りながら、隆一はレストランをつくづく眺めまわした。気のせいか、昨日までとは雰囲気が一変している。

無理算段をして高級ホテルに宿泊した僻《ひが》みもあったのだろう、鼻持ちならない上流志向が昨日までの隆一を滅入《めい》らせていたのだが、今はそれが霧散してひどく気安い空気がこの場所を満たしているように思われた。予期せぬ事故が、少なくとも隆一の中で、宿泊客のひとりひとりを同じ境遇にしてしまい、同胞意識をもたらしているに違いなかった。

と、隆一の視線が、何げなく斜向《はすむ》かいのテーブルで食後の煙草をくゆらせている白髪の老人をとらえた。老人はサングラスをかけていたが、その下の眼も、やはりさっきから自分を見ていたように感じたのだ。屋内でのサングラスは異様だったが、レストランに射し込む朝方の透明な光で老人の顔は実際以上に仄白《ほのじろ》く映り、柔和に微笑んでいる印象を隆一に与えた。

「……大変なことになりましたなぁ」

老人はそう話しかけてきた。

裏腹に、ちっとも大変そうではない間延びした口調だった。

悪い気はしなかった。こんな気分の朝は人懐っこくなるものだ。

隆一は思わず破顔し、頷《うなず》き返した。

老人は心なしかよろめいて席を立ち、「ご一緒してもよろしいですかな」と言いながら、隆一のテーブルの傍らに立った。

「どうぞ」と隆一は中腰になり、自分の隣の椅子を引いた。

老人は黒光りする民芸風の籐《とう》椅子に腰かけ、喫《す》っていた煙草を灰皿の中で揉《も》み潰《つぶ》し、代わりに胸ポケットからパイプを取り出した。場にそぐわないサングラスは相変わらずだが、物腰や言葉遣いといい、じっくりと時間をかけてパイプに葉を詰め込む仕種《しぐさ》といい、清潔で高価そうな白い服装といい、全体に品のよさを感じさせる老人だった。

「ここへはもう何十回もきていますが、こんなことは初めてですよ」

老人は落ち着いた笑みを口許《くちもと》に浮かべた。

「もっともこの山は死にかけていますから、何があったって不思議じゃありませんがね」

「死にかけている？」

「この山だけじゃありません。あちこちの山が確実に死にかけています。人間に踏み荒らされてね」

ホテルの紙マッチを擦って老人が葉に火をつけると、チョコレートのような甘い煙の香りがふたりの間に匂い立った。

「避暑ですかな」

老人が訊《たず》ねた。

「そんなに優雅なものではありません」

隆一は吐息のように笑った。

「二泊三日のささやかな贅沢《ぜいたく》です。本来なら、今日帰るはずでした」

「東京から？」

「ええ」

「ここは初めてですかな」

「ホテルに泊まるのは初めてです。学生時代に山登りをやってまして、この辺りにはよく通いましたけど、ホテルを利用するような身分じゃありませんでしたから。いつかは泊まってみたいと思っていました」

「同じような人は多いですよ。俗な意味の高級ホテルはいくらでもあるが、純粋な憧《あこが》れの対象となるホテルというのは、めったにあるものじゃない。日本にはめずらしいホテルですよ、ここは。奥さんもご一緒のようですな。いやいや、結構なことです」

眩《まぶ》しげに笑う老人の顔を見て、隆一はふと気づくものがあった。ある種の喪失感と言えばいいのだろうか。老人の表情や仕種には大事なものがひとつ、ぽつんと脱《ぬ》け落ちている印象があった。

「あの……」

ためらいつつ隆一は語りかけた。

「失礼ですが、もしかしたら眼の方が？」

「ええ、もうじき見えなくなるんですよ」

老人は拍子抜けするほど屈託のない声で言う。

「緑内障というやつで。手術もしましたが、悪くなる一方でしてな、これが」

隆一が言葉を継ぎかねていると、老人はことさら明るい口調で、「なに、少し視野が狭いだけで、今はちゃんと眉目《びもく》秀麗の顔がこの眼ん玉に映っていますよ」と笑った。

隆一は曖昧《あいまい》に微笑した。

「梓平には毎年、決まってひとりでくるのです。さすがに眼を患ってからというものは、家の者がうるさく言うようになりましたが、この行事だけは欠かしません」

老人はつづけた。

「いや、むしろ眼がこうなってからますます梓平が恋しくなりましてね。文字通り眼の黒いうちにここの風景を焼きつけておこうと思っています。私もあなたと同じで、若い頃はいかにもセンチな山男でしたからな」

不思議なほど穏やかで凪《な》いだ気持ちが、しっとりと隆一を満たした。神妙と形容してもよいような心境だった。その刹那《せつな》、眉間《みけん》の辺りに込みあげてくるものを感じて、隆一はひどく狼狽《ろうばい》した。老人に気づかれないように小さく頭を振って我に返った。いよいよ子供じみていると思った。いかに哀れな老人を眼の前にしているとは言え、どうも今の自分はいろいろと感じすぎる。三十代も半ばをすぎた男が昨日から些細《ささい》なことで興奮したり、人の哀れに過剰に反応したり……。いや、子供じみているのではなく、まさしくこれが中年に差しかかろうとする者の、屈折した疲弊の顕《あら》われなのかもしれない。

「私は磯崎《いそざき》と申します。あなた、お名前は？」

老人が訊ねた。

「梶間です」

「今朝、こうしてあなたとお話しできたのも、土砂崩れのおかげですな」

「ええ。磯崎さん、よろしかったら、いろいろおつきあいさせて下さい。私にとっては降って湧いたような休日です。どうせなら愉しみましょう。今が一番いい季節ですから、体調がよろしければ、散歩したり、河原で日向《ひなた》ぼっこをしたり……そうだ、ご来光を眺めに行ったっていいじゃありませんか」

隆一は本気でそう言っていた。この老人を労《いたわ》りたいと思った。子供じみていようが、中年の疲れだろうが、とにかく自分自身の心境に酔ってしまおうと思った。

隆一のそんな気分を台無しにしたのは、やはり佳代子だった。席に戻った彼女は、磯崎老人と儀礼的な短い挨拶《あいさつ》を交わした後で、隆一の耳元に囁《ささや》いた。

「やっぱり、何とかして帰れないものかしら」

「どうしたんだ」

「雅樹が風邪をひいたのよ」

彼女は化粧っけのない顔を引きつらせている。

「ずいぶん熱があるらしいの」

また子供だ。この女の砦《とりで》は結局、子供なのだ。あのことがあって以来、彼女はますます雅樹という名の砦に逃げ込んで行く。

「風邪なんて寝てれば治るだろう。おふくろだっているんだし」

「でも……」

「おれにどうしろって言うんだ。天災なんだぞ」

少しく声を荒げてしまい、隆一は狼狽《ろうばい》して磯崎に眼をやった。彼は夫婦のやり取りなど聞こえないふうを装って、相変わらず穏やかな笑みを浮かべ、パイプをくゆらせながら窓越しに外を眺めていた。

隆一は昼すぎに磯崎とロビーで落ち合って散歩に出た。赤い屋根の瀟洒《しょうしゃ》な造りのホテルから河原まで、クマザサの間を縫う森の遊歩道をのんびりと歩き、河原に出てからは小さな堰堤《えんてい》に腰かけて、夏の陽射しをたっぷりと浴びた。磯崎は存外元気で、杖《つえ》をついてはいたが足取りはしっかりしていたし、口数も多かった。昔ながらの麦わら帽子と頸《くび》に巻いた手拭《てぬぐ》いが、彼をいかにも好々爺《こうこうや》に見せている。

河原や吊り橋には大勢の人間が出ていた。彼らもまた一時《いっとき》ここに閉じ込められた者たちに違いなかったが、水遊びに興じる子供の屈託のない笑顔やカメラを向ける父親の姿は、何でもない休日の、何でもない光景にしか見えなかった。

土砂崩れなどほんとうに起きたのだろうか？　隆一は、そんな安穏とした気分に陥った。ホテルの支配人の話によれば、土砂崩れが起きたのが真夜中だったということが不幸中の幸いで、寝泊まりする場所を持たない日帰り客は、昨日の雨が熄《や》むとすぐに下山していたから、今のところ残された者たちは収まるべきところに収まり、混乱は見られないという。どうせ二、三日のことなのだから、不自由は不自由なりにキャンプのような生活を、彼らも結構愉《たの》しんでいるのかもしれない。

堰堤からの眺望は格別だった。

川にかかる吊り橋の向こうには、深緑の原生林が絨毯《じゅうたん》を敷きつめたように広がり、そのまた向こうには夏山がすくっと屹立《きつりつ》している。贅沢な山岳パノラマだ。陽射しを弾《はじ》く川はあくまで澄み、川底の石が光の加減で虹色《にじいろ》に輝いたりもした。

眼の前の河原では登山者たちのバーベキュー・パーティが宴たけなわで、若い男女がこれまた災害とはまったく無縁の、華やいだ声をあげている。隆一は堰堤から裸足《はだし》の脚をブラブラと垂らして、夏の陽射しを仰いだ。堰堤の下は小さな滝壺《たきつぼ》になっており、冷たい飛沫《ひまつ》が肌にかかって気持ちがよかった。磯崎も隆一を真似て靴を脱ぎ、ズボンを膝《ひざ》まで捲《まく》りあげて川の流れの上に脚を投げ出した。

「大丈夫ですか。この陽射しじゃ、眼に悪いでしょう」

隆一は磯崎を気遣った。

「なに、お天道様が躰《からだ》に悪いわけはありません。それに、ほら、私にはこれがありますから」

磯崎は、サングラスを悪戯《いたずら》っぽい手つきで上下させた。

「それより、奥さんは置いてけぼりでよろしかったんですか」

「部屋で横になっています。貧血ぎみらしくて」

「そりゃいけない。帰ってあげなくちゃ」

「いいんです。あれは家内の持病みたいなものですから。私がそばにいたって、どうにかなるというものじゃありません」

磯崎はしばらく押し黙っていたが、やがてしゃがれた声でぽつりと呟《つぶや》いた。

「……大事にしてやらなくちゃ」

「えっ⁉」

「奥さんですよ」

麦わら帽子を目深に被《かぶ》った磯崎は、隆一の顔を見ないで独白のように言った。

「大事にしてやらなくちゃいけない。失礼だが、喧嘩《けんか》でもなさっているのかな」

朝方のやり取りから、隆一たちの険悪な気配を察したのだろう。否定しようとして隆一は言い澱《よど》んだ。言い訳を考えたわけではない。いっそのこと正直に喋《しゃべ》ってしまおうかと思ったのだ。この老人になら、今まで誰にも話せなかったことが、存外気安く打ち明けられそうな気がした。

「早く仲直りしてやりなさい。夫婦喧嘩なんか、男の方からさっさと謝っちまえばいいんですよ」

磯崎はことさら陽気にカラカラと笑った。

「子供を亡くしましてね……」

隆一が唐突に洩《も》らした。

「……」

「私が自分で死なせてしまったんです」

「死なせた？」

「ええ」

川面《かわも》の照り返しに、隆一は眼を細めた。磯崎は穏やかに隆一の横顔を見やり、沈黙で話の先をうながした。

「子供はふたりいたんですが、死んだのは上の娘です」と、隆一は言った。

「交通事故でした。私と娘だけで山梨の方に出かけた帰り道です。深夜の高速道路で運転を誤りましてね。路肩に乗りあげて車は横転し、私自身は奇跡的にムチ打ちくらいですんだんですが、娘はフロントガラスを突き破って車の外に放り出されて……まったく惨《むご》い死に方でした」

そう、ちょうど今頃と同じ季節だったな、と隆一は思った。

「うちの子供たちはどうも変わっているんですよ。下は男の子なのに、虫だとか動物だとかにはちっとも興味を示さない。もっぱら家でお絵描きをしたり、人形と戯れることの方を好むタチなんです。娘の方がやんちゃでして、男の子がする遊びばかりに夢中になっていました。

その娘がどこで聞きつけてきたのか、山梨の方にオオムラサキっていう綺麗《きれい》なチョウがいるらしいから、それを見てみたいと言い出したんです。たまたま仕事が忙しい時期だったので私が二の足を踏んでいると、連れてけ連れてけと娘にしてはめずらしいことにダダをこねましてね。もともと私自身がそういうことが嫌いじゃないし、オオムラサキはおろか、自然の中でほかのチョウも昆虫もじかに見たことがないという子供が少し不憫《ふびん》に思えてきて出かけることにしたんです。

正直言うと、ほんとうは息子とのそういう関係を望んでいたんですが、どうも母親のお腹の中でふたりの資質が取り違ってしまったようで」

隆一は、寂しい笑みを口許《くちもと》に刻んだ。

「小学六年生でした。まったくお転婆娘でしてね、友達も男の子ばかりで、小学生の割に躰も大きかったし、年がら年中真っ黒に陽に灼《や》けて、まあ、そのぶん生疵《なまきず》も絶えなかったんですが、およそ死とは縁遠い子に見えたんです。むしろ私は息子の生命力の方に一抹の不安を覚えていたくらいで……」

うなだれた隆一の心中を察するように、磯崎は微《かす》かに頷《うなず》いてみせた。

「娘さんはオオムラサキを見ることができたのかな」

「ええ」

隆一は静かに笑って眼尻《めじり》に皺《しわ》を作ったが、どうかするとそれは泣き顔のようにも見えた。

「夜になってクヌギの樹液を吸っているところを見つけたんです。懐中電灯の光にこの世のものとは思えないほど鮮やかな青い光沢がきらめいた時、娘は感激のあまり涙を流していました」

磯崎は「それはよかった」と、吐息のように洩《も》らした。

「私も、娘の死をなかなか受け入れることができませんでした。しかし、家内の方はもっと深刻だったんです」

隆一はつづけた。

「事故をきっかけに家内の様子が明らかに変わってしまいました。別に泣いたり喚《わめ》いたりするわけではありませんが……いや、むしろそうしてもらった方が私は救われるような気がするんですが、家内はひたすら押し黙っているんです。しかし、間違いなく私の非を責めているし、決して許そうとしていないことがわかります」

隆一はそこで大きく呼吸をし、もうひとつの告白におよんだ。

「もともと線の細い、神経質な女でしたが、この頃はどんどん内に籠《こも》ってしまうようで、そのせいか体調もすぐれません。その息苦しさに耐えられなかった私は、一度だけ家内を裏切りました」

「裏切り？」

「浮気をしたんです」

「……」

「お恥ずかしい話ですけど」

自嘲《じちょう》の笑いが、隆一の口許に滲《にじ》んだ。

「たった一度きりですが……。いや、それとて弁解にならないことは承知しています。非はすべて私にあります。ところが、今の家内の刃物のように鋭くて危うい感性は、私のその裏切り行為を見透かしているような気がするんです。彼女は決して問い質《ただ》そうとしませんが……。娘を亡くしてからの一年、私たち夫婦はずっとこんな具合です。ふたりして不幸を乗り越えるどころか、お互いを疵つけ合って何も育てあげられない。ほんとうの人生を歩んでいない。実は、ここへ無理してきたのは、何と言いますか、夫婦仲を修復するとでも言うか……いささか芝居じみているんですが、つまりそういう意味があったんです」

磯崎は隆一の前で初めて、顔を曇らせた。その険しい横顔にチラと眼をやりながら、隆一は、羞恥心《しゆうちしん》が焰《ほのお》のように身の裡《うち》を焦がすのを感じた。自分はいったい何を話しているんだ、さっき出逢《であ》ったばかりの老人に！　磯崎は、ふうと深く吐息をつき、思索に耽《ふけ》るように眼を閉じた。

「……つまらないことを言いました。許して下さい」

隆一は思わずそう洩らして、頭《こうべ》を垂れた。

光の粒子が飛び交い、川の涼気と樹液や草の香を孕《はら》んだ風が頰を掠《かす》め、辺りには匂い立つような夏が充満している。草いきれに包まれていた子供時代を除けば、全身にこんな陽射しを浴びることは絶えてなかった気がする、と隆一は思った。

ふと擡《もた》げた隆一の視線はバーベキュー・パーティの一角にいる女をとらえていた。彼女は賑《にぎ》わいの中心から少し離れて大きな岩に凭《もた》れ、食べ物には手をつけないでビールばかりを口にしながら、遥《はる》か稜線《りようせん》の方角を眺めている。女の齢《とし》は見当がつかない。二十歳だと言われればそう見えるし、もっと年上だと言われればそんな気もする。長い髪を無造作にバンダナで束ね、タンクトップにショートパンツという軽装で、剝《む》き出しの浅黒い肌がいかにも煽情的《せんじょう》に眼に映る。山よりは、海辺で寝そべっていた方が似合いそうな娘だ。隆一が山登りに明け暮れていた頃には、この女を山で見かけることはまずなかった。隆一はいつしか彼女の一挙手一投足を眼で追っている自分に気づいた。不貞を働いた相手の女、同じ会社の同じ部署にいる十歳も年下の娘に、どこか面影が似通っていると思ったからだ。

「奥さんはあなたのことをまだ許してはいない……」

だしぬけに磯崎が言った。

「少なくとも、あなたはそう思っている」

「ええ、おそらくそうでしょうね」と、隆一は答えた。

「ところが、あなたの方でもそんな奥さんを許していない」

「……」

「あなたのことを許そうとしない奥さんを持て余している。それどころか拒絶している。そうではないですか」

「……」

「いや、私はあなたを非難しているわけではない。娘さんのことはお気の毒に思うし、あなたが味わった辛《つら》さも想像できる。だから一般論として聞いて下さいよ。男というのは現実を受け止めるにはいささかバイタリティに欠けた生き物だってことですよ、この私も含めてね」

そう言って磯崎は、また穏やかな笑みを浮かべた。

「しかしね、梶間さん、私はこの年まで生きてきて、男のそういう器量の小ささや身勝手さが女の人を苦しめたり、追いつめたりするところをいやと言うほど見てきた。私たち男は自分の身勝手さは棚にあげて、ついつい女はわからないとか、女は怖いなんて台詞《せりふ》を吐いてしまう。そういう表現は何となく文学的な響きがあって、男の側の幼稚な連帯意識を生みますからな。ところが、今となってはそのての言葉が何とも空しく聞こえるわけです。実際、女の人は怖いのかもしれない。ですが、女を怖くしてしまうのは大概の場合、男ですよ。女の怒りや悲しみや妄執を呼ぶのは男なんです」

年齢の割にふくよかさをとどめた老人の頬には、網の目のような川面の照り返しが涼しげに揺らめいている。

隆一はその横顔を眺めながら、この老人も若かりし頃に女性を苦しめた経験があるのかもしれないと、勝手な想像をめぐらせていた。

「部屋に帰ってあげなさい」

磯崎は言った。

「帰って、せいぜい優しくしてあげるんですな」

その時、バーベキュー・パーティの一団から赤ら顔の中年男が進み出て隆一にカメラを差し出し、「すみませんが、一枚撮っていただけますか」と言った。

隆一は頷いて堰堤《えんてい》から河原に飛び降り、オートフォーカスの一眼レフ・カメラを預かった。登山者グループの前に進み、中腰でカメラを構える。バーベキューを囲んでいる者たちはそれぞれにビールや串刺《くしざ》しを掲げ、屈託のない笑顔を向け、隆一が押すシャッター音を待っている。ピントや構図が決まる間、隆一はレンズ越しになぜとなくさっきのバンダナの娘を探した。彼女はフレームの右隅上で、ぎごちない笑みを浮かべている。

やはり似ている、と隆一はあらためて思った。

顔もだが、一見派手で勝ち気そうな容姿とは裏腹に、ついつい集まりの中心からは離れたところに身を置いてしまうその性癖や佇《たたず》まいが、あの娘を連想させた。

一枚と言われたにもかかわらず、それから矢継ぎ早に別々の人間からポラロイド・カメラや使い切りカメラを差し出され、撮影をねだられた。

朝方、ホテルのレストランで感じた気安さ、心ならずも山の租界に追いやられた者同士の同胞意識がここにも溢《あふ》れているようで、隆一は機嫌よく引き受け、彼にはめずらしいことに「もっと笑って」などと声をかけながら、自ら即席カメラマンを愉《たの》しんだ。最後にはグループに引き込まれ、一緒に記念撮影におさまることにもなってしまった。

写真を撮り終えて堰堤に戻りかけた時、隆一は磯崎の様子がおかしいことに気づいた。背中を丸めてちょこんと堰堤に腰かけ、眩《まぶ》しそうに微笑んで河原の賑わいを眺めていた顔から、表情らしい表情が消え失《う》せたかと思うと、それまでうたた寝をして舟を漕《こ》いでいた者がふいに正気に戻された時のように、背をぴんと張り、上半身を痙攣《けいれん》させたのだ。走り寄って見ると、老人の顔は蒼白《そうはく》で、虚《うつ》ろな眼を虚空に泳がせていた。汗がびっしょり顔面を濡《ぬ》らし、滴がポタポタと顎《あご》先から流れ落ちている。

「どうしたんです、磯崎さん」

磯崎は答えない。というより、隆一の存在に気づかず、自分が置かれている状況さえ把握できないというような茫然《ぼうぜん》とした表情を見せていた。

「磯崎さん！」

隆一が乱暴に、磯崎の肩を揺すった。

「大丈夫ですか、磯崎さん！」

何かで激しく殴りつけられたとでもいうように、磯崎はガクッと頸《くび》を後ろに反らし、呻《うめ》き声を洩《も》らして正気を取り戻した。力のない眼で隆一を見つめる。そして大きく息を吐き、何度も頭を振った。頸に巻きつけていた手拭《てぬぐ》いを隆一がほどいて、汗を拭《ふ》いてやる。

「しっかりして下さい、磯崎さん」

「……大丈夫です」

そう言いながらも、磯崎の呂律《ろれつ》は怪しげだ。

「急に気分が悪くなりまして……」

「だから言ったんです。ここは暑すぎるんですよ」

狼狽《ろうばい》が、隆一の語気を少しく荒らげた。

「いや、暑いというのとはちょっと違う。むしろ逆です。ふいに寒くなりました」

磯崎は喘《あえ》ぎながらも、いやに断定的に言い放った。

「空気がひどく重たくなったような感じがして、息苦しくなりました。眼の前が真っ暗になって……。そこまでは覚えているんですが」

「熱中症でしょう。早くホテルに帰らなきゃ。それとも日陰で少し横になりますか」

隆一は磯崎の脇を抱えて静かに抱き起こし、河原端のシラカバ林の木陰に運んだ。下草の上に老体を寝かせ、河原に取って返して冷たい水の流れに手拭いを浸した。その手拭いで火照った磯崎の顔や頸筋を冷やす。

「これは気持ちがいい」

磯崎は強がりの笑みを見せた。

「すみませんね」

「少しは楽になりましたか」

頷《うなず》く磯崎の表情に、微《かす》かな翳《かげ》が宿った。

「梶間さん」

「はい」

「変なことを言うようですが、これは熱中症なんかじゃないような気がします。帽子だって被《かぶ》っていたんですから」

「ほかの病気を患っていらっしゃるとか」

「とんでもない。この眼ん玉以外は、いたって健康です」

「寝不足では？」

「昨夜は、十時間近くもぐっすり眠りました。何となく体調の問題ではないような気がするんですよ」

「どういうことです」

「わかりません。ただ、とてもいやな感じがしたんです。まわりの空気が凝縮するような、重苦しいものがのしかかってくるような……。こんな妙な気分は初めてです」

「暑すぎて、体温の調節が狂ってしまったんだと思いますよ」と、隆一は言う。

「失礼な言い方かもしれませんが、お齢《とし》を考えて下さい。私だって参ってしまいそうな陽射しですからね、ここは」

「わかっています。しかし……」

磯崎が言い澱《よど》んでいるうちに、隆一は自分のハンカチを濡らすためにまた河原に走った。磯崎は釈然としない表情のまま、頭上でチラチラと揺れ動く木洩《こも》れ陽《び》を仰いだ。

磯崎の変化に平常心を失った隆一は、その時、ポラロイドを手にした河原の登山者グループの間で小さな悲鳴があがり、見知らぬ不気味な男の写り込んだ心霊写真をめぐり、ちょっとした騒ぎが起こっていたことに、まったく気づかなかった。

2

久作小屋にはこの日も朝から登山者たちがひしめき、囲炉裏のある奥座敷はもとより、三和土《たたき》に置いた長テーブル、屋外の雨晒《あまざら》しの簡易ベンチ、切り株やただの石ころに至るまで人が座り込んでビールや濁酒を口にし、川魚の串刺しを頬張りながら賑《にぎ》やかに談笑していた。

彼らの話題は、何と言っても土砂崩れのことに尽きた。意気揚々と登頂を目指す者たち、下山してきたばかりで陽に灼《や》けた顔に疲労の色を滲《にじ》ませている者たちが、それぞれの表情で、しかし皆が皆、どことなく人ごとのような口ぶりで、情報を交わし合っていた。

めずらしいことに、久作は十時近くまで自室で横になっていた。とうに眼醒《めざ》めてはいたのだが、なかなか起きあがる気になれず、だらだらと蒲団《ふとん》と戯れていた。

昨日、雨に打たれたせいか、風邪っぽくて微熱もあるようだ。

普段から早起きの主人が、ちっとも寝床を離れようとしないので、アルバイトの笹村《ささむら》誠《まこと》が心配して様子を見にきた。誠は麓《ふもと》の街の高校に通う青年で、新入生の頃から最終学年の今日まで二年半、学校が夏休みになるとすぐに山に籠《こも》って、久作小屋で寝泊まりする生活をつづけている。

それほどの山好きなら、学校の山岳部にでも属せばいいものを、周囲の人間が勧めても「団体行動が苦手だから」と、一向にその気を見せぬまま今日に至っている。

ある時期の誠は、両親や教師たちとの間に問題を抱え、息がつまりそうな日常から逃げ出すために、久作小屋へ通ってきていた。麓の小さな社会で異分子になりつつあった誠のことを見かねた久作が、彼を自分の庇護《ひご》下に置き、仕事を与えたというのがそもそもの発端なのだが、久作がすっかり隠居を決め込んだ今、なくてはならない存在となり、それどころか実質的に小屋を切り盛りしているのは誠だと言ってもよかった。

そんな誠にしても、久作の寝姿など眼にするのはめったにないことだった。

昔気質《かたぎ》の男らしく、久作は人前でだらしない姿を見せることをことのほかいやがる。

誠が土間と寝室の間仕切りの障子を遠慮がちに開け、「親爺《おやじ》さん、具合でも悪いの？」と中をうかがうと、久作は無愛想に「大丈夫だ。すぐに起きる」と蒲団を蹴《け》りあげた。

躰《からだ》を動かすと熱のせいか節々が痛み、微かな呻《うめ》き声が久作の口から洩《も》れた。

「辛《つら》そうだね」と誠。

「どうってことないさ」

言葉とは裏腹に、久作の動作はぎごちない。

「何か食べる？」

「いや、いらない」

久作は蒲団を這《は》い出ると、床に投げ捨ててあったワークシャツを着込んだ。

「ついさっき田島《たじま》さんから無線が入ったよ」と、誠は言った。

「もし具合が悪いようなら田島さんの方から出向いてくれるってさ」

「いや、こっちから行く。そう連絡しておいてくれ」

「顔色がよくないし、ほんとうに調子が悪そうだよ。大丈夫？」

「平気だ」

仕事に戻ろうとした誠の背中に、久作が声をかけた。

「外の話が聞こえたんだが、土砂崩れがあったのか」

「うん」

誠が振り向いて言った。

「山はしばらく閉鎖だってさ」

「どこが崩れたんだ」

「窪ヶ峰隧道《くぼがみねずいどう》のすぐ下の辺りだね。テレビのニュースで見たけど、ありゃひどいや。道がすっかりなくなって、復旧までにはずいぶん時間がかかるらしいよ」

「えらいことだな」

「下ってきた連中は気の毒だよ。完全に足留めだから」

ズボンを穿《は》こうとして、久作がよろめいた。

「ほんとうに大丈夫？　荷物をもらうだけなら、僕が代わりに行ってこようか」

「いや、躰を動かした方がかえっていいんだ」

久作はふと思い当たり、誠の顔を凝視した。

「そう言えば、おまえ、いつだったか幽霊を見たとか騒いでいたな」

「僕じゃないよ。そういう話を聞いたんだ」

「どんな話だ？」

「いろいろだね。S大学の山岳部員が湿原で若い女を見たとか」

「まともな連中なのか、そいつらは」

「親爺さんだって知ってるじゃないか。すごく真面目な人たちだよ」

「ほかには？」

「ほかって？」

「どんな話があるんだ」

「外の連中に聞いてみなよ。結構、目撃者がいるから。まあ、似たり寄ったりの話だけどね」

誠の眼に、訝《いぶか》しげな色が浮かんだ。

「なぜそんなことを訊《き》くんだよ。まさか親爺さんも幽霊を見たとか」

「見た」久作は言った。

「昨日、湖でな。やっぱり若い女だった」

「ほんと？」

「あれはどう見たってこの世のものなんかじゃない。湖の中から眼玉を抉《えぐ》られた顔でわしを睨《にら》みつけやがった。あんなものを見ちまったんだから、おまえの話も信じるしかないな」

ふいにまた悪寒が肌に蘇《よみがえ》り、久作は身震いした。

「妙だよね」と、誠は言う。

「妙？」

「だってさ、ここ最近だよ、幽霊咄《ばなし》が出はじめたのは。三年近くもこの山に通っていて、酒の席の冗談みたいな怪談ならたくさん耳にしたけど、こんなふうに信頼できる山の人間から次々と幽霊の目撃談を聞かされるなんて、初めてだ。僕が聞いた限りではどれもこれも若い女っていうのが共通してるし。最近、若い女の人がこの山で死んだって話は聞かないよね」

「誰も知らないところで死んでいて、まだ見つかっていない可能性はあるだろう」

「そりゃまあ、そうだけどさ」

ひとしきり久作の表情をうかがっていた誠が、プッと吹き出した。

「どうした」と久作が睨《ね》めつける。

「何だか調子狂っちゃうよなあ、親爺さんが幽霊のことでそんなに真剣になるなんて」

そこで何ごとかを思い出したらしく、誠はふいに山小屋の〝主人〟の顔を取り戻した。

「泊めてくれって言う連中が外に溢《あふ》れ返ってるよ。どうする？」

「敷地はロハで貸してやるから、天気がいいうちは地べたにでも寝ろって言え」

「泊めてやるのはいいけどさ、この調子だと飲み物が今日明日のうちにもなくなるよ。ホテルの料理長《シェフ》に頼もうか」

「あっちだって山の飲んだくれどもにくれてやる余裕はないだろう。川の水でも啜《すす》らせておけ」

「久作小屋は商売繁盛だね」

誠は笑って調理場の方に消えた。


梓平における繁華街《メインストリート》とも言うべき吊《つ》り橋近くに、四阿《あずまや》が建つ休憩所《きゅうそく》があり、そのすぐ脇に、県警の臨時派出所があった。派出所の建物は、以前はプレハブ造りだったのだが、美観を損ねるという理由から、半年ほど前にログハウス風の洒落《しゃれ》た建物に改築された。久作は訪れるたびに「まるでペンションの親爺みたいじゃないか」と田島をからかうのだった。田島は一年ほど前に入山した三十代の警察官だが、公僕らしからぬさばけた性格の持ち主で、久作のよき呑《の》み仲間でもあった。肩書きは県警生活安全部地域課の巡査部長。もうすぐ四十に手が届くくらいだから、出世は遅い。それもそのはずで、田島は仕事より山を選んだ男だった。れっきとしたお巡《まわ》りさんだが、山岳救助隊員として、夏休みシーズンと年末年始は、臨時派出所に常駐する。だから今も制服は着用しておらず、「県警山岳救助隊」の刺繍《ししゅう》文字が入った帽子《キャップ》だけが彼の身分を表している。

学生時代から山一筋だったこの男は一時期、警察組織での成功を夢見たこともあったようで長らく山から遠のいていたが、山への想い断ちがたく三十歳の時に救助隊員公募に志願した。

労あって報いの少ない部署である。山岳遭難救助の陣頭指揮を執るのが役目だから、危険も当然多い。出世を捨てることに、男として忸怩《じくじ》たる思いはもちろんあったし、両親をはじめとする周囲の猛反対に遭いはしたものの、いざとなったら依怙地《いこじ》になる性格ゆえに初志貫徹し、「地獄のしごき」と呼ばれる救助隊員養成訓練でも脱落することなく、救助隊員としては異例の高年齢で採用となった。学生時代から久作とは面識があり、伝説の「地獄のしごき」では、唯一の民間人講師として参加した久作に、手ほどきを受けた間柄だ。

所用で下山していた田島が、昨夜のうちに派出所に戻ってきていた。久作は毛バリ釣り用の新しい竿《さお》を買ってきてくれるよう頼んでおいたので、それを受け取りにきた。田島は大臣が座るようなソファに久作を座らせ、以前ホテルからくすねてきたというドンペリのロゼとカマンベールチーズをふるまった。

「警官のくせに、盗人《ぬすっと》みたいな真似しやがって」

田島をからかいながら久作は、グラスを受け取り、すぐさまドンペリをひと口、旨《うま》そうに喉《のど》に流し込んだ。

「下で新聞を読んだぜ、親爺さん」

田島がさもおかしそうに笑う。

「久作の親爺《おやじ》がとうとう本気で林野庁に喧嘩《けんか》を売ったって、署内でもえらく評判になっていた」

「ふん」

久作は鼻で笑った。

「訴訟になるのか」

「相手の出方による。わしもいい年だ、無益な争いはしたくないが、役人どもにこれ以上、勝手な真似をされては泣く人間が増えるばかりだ」

膨大な累積赤字を抱える林野庁のツケが山小屋経営にも波及し、それまで定額方式だった地代が収益方式に変更されたのが、かれこれ十年前。要するに売り上げに応じた上納金をよこせというわけだ。一気に久作小屋の地代は、従来の三十倍の額に跳ねあがった。久作自身も憤ったが、ただでさえ苦しい台所事情を抱えている近隣の山小屋経営者の悲嘆ぶりは眼を覆うばかりで、結局、久作が代表して、営林署などに対して疑義を申し立てた。久作が日本の登山史に名を刻む〝有名人〟ということもあって、国側も対応に苦慮し、うやむやのうちに月日は流れたが、最近になって営林署から唐突な山小屋撤去命令が出た。

これは誰も知らないことだが、実はこの時、久作の裡《うち》には（山小屋稼業もこれまでか）という落胆や諦念《ていねん》とは別に、ほっと胸を撫《な》でおろすような気分も正直あったのだ。

(これが潮時だろう)と思う気持ちが。しかし、自分はともかく、ほかの山小屋経営者や登山者のために行き当たりばったりの林野行政を許すわけにはいかなかった。久作はお上に対して常に穏健な態度でいつづけたつもりだが、とうとう吠《ほ》えた。

「訴訟も辞さぬ」、と。怒って見せることの反響を、十二分に計算して。

この辺りはさすがにズルくなったと自分でも思う。久作の読み通り、この騒動は瞬く間に周囲を巻き込み、名のあるアルピニストらによって組織された支援グループが、凄《すさ》まじい「反林野庁キャンペーン」を繰り広げはじめた。最近も、久作らを援護する色合いの濃い記事が新聞に掲載された。田島が「評判になっている」と言ったのは、そのことだ。

「たしかに思想がない林野行政が、山をメチャクチャにしたという側面はあるな」

田島がめずらしく真顔で言う。

「今度の土砂崩れにしたってそうだ。無節操な伐採や、ろくでもない土木工事ばかりしやがるから、山が弱る一方だ」

「それにしても、えらいことになったな」と、久作が言った。

「おまえが無事で何よりだ」

「いやはや、間一髪だったわ」と、田島。「どうやらおれが隧道《ずいどう》を通過してから二十分と経たない間に、土砂崩れが起きたらしい。まあ、憎まれっ子世に憚《はばか》るってところだな」

「被害は？」

「皆目、見当もつかない。まったくのお手あげ状態だね」

田島は仰々しく両手をあげた。

「まだ地盤が緩んでいて、下の連中どこから手をつけていいかわからないらしい。それどころか、二次、三次の被害があるんじゃないかって、および腰になっている。隧道も危ないらしいしな」

「ほんとうか」

「隧道上のコンクリートの法面《のりめん》を突き破って、水が溢れ出してきているんだ」

そう言いながらも田島は、強面《こわもて》の顔に憎めない笑顔を浮かべた。

「危ない、危ない。こりゃ長くなるかもしれないぜ。新しい台風も発生したっていうし」

「いやに嬉《うれ》しそうじゃないか」

「そうかい？」

「およそあんたらしくない、清々《すがすが》しい顔をしているぞ」

そう言われた田島の相好が、ますます崩れる。

「警察官としては不謹慎な物言いかもしれないが、下界から隔絶されるのもたまにはいいさ」

田島は深々とソファに凭《もた》れて、大きく伸びをした。

「なあ、親爺さん、この山は騒々しくなりすぎたと思わないかい。おれが学生の頃は数えるくらいの登山者しか入ってこない、静かでいい山だった」

田島も若い頃から山に取り憑《つ》かれていたクチだ。そんな彼に、現在の立場は天職とも言えそうだが、なぜとなく世を拗《す》ねたような匂いを身にまとっているのは、もともとの性格なのか、やはり警察組織の王道から脱落してしまったという屈折のせいか。

「なあ、田島」

何杯めかのドンペリの熱い塊を嚥下《えんげ》して、久作が言った。

「いったい、この山では、年にどれくらいの数の人間が死ぬんだ」

「何だよ親爺さん、藪《やぶ》から棒に」

「そういう連中の中には、さぞかしこの世に未練を残して死んでゆく者も多いんだろうな」

田島の顔に、じわじわと意地悪い笑みが広がった。

「幽霊の話かい？」

「知っているのか」

「さっき無線で誠に聞いたのさ」

「あの野郎……」

「見たっていう連中は多いらしいな。おれも何人かに同じような話を聞いたよ。親爺さんが見たのは湖だって？」

「耄碌《もうろく》したなんて思わんでくれよ」

久作は昨日、湖畔で起こったことをできるだけ詳細に語りはじめた。

コウモリの大群。息をつまらせるような悪臭。そして、じっと自分を見据えたあの薄気味悪い女……。田島は真面目に耳を傾けてくれた。

山登りをする人間は、なぜか霊的な話を抵抗なく受け入れる者が多い。誰もが多かれ少なかれ、下界の尺度が通用しない体験を有しているからかもしれない。もちろん、そのすべてが霊現象の類《たぐ》いだとは久作も思っていない。気象条件の違い。生物相の違い。地形の違い。そして何より、人間の体調や心理の違い――下界とはまったく違う条件が、ある時は単独で、ある時は重なり合って、ありもしない幻影を作ることがある。

山でまことしやかに噂される怪談や霊現象のほとんどが、そういう経緯で生まれたと久作は思っている。にもかかわらず、彼はこの山と背中合わせに異界が存在することも、頭のどこかで信じていた。あるいは、同じ空間に共存していると言うべきか。

いずれにしても、久作は瘴気《しょうき》とか精霊と表現されるものの存在を、嘲笑《あざわら》うことができなかった。山で暮らしてきた長い歳月が、彼に下界の尺度や常識的な概念で物事を測ることをためらわせている。

久作の話が一区切りすると、田島は静かに立ちあがってキャビネットを開き、分厚いファイルを取り出してきた。歩きながらファイルを捲《めく》り、「今年に入って今日現在まで、この山では十人の人間が死んでるな」と、言った。

「重軽傷は四十七人だ」

「死んだ者の中に女はいないか」

田島がまたファイルを捲る。

「ふたりいる。でも、若いとは言えないよ。ひとりは千葉県の四十五歳の主婦。これは転落死だ。もうひとりは六十をすぎている。登攀《とうはん》中に肺炎を起こして倒れた」

「行方不明者は」

「このファイルでは二月にひとり記録されているが、先々週、遺体が見つかったよ。トラバース中に雪渓から滑落して、ずっと雪の中に埋まっていたんだ」田島はパタンと音を立ててファイルを閉じ、ソファに腰かけた。

「でも親爺さん、いったいどれだけの人間がこの山に入り込んでるかなんて、正確なことは誰にもわかりゃしないよ。登山計画書をちゃんと提出する連中ばかりじゃないんだから。死んだ人間の数にしたって同じさ。世をはかなんで勝手に自殺した奴もいるだろうし、もしかしたら殺されてどこかに埋められているのかもしれない……。いや、化けて出るくらいだから、そういう人間である可能性の方が高いだろう」

「湖で誰かが死んだっていう話は、聞いていないか」

「さあ、聞かないね。だいたいあんな水溜《みずた》まりみたいな浅い湖で、水難事故もないだろう」

さすがの田島も、久作の真剣さに少々たじろいだ様子を見せた。

「誠も言ってたが、何だって親爺《おやじ》さんがそんなに気にするんだ。別に悪さをするわけじゃないんだから、幽霊なんか山で遊ばせておけばいいさ」

「おかしいとは思わんか」

久作は射るような眼で田島を見据えた。

「何が？」

「おまえさん、山歩きが仕事だろう。この頃、何か気づいたことはないか」

「……」

「この山はどうもおかしなことになっている」

独白のように久作は言った。

「わしが見る限り、明らかに山の調和が崩れている。はっきりした理由はないが、この幽霊咄《ばなし》はそのことと無関係じゃないような気がする」

その時、田島が「そう言えば」と、身を乗り出した。

「親爺さんはコウモリの大群を見たって言ったな」

「ああ」

「おれはトンボの大群を見たぞ」

「トンボ？」

「半月ほど前、キャンプ場の裏の森でボヤ騒ぎがあったのを覚えてないか。その後始末に出かけた時に、見たんだ。おぼろ沼の辺りだよ。そりゃもうたまげるほどの数で、冗談じゃなく、空が真っ黒に見えたな。もちろん、あそこは国定公園内だから動植物の採集が禁止されているのは承知してるが、あれだけウジャウジャ翔《と》んでたんだ、ちょっとした悪戯《いたずら》心を起こすのは、人情ってもんさ。追いかけまわして帽子で何匹か捕まえたんだ。それが見たこともない種類で、死んだのを数匹持ち帰って料理長《シェフ》に見てもらったら……」

「ホテルのか？　なぜ、あいつに」

「知らないのかい？　料理長は、ちょっとした昆虫博士なんだぜ。この辺りのチョウのことを論文に書いて専門誌に発表しているっていうんだから、恐れ入るよ。料理はあまり旨《うま》くないって評判だが、誰にでもひとつくらいは取り柄があるってことだよ」

「それで？」

「そうそう、それが大発見だったんだ。そのスジに報告すれば大騒ぎになるようなトンボだったんだよ」

今や田島の悪相は少年のように邪気のない表情になり、唾《つば》を飛ばしてまくし立てた。

「オオトラフトンボって知ってるかい」

「知らんな」

「そうだろうな。おれだってそれまでは聞いたこともなかった。高山性の種類で、全国的に見ると、別に絶滅種ってわけじゃないんだが、最近の調査ではまったく確認されていなかったから、少なくともこの山には棲息《せいそく》していないだろうって言われていて、山案内のパンフレットにも載っちゃいない。最後にそのトンボがこの山で確認されたのはいつだと思う」

「さあな」

「昭和十一年だよ。六十年もの間、誰の眼にも触れていなかったってわけだ」

「ほう。わしもこの山は長いが、そんなトンボのことは聞いたことがない」

「ところが、不思議なんだよ。あれだけ翔びまくっていたトンボがそれっきり姿を現さないんだ。料理長は仕事がほとんど手につかなくて、毎日のように採集に出かけてるんだが、いつも空振りに終わっているらしい。生きたそいつを手にしたのは結局、おれだけってことになる。おれに逢《あ》うと、料理長はうらめしそうな顔をしてな」

「……」

「しかも、だ」

さらなる秘密を打ち明けようと、田島は膝《ひざ》を乗り出し、いよいよ喜悦の色を濃く滲《にじ》ませた。

「料理長は、おれが持ち帰ったそのトンボを標本にしたはずなのに、そいつも消えた」

「消えた？　盗まれたのか」

「それがまったくわからん。標本箱はそのままでトンボだけが消えた。奇妙なのは、料理長の部屋を掃除した見習いコックが、部屋の中にトンボが翔んでいるのを見つけて、窓から逃がしてやったと言っていることだ」

「標本にしたトンボが逃げ出した？」

「そんなわけないだろう。あのトンボは死んでたんだ。トンボのゾンビや幽霊なんて笑っちまうぜ。偶然、違う種類のトンボが部屋に入り込んでいただけだと思うんだが……」

「いずれにしても奇妙な話だな」

「ああ、まったく不思議だよ。あの群れも、標本になったトンボもどこに消えたのか。結局、どこかに報告しようにも証拠は何ひとつなくなっちまったってわけさ」

田島の上機嫌とは裏腹に、その話はなぜか久作の胸に暗い翳《かげ》を落とした。テーブルに置かれたチーズの腐敗臭が、昨日のあの悪臭を生々しく鼻腔《びこう》に蘇《よみがえ》らせ、久作は思わず顔をそむけた。久作が黙りこくったので、田島の勢いも殺《そ》がれて、部屋には沈黙が膨れた。

「なあ、田島よ」

久作はグラスを弄《もてあそ》びつつ、ぽつりと洩《も》らした。

「わしは、たまらなくいやな予感がするよ」

「予感？」

「何か不気味なことが起こりつつある……そんな気がするんだ」

「親爺さんらしくないな。気にしすぎだよ」

田島はそう言ってチーズを手に取り、腐った臭いのするその黄色い塊にむしゃぶりついた。

三日目　断線

1

磯崎は眼醒《めざ》めのよい朝を迎えていた。五階建てホテルの最上階にあるスイートルームのベッドの上だ。

昨日の午後、河原の堰堤《えんてい》で急に体調を崩し、隆一に支えられながらこの部屋に戻ったのだが、真綿に包まれたような穏やかで深い睡眠が、躰《からだ》の機能をどうやら正常に戻してくれたらしく、一夜明けると嘘のように気分がよくなり、何やら遠い昔の青年期に味わった清々《すがすが》しさを覚えた。

ベッドの上で半身を起こし、「いち、に！」と声を出して左右に躰を捩《ね》じってみる。筋肉や関節、どこにもぎごちないところはなく、自分の意のままに動いた。我ながらとても八十に手が届こうという老軀《ろうく》とは思えない、軽々しさだ。

昨日はやはり軽い熱中症に罹《かか》ったというだけのことだろう。心なしか視界の方も良好だ。網膜が感受する光の量が磯崎の気分を、ますます昂揚《こうよう》させた。周囲への配慮から陽気な老人を装ってはいるものの、失明に対する恐怖は如何《いかん》ともしがたく、その恐怖心がこのところ磯崎を急激に老け込ませていた。眼はすなわち光。光は希望の源泉だ。遠からずその光が奪われるかもしれないとなった今、心底から愉快に思われることなど皆無に等しかった。明日こそ病んだ眼がいよいよ役割を放棄し、自分が底知れぬ闇の中で眼醒めるのではないかと想像して、眠れない夜もあった。しかし、今朝はそんな恐れや想像が取るに足らないちっぽけなことに思われるほど、身の裡《うち》に活力が漲《みなぎ》っている。

さて、今日はどこに出かけるかな——磯崎はそう、独りごちた。ミズバショウの季節はとうにすぎてしまったが、色とりどりの可憐《かれん》な花が咲きこぼれる湿原にまで足を延ばしてみてもいい。今朝の体調なら易々と踏破できそうではないか。それとも、十数年ぶりに竿《さお》を握り、釣りに挑戦してみようか。険しい渓流を遡上《そじよう》するのはさすがに無理としても、大物だけに狙いを定めて一日中どこかの淵《ふち》と対峙《たいじ》してもいい。

そう思うとじっとしていられなくなり、ベッドのスプリングを豪快に軋《きし》ませて床に飛び降り、窓辺に立って勢いよくカーテンを開けた。外は濃い霧に包まれていた。こぼれるような夏の陽射しを期待していたのは事実だが、失望したわけではない。

幻想的な風景は、磯崎のまた別の感性に魅力的に訴えかけてきた。とにかくここ数年、とんと味わうことがなかった壮快な朝だ。年相応の老醜ぶりを人様の前に晒《さら》したのはつい昨日のことなのに、何という変わり様であろうか。

磯崎は霧が舞う湖畔に立ち、冷たい霧の感触をじかに頰に感じてみたいと思った。そこではカッコウの幽玄な啼《な》き声が響き渡っているに違いない。年甲斐《としがい》もなくうっとりとした顔つきになり、いても立ってもいられなくなった。早速、隆一を誘い出してみようと思い立ち、そそくさと受話器を取って、彼のルームナンバーを押そうとした。が、その段になってようやく、デジタル時計が六：二〇と表示していることに気づき、思いとどまった。いくら何でも他人を誘い出し、年寄りのわがままにつき合わせるには、早すぎる時刻だった。

梶間夫妻は、かなり深刻な状況に瀕《ひん》しているようだ——磯崎は窓辺のソファに深々と座り直し、昨日知り合ったばかりのふたりに思いを馳《は》せた。あの夫婦は済んでしまったことを笑って許し合えるゆとりも、不幸を乗り越えて行くだけの逞《たくま》しさも、持ち合わせがないように思われる。

昨日の朝方、レストランで挨拶《あいさつ》を交わした妻は、無機的な冷たさと内向した性格を感じさせる女だったし、妻を放《ほ》ったらかしにして、自分のような年寄りと行動を共にする隆一の、人懐こさや優しさにも危ういものを感じる。一見で判断してしまうのは性急すぎるかもしれないが、あのふたりには、同じ月日を重ねて夫婦の機微を育《はぐく》んできたという生活の匂いが感じられない。夫婦と言うよりはまるで、恋人同士のような浮き足立った雰囲気を醸している。有り体に言って、ふたりがふたりともどこか子供っぽい。それとも、今時の若い夫婦というものは大概があんなものなのだろうか。しかし、あの夫婦と知り合ったのも何かの縁には違いない。そう考えると、磯崎の裡で老婆心が頭を擡《もた》げた。

隆一は、「夫婦仲を修復するために山にきた」と言っていた。「芝居じみている」と彼自身、苦笑まじりに語っていたが、ならばひとつ、自分はその芝居の中でキューピッドの役を大まじめに演じてみようか。磯崎はそう考え、微笑を浮かべた。

この先、梓平を訪れる機会はそう多くはないだろう。ひとつくらいは人の役に立つことをしておいてもいいのではないか。何と言っても、彼らはこの山で親しくなった人間なのだから。あの夫婦の古疵《ふるきず》のかさぶたを剝《は》ぎ、ふたりの間にわだかまるものを取り除いてやるのだ。いや、せめてきっかけを与えてやるのだ。

その時、底籠《そこごも》るような雷鳴が鳴り、明るい想念に水を差した。朝から不穏なことだと舌打ちし、もう一度、窓辺に寄って外を見やった。霧はいよいよ厚く山を閉ざし、不吉な稲妻の光を孕《はら》んでいた。

次の瞬間、それまで老人らしからぬ艶《つや》を湛《たた》えていた磯崎の顔が、苦渋の雲に覆われた。

「朝方の雷鳴か……」

磯崎は自分でも気づかぬうちに、声に出して呟《つぶや》いていた。

「そう言えば、あの日もこんな天気だった」

深い溜息《ためいき》を洩らす磯崎の眼に、悲痛とも呼べる翳《かげ》が兆した。

2

田島の運転するランドクルーザーがホテル前のロータリーに滑り込むと、花壇の掃き掃除をしていた若い女性従業員が、フロントガラスの割れた車を見てびっくりした表情を浮かべた。

「すぐに支配人を呼んでくれ！」

車が停まるか停まらないかのうちに、窓越しに声をかけた。怯《おび》えたように立ち尽くす女に、なおも畳みかける。

「いや、担架だ。担架を持ってきてくれ」

「タンカ？」

日頃従事している仕事では縁がないのだろう、簡単な言葉が、女には理解できなかったようだ。

「担架だ、担架！　怪我人を運ぶんだよ」

「……あ、はい」

女は返事もそこそこに箒《ほうき》を投げ捨てて駆け出し、エントランスに消えた。白眼を剝《む》いて気絶している若者を、久作と田島が抱きかかえて降ろそうとしているところへ、支配人が小走りにやってきた。すぐ後をさっきの従業員が担架を引いて、従いついてくる。

鳴った。

「どうしました」

支配人の問いに答えるのももどかしく、田島が険しい顔をして「警察に電話だ」と怒鳴った。

「警察？」

「怪我人だ。大至急、ヘリを要請してくれ」

「その人ですか」

「見ればわかるだろう！」

キャンプ場で味わった恐怖が執拗《しつよう》に燻《くすぶ》りつづけ、田島の口調はついつい乱暴になる。

「田島さん、それがですね、さっきから電話がちっとも繋《つな》がらないんですよ」

支配人は、顔をしかめた。

「井坂《いさか》先生に連絡を取ろうとしたんですが、うんともすんとも言いません」

久作と田島が顔を見合わせた。同じことに思い至ったのだ。

「ホテルのどの電話機を使っても同じなんです。まさかとは思いますが、電話線が切れたんじゃ……」と、支配人。

「その、まさかだよ」と、田島が吐き捨てた。

「間違いない。電話線が切れたんだ。実は、土砂崩れが起きた当初から、ケーブルが埋められている隧道《ずいどう》の辺りの地盤が危ないって情報があった。ここ何時間かのうちに、崩れたんだろう」

ふたりのやり取りを見ていた久作が「とにかく中へ」と促し、男五人がかりで静かに怪我人を担架に寝かせた。

「これはいかん」田島が気色ばんだ。

怪我人が鼻血を流している。瞼《まぶた》を開けてみると、左右の瞳《ひとみ》の大きさも違っていた。脳に損傷を受けたのはほぼ確実だ。

「やはり、かなりの重傷だな。鼻血と一緒に髄液が出てくるようだと、ことだぞ」

田島は自分の作業着の袖《そで》で若者の鼻血を拭《ぬぐ》ってから、仲間のふたりに言った。

「ここだと人眼につく。あんたらが救護室へ運んでくれ。慎重に扱うんだぞ。ヘリがきたらすぐに運ぶから担架からは降ろさなくていい。患部には絶対に手を触れず、頭を少し高くして寝かせておくんだ。いいな？」

頷《うなず》いた彼らは担架を押し、救護室へ向かった。

「これは一刻の猶予もならんな」

久作が呟《つぶや》いた。

「支配人、ホテルに無線はあるか」

「ええ。しかし、最近は電話でこと足りていましたから、まったく使っていません。事務所の奥で埃《ほこり》を被《かぶ》っていますが」

「田島、下に無線連絡だ」

「わかった」

支配人に導かれて久作と田島は、フロントカウンター裏の事務所に入った。事務所の隅、ファクシミリやコピー機が置かれた一角のさらに奥にスチール製の机が追いやられ、旧式の無線機器がその上で、支配人の言葉通り薄く埃を被っていた。ところが、しばらくスイッチやらスケルチつまみをいじくっていた田島が、苦虫を噛《か》む表情になった。

「クソッ! 使いものにならん」

田島が拳《こぶし》で、無線機を殴りつける。

「支配人、こりゃ怠慢だぞ。こういう場所で営業してるホテルなんだ、無線機くらい使えるようにしておけ」

田島の剣幕に、支配人は色を失った。

「仕方がない。えらいロスだが、派出所に戻って連絡してみる」

そう言って腰を浮かしかけた田島が、はたと膝《ひざ》を打った。

「そうか!」

田島は慌てて事務所を飛び出して行った。駆け戻った時には、手に携帯無線機を持っていた。

「灯台もと暗しだぜ」

田島がニヤッとした。

「親爺《おやじ》さんのところだけは、これで交信してたんだ。誠とお喋《しゃべ》りするためにいつも車に積んである」

「そんな玩具《おもちゃ》みたいな機械で、麓《ふもと》と連絡が取れるのか」

「いや、直接は無理だ。誠に頼むのさ」

やがて田島の呼びかけに、久作小屋の誠が応じた。田島は簡潔に事情を話し、ヘリコプターの出動を要請するための手筈《てはず》を指示した。誠は落ち着いてそれを聞いていた。誠の復唱を待ち、いったん交信を終えた。

「大した奴だよ、誠は」

田島が言う。

「おれたちよりよっぽど落ち着いていやがる。こりゃ本格的にあいつに山小屋を譲ることを、考えた方がいいんじゃないのかい」

田島の揶揄《やゆ》に久作は苦笑を洩《も》らしたが、すぐに真顔に戻って支配人に訊《たず》ねた。

「支配人、ついさっきこの辺りで雹《ひょう》が降らなかったか」

「雹ですって？」

支配人は訝《いぶか》しげに久作を見つめた。

「気づきませんでしたが……。上では雹が降ったんですか」

「ああ」

「そう言えば、遠くで雷鳴が聞こえていたような気はします。まったく朝から奇妙な天気ですね」

五分後に誠から折り返しの連絡が入った。

〈救助隊の作田《さくた》副隊長と、直接話すことができました。田島さんの想像通りです。隧道は土砂にさらわれて、跡形もないそうです〉

「ヘリはどうなった」

〈地方博に皇室関係の来賓があるらしくて、そちらの警備で県警のヘリは出払っています。防災ヘリもあいにく他県に出動しているので、作田副隊長が民間のヘリを探してくれています〉

民間会社に依頼するとなると、相当の出費を覚悟しなければならない。一分につき、一万円が相場だと言われている。誰が支払うにしても決して軽んじられる額ではない。それも県内で手配できればまだいい方で、万が一、県外のヘリポートからの出動となれば、費用は想像もつかない額になる。が、そんなことに構ってはいられない。

「患者の容態が逼迫《ひっぱく》している。こっちの人間では、応急手当てもままならないんだ。医者か看護師をヘリに同乗させるように、これも作田さんに手配を頼んでくれ」

「あの、井坂先生ならすぐに大学でつかまると思いますが」

支配人が横から口を出した。田島が首肯する。

「誠、ホテルの嘱託医ならM大の医学部でつかまるそうだ。名前は井坂。近くでヘリが手配できた場合は一緒に乗ってもらえ」

〈了解〉

交信を終えた田島が、久作を鋭く見据えた。

「親爺さん、おれはキャンプ場が気がかりだ。ちょっと様子を見てくる」

「一緒に行こう。わしがここにいても役には立たん」

久作と田島は、ランドクルーザーに取って返した。リュウがちょこんと車の横に、お座りをしていた。主人の許しなく勝手にホテルに入ることを久作は禁じ、リュウはそのルールを忠実に守っている。ふたりの男と犬を乗せ、車はタイヤの音を軋《きし》ませて出発した。

時刻は七時を少しまわっている。太陽はとっくに昇りきり、今は薄靄《うすもや》となって流れ去ろうとしている霧の粒子のひと粒ひと粒が、混じり気のない朝の陽射しに眩《まぼゆ》くきらめいていた。

空には雲ひとつない。今日も暑い一日になりそうだった。ランドクルーザーはしばらく川沿いの遊歩道を走っていたが、田島は近道をするために、ハンドルを切って河原に降りた。浅瀬を突っ切り、車体を激しくバウンドさせて、対岸に乗りあげる。その拍子に助手席の久作が天井に頭を打ちつけて思わず顔をしかめたが、田島は気づかずにアクセルを踏みつづけた。

「何なんだこの天気は」

田島が窓越しに空を見あげ、不機嫌にハンドルを叩《たた》いた。

「あの雹といい、雷といい……。キツネに化《ふけ》かされたとしか思えないじゃないか」

久作は黙ってシートに埋もれ、思索に耽るように固く眼を閉じている。

「教えてくれよ、親爺さん。この山じゃ、いったい何が起きている？」

押し黙る久作をよそに、田島は不安を振り払おうとしているのか、いつにも増して饒舌《じょうぜつ》になった。

「どいつもこいつも幽霊だ、幽霊だって騒いでいやがる。そのての話とは無縁だと思っていた親爺さんまでも、だ。親爺さんとおれはこの山にはいるはずのないコウモリやトンボの大群を見た。ホテルに担ぎ込まれた娘はネズミの大群に襲われたって泣きわめいてる。

それにバーベキューパーティをしていた奴らのあの、薄気味の悪い写真だ。いったい、あれは何なんだ？その場にいない男が写っているなんて。心霊写真なんて、UFOだとか超能力だとか、そういうものにしか夢中になれない幼稚な連中の、他愛のない悪戯《いたずら》だとばかり思っていた。そりゃ、山にはたしかに不思議なこともあるさ。おれが山に登りはじめてから、聞かされた怪談は百は下らない。中にはホラ話とは思えない話もあるにはあった。そういうおれ自身、腑《ふ》に落ちない体験をしたこともある。でも、こんなに奇妙なことばかり、次々と起きるなんて……。岩みたいな氷が降ってきて、若い奴が死にかかっているんだぞ。えっ、親爺さんよ、ここは霊界になっちまったのか」

「どんな経験をした？」

ぼそぼそとした声で久作が訊《たず》ねる。

「えっ？」

「腑に落《お》ちない体験をしたって、言っただろう」

「ああ、そのことか」

田島は歪《ゆが》んだ笑みを浮かべた。

「何かの間違いだったらよかったのに……今でもそう思っているよ」

田島は言葉を呑《の》み込み、その視線がふと遠いものになった。久作は沈黙で先を促す。

「……十年以上も昔のことさ。救助隊員養成訓練で親爺さんに散々しごかれた、あれよりずっと前の話だ。冬の奥穂高で危うく遭難しかけたことがある。

アイスバーンで滑って足を挫《くじ》いてな、おまけに折悪しく、吹雪に見舞われた。早々とテントを設営して籠《こも》りきりになり、ブルブル震えていた。もちろん寒さもあったが、とにかく怖かったんだ。生まれて初めて遭難するかもしれないという恐怖に、取り憑《つ》かれた。山の恐ろしさは頭ではわかっていたつもりだったが、おれは技術的にも自信があったし、体力もあり余っていたし、何より若かったし、それまでは今ひとつ生理としては理解できなかった。だが、あの時の山には心底、怖気《おじけ》をふるったよ。

変な例えだが、別れ話を持ち出した女を見るようなものさ。わかるかい？　それまでまったく見たことのない貌《かお》を、ふいに見せつけられたような気持ちだよ。昨日までの恋人が豹変《ひょうへん》して、取りつく島もない他人になっていやがるんだ。今思うと、大した吹雪じゃなかったし、それほどの怪我でもなかったんだが、自分の体調が万全じゃないと思うだけで、恐怖心ってヤツは募るものなんだな。とにかく震えているより仕方がなかった。

夜の九時くらいだったかな、生地一枚、隔てたすぐ向こう側に、人間の気配を感じた。そう、それは気配としか言いようがない。錯覚だろうと思ってじっとしていると、はっきり足音が聞こえた。

風の音を縫ってテントのまわりを誰かが歩いているような、雪を踏み締めるような音がはっきり聞こえたんだ。おれもひとりで気が狂いそうなほど寂しかったから、渡りに舟さ。話し相手を大歓迎するつもりで、勇んで外に出た。

ところが、誰の姿も見あたらない。風音にしてはおかしいが、聞き違いかと思ってテントに引っ込んだ。すると、また聞こえてくる。間違いなくテントの周囲を歩きまわっていやがる。でも、それが人なら、何らかのコンタクトをしてくるのが当然だろう？ところが、そいつはただ歩きまわるだけだ。気味が悪かったが、それが生き物だという確信はあった。生命《いのち》あるものに特有の質感みたいなものが、何となく伝わってくるんだ。

すると、今度はそれが冬眠できなかったクマだと思って恐ろしくなった。深呼吸を何度も繰り返しておれは冷静になろうと努めた。間違いない、クマだ。そう思うと、かえって度胸が据わった。一向に立ち去る気配がないからいよいよ覚悟を決めたよ。クマと闘おうと思ったのさ。もし襲われて、吹雪の真っ直中《ただなか》でテントをメチャクチャにされちゃかなわないからな。

最初の一撃が勝負だ。そう自分に言い聞かせてピッケルを握り締め、恥ずかしいくらいの大声を出して外へ飛び出した。でも……」

「何もいなかった？」

「ああ。影も形もない。動いていたのは横殴りに降る雪だけさ」

田島はひと呼吸置いて、喋《しゃべ》りつづけた。

「ところがな、それだけじゃない。結局、吹雪は真夜中になっておさまったんだが、その足音がまたやってきたんだ。風が凪《な》いだから、さっきよりもはっきり聞こえたよ。おれはふたつの可能性を考えてゾッとした。ひとつは、そいつが山でよく噂に聞く亡霊じゃないかってこと。もうひとつは、自分の頭が狂いはじめているんじゃないかってことだ。とにかくおれは正気を保つことだけを考えた。で、馬鹿でかい声を張りあげて歌を唄《うた》いはじめたのさ。《おお、ブレネリ　あなたのお家《うち》はどこ？　わたしのお家はスウィッツランドよ》」

その歌詞と田島のダミ声のミスマッチに久作は笑い、田島も微笑した。

「親爺《おやじ》さんは笑うが、こっちは必死さ。明け方近くまで喉《のど》が潰《つぶ》れるくらい唄いつづけたよ。そのうち唄い疲れて眠っちまった。

翌朝は晴れて、外はまともに眼も開けられないくらい光が降り注いでいた。まさに天国の風景だ。おれは雪に埋もれたテントから這《は》い出し、降り積もったばかりの雪を溶かしてコーヒーを沸かした。お天道様の下でコッヘルの温《ぬく》もりを掌《てのひら》で弄《もてあそ》んでいると、さすがに昨夜のことが我ながら馬鹿らしく思えてきて、大声で笑ったな。

ところが、何げなく眼をやっておれは肝を潰《つぶ》した。テントの周辺の雪が踏み固められたように窪《くぼ》んでいるのに気づいたんだ。ひとりの人間が何十周も、何百周も、ただひたすら歩きつづけたと思われるような跡だ。登山靴の靴底の模様までくっきり残っていた。信じられないことだが、やはり一晩中、誰かがおれのテントの周りを歩いていたんだ」

田島が唾《つば》を呑み下す音が、久作にも聞こえた。

「誰かじゃなくて、何か……だったかもしれないな」

「ああ、おれたちが棲《す》む世界では推し量れない何か、だ。……だが、足跡を見た時、おれは不思議と怖いという感じがちっともしなかった。それより、無性に悲しくなってきたんだ」

「悲しい？」

「いや、それも正確じゃないな。どう言えばいいのか……。相手が何者にせよ、営々と雪を踏みつづけた繰り返し、徒労に、たしかに深い悲しみを感じはした。でも、それだけじゃない。妙な言い方になるが、いい本を読み終えた時や、いい映画を見終わった時に感じる気持ちと似ているかもしれない。親爺さんだって、それこそ魂を揺さぶられるような本や映画にめぐり逢《あ》った経験があるだろう。それと同じ感動と言うのか……いや、この言葉はどうも辛気臭いな。つまり、何者かと触れ合えた、でも永遠につづかない、ひどく切ない気持ちと言えばいいのかな……。わけもわからず涙が出てきて仕方がなかった」

田島は自分の乏しい語彙《ごい》力に苛立《いらだ》ち、言葉がすらすらと出てこないもどかしさと闘っているように見えた。やがて田島は言葉との格闘を放棄し、かつての奇怪な体験の記憶に身を委《ゆだ》ねたのか、再び遠い眼をして押し黙った。

「そんなことがあったのか」

久作がぽつりと言った。

「信じちゃくれないだろうな」

「いや、信じるよ」

「雪山で孤独病に陥って幻を見たのかもしれない。おれ自身、半分は信じちゃいないんだから」

「この山ではどんなことだって起きるさ」

嘘ではなかった。今の久作はどんな理不尽なことだって信じられる。

「しかし、そのおまえが今、この山で起こっていることを誰よりも認めたがらず、誰よりも恐れている……そんなふうに見えるぞ」

「ああ、たしかに怖い。あの雪山では感じなかった悪意を感じる。とてもおれたちの手には負えないような悪意を……」

田島はそう言って唇をきつく噛《か》んだ。

キャンプ場の被害は大したものではなかった。いくつかのテントが氷塊に引き裂かれて使いものにならなくなっていたし、食器類やザックが乱雑に散らばって人々の混乱の残り香を生々しくとどめてはいたものの、田島が危惧《きぐ》したような深刻な怪我人は幸いにも出ていなかった。

早朝のことで、しかも雹《ひょう》が降ったのがほんの短い時間だったこともあり、何ごとが起きたのか未《いま》だに理解していない人間も多かった。一部始終を目撃した者たちにしても、おそらくは事態を無事に切り抜けたという喜びがそうさせるのだろう、恐怖よりはむしろめずらしい自然現象に出くわした興奮の熱に浮かされ、拍子抜けするほど明るく振舞っていた。

雪合戦よろしく、地面に落ちた氷を投げ合っている子供らまでいる。久作と田島の足《あし》許《もと》にも、まだ溶けきらない氷塊が無数に落ちている。それが空から降ってきたと思うと、あらためて寒気を感じざるを得ない大きさのもの――大人の男の拳《こぶし》ふたつ分をゆうに超える大きさのものまである。

ホテルに運び込まれた青年は、こんなものを脳天に喰《く》らったのだ。田島は鉛の入った安全靴の爪先《つまさき》で氷塊を蹴《け》り飛ばした。

田島は炊事場の周辺に皆を集合させて、あらためて無事をたしかめ、隧道《ずいどう》近辺で新たな土砂崩れが発生した旨を、事務的に伝えた。テントに修復不可能な破損を蒙《こうむ》って寝る場所を失った者たちは、ここから一番近い宿泊施設である久作小屋へ行くよう指示し、同意を求めるように久作を見た。

小屋はただでさえ行き場を失った山男たちで溢《あふ》れ返っているが、無理をすれば収容できなくもないと判断して久作も頷《うなず》いた。田島が説明している間、我が子を庇《かば》って氷塊を背中に受けたという男が痛みを訴え、テントを失った家族の母親が「街にはいつ降りられるのか」と、いささかヒステリックに田島に詰め寄る場面もありはしたが、人々は存外たやすく落ち着きを取り戻した。

ただ、気がかりな事態がひとつだけ発生していた。

雹とは関係ないが、キャンプ場から若い男がひとり失踪《しっそう》していた。

仲間の申し出によると、昨夜から行方をくらまし、今に至るまで音沙汰《おとさた》がないとのことだった。

日頃から素行が怪しい男らしく、「女の子でもナンパしてどこかにしけ込んでいるかもしれない」と、仲間もそれほど心配している様子ではなかったが、念のために田島は男の氏名や容姿の特徴を詳しく訊《き》いた。

そこへ田島を呼ぶ、誠の無線が入った。

〈ヘリはO市のヘリポートからきっかり一時間後に出発します。十分もあれば到着できるそうです。吊《つ》り橋付近の河原に着陸しますから、怪我人をそこまで運んで下さい〉

「一時間十分後か……」

田島がチラと腕時計に眼を走らせ、そのまま視線を久作に擡《もた》げた。(間に合うかな?)という問いだった。久作は小頸《こくび》を傾げ、(どうかな)と懐疑的な思いを、沈黙で知らせた。あの青年が到底、生き延びられるとは思えなかったのだ。無線の沈黙に、誠は久作と田島の悲観を察したのだろう、せっつくように問いかけてくる。

〈怪我人は大丈夫なんですか〉

「大丈夫だ」自分に言い聞かせるように田島は言った。「それより、先生はつかまったか」

〈はい。今、タクシーでヘリポートに移動中のはずです。それから、作田副隊長も同行してくれることになりました〉

「そうか。ご苦労だったな」

久作が無線機をひったくった。

「誠、わしだ。これからそっちに十一人が登る。さっきの雹でテントが壊れた人たちだ。何とか泊めてやってくれ」

〈十一人もですか？　こっちは鮨《すし》詰めで、息も満足にできないような状態ですよ〉

「わしの部屋を開放しろ。二、三日の間、雨露をしのげればいいんだ」

〈わかりました〉

「食糧は大丈夫か」

〈明日、天気が好《よ》ければヘリで全部の山小屋に荷揚げすると、作田副隊長が言っていました。それとは別に、当面の米や味噌《みそ》や缶詰類の買い出しを、副隊長にお願いしています。ヘリが到着する頃を見計らって、僕がそっちへ荷物を受け取りに行きます〉

「荷物はわしが運ぶからいい。何があるかわからんから、おまえはそこを離れるな」

そこで久作は、不自然に言葉を呑み込んだ。食糧の手配までしていた誠の機転を褒めようと思ったのだが、普段そういうことを言いつけていないので、素直に言葉が出てこなかったのだ。仕方なく、「わしたちはこれからホテルに戻る」とだけ言って、無線を切った。

すっかり霧が晴れ、山の強い紫外線が早くもジリジリと肌を焦がしはじめている。夜露が蒸発する湿気に混じって草樹の匂いがむっと鼻腔《びこう》に流れ込み、噎《む》せ返るようだ。

「親爺《おやじ》さん、ほんとうに二、三日で済むと思うかい」

田島が強い陽射しに顔を歪《ゆが》めて言った。久作は答えず、すぐ向こうの宇宙の闇を透かしているかのような蒼穹《そうきゅう》を仰ぎ見た。

3

ホテルの電話という電話が使用できなくなった。結局、嘱託医とは連絡が取れないまま、隆一が独自の判断で怪我をして担ぎ込まれていた葉子《ようこ》という女性に抗生物質を注射し、鎮静剤を呑《の》ませた。

鎮静剤の効果で葉子が眠気を覚え、重たげに瞼《まぶた》を閉じた頃、キャンプ場に出かけていた若者たちが戻ってきた。出て行ったのはついさっきのことなのに、一時間もしないうちに若者のひとりは瀕死《ひんし》の重傷を負い、担架に寝かされて還《かえ》ってきた。

よほどの怪我に違いない。大量の血で頭髪がごわごわと強張《こわば》り、鼻血も垂れている。顔にはチアノーゼが出ており、それはすでに死相と言っても大袈裟《おおげさ》ではないほどおぞましい色になっていた。

隆一はことの成り行きに茫然《ぼうぜん》として、言葉を失った。担架を押してきた仲間ふたりの言うことは、まったく要領を得ない。気が動転していることもたしかだが、喋《しゃべ》っている内容そのものがどうにも非現実的だった。空から氷の塊が降ってきたとか、それが頭に命中したとか、うわ言のように繰り返している。

若者の怪我は、葉子の場合とは大違いだ。とても隆一が手を施せるような状態ではなかった。頭蓋骨《ずがいこつ》が重大な損傷を受けているのは、まず間違いない。頭頂よりやや右の部分が不自然に凹《へこ》んでいるように見える。もしかしたら、頸の骨も折れているのではないか。

「順序だてて教えて下さい」

隆一は自らが冷静になるべく、ことさら声を押し殺して、訊《たず》ねた。

「いったい、何があったんです」

眼鏡をかけた英夫《ひでお》という男が、興奮や苛立《いらだ》ちを必死に抑えながらキャンプ場で遭遇した奇妙な現象について説明した。

「拳ほどもある氷が空から降ってきたって言うんですか」

「もっと大きいものもありました」

「馬鹿な」

「僕たちだって信じられません。でも、ほんとうなんです。車のフロントガラスまで割れてしまいました」

そう言ったのは小柄な良介《りょうすけ》という若者だ。涙こそこぼさなかったが、彼は嗚咽《おえつ》しかねないほど声を昂《たか》ぶらせた。瀕死の仲間が偶然、苦悶《くもん》するように喉《のど》を鳴らしたからだ。

「そんなものを、こいつはまともに喰らって……」

「そう言えば、田島さんは……君たちとキャンプ場へ行った人は、どうしました」

「僕らと一緒にホテルに戻りました。さっきロビーで支配人と話していましたが……」

と、英夫。

「この人を早く、街の病院に運ばなければ」

「知らせようにも、電話がまったく通じないそうなんです」

「ええ、それは知っています」

「電話線が切れたんだろうって、田島さんが言ってました」

「何ですって！」

「おそらく、ケーブルが埋められている隧道付近で、また土砂崩れが起きたんじゃないかと……。いったい、どうすればいいんでしょうか」

どうすればいいでしょう？　隆一の方こそ訊ねたいことだった。どうすればいい？

素人《しろうと》には到底手に負えない怪我人が、眼の前にいる。すでに生と死の境界線を彷徨《さまよ》い、今頃は死に向かう奈落《ならく》をのぞき見ているに違いない。なのに、病院に運ぶことはおろか、連絡を取ることすらままならない。このまま手をこまねいて立ち尽くし、若い生命が奪われて行く様を、黙って見ているよりほかないのか。どうする、どうする……。

「そうか！　無線機だ」

そう叫んで隆一が救護室を飛び出そうとしたところで、支配人と鉢合わせになった。

「支配人、どこかに無線機はありませんか」

「ええ、わかっています」

支配人は隆一の勢いを撥《は》ね返すように、きっぱりと言った。

「つい今しがた、麓《ふもと》の警察署と連絡が取れました。大丈夫、ちゃんと助けがきますよ」

「ということは、ヘリコプターがくるんですね」

「はい。今、警察の方が手配をしてくれています」

「田島さんは？」

「すぐ戻るからと言って、キャンプ場に行きました。何か大変なことが起きたらしいですね」

そう言う支配人自身、まだ事情をよく呑み込めてはいなかった。キャンプ場で田島や若者たちが遭遇した不可思議な現象について、あらためて隆一から聞かされ、穏やかな支配人の顔がみるみる険しくなる。

「まさか、そんなことが……」

支配人は消え入りそうな声を洩《も》らした。

「そんなことがこの世の中で、ほんとうに起きるんですね」

「卵くらいの大きさの雹《ひょう》が実際に降ったという話は、聞いたことはありますが」と隆一。

支配人はベッドの枕許《まくらもと》に歩み寄り、今や虫の息の若者を見おろして嘆息した。

「この山は、常識では測れません」と支配人は独りごちるように呟《つぶや》いた。「まったく、あいつの言った通りだ」

「あいつ？」

「ああ……私の前任者です」

支配人は隆一を見るでもなく、死の床に臥《ふせ》る若者の腕におずおずと手を差し延べながら答えた。

「私は入社して以来、同じ系列の都会《まち》のホテルしか知らない男でして、このホテルに詰めるのは今年が初めてなんです。私と同期入社の前任者は、それはもう無類の山好きで――何でも若い頃はガッシャブルム遠征隊の隊員候補になったというほど、登山にかけては一廉《ひとかど》の男なんですが――彼は、自ら志願してここの支配人を三年間務めました。ご存じのように、このホテルは四月の下旬、ゴールデンウィークがはじまると同時に営業を開始して、降雪が本格化する十一月の初旬には閉鎖してしまいます。その半年間、われわれ従業員は、完全に山の住人になるわけです。

何かと不便の多い生活ですが、前任者はむしろ喜々として仕事に打ち込んでいるように見えました。研修会などでたまに顔を合わせると、彼はそのたびに、山では人智がおよばない不思議なできごとに遭遇すると言っていました。

別に子供騙《だま》しの怪談咄《ばなし》をはじめるというわけではないんです。喋ることの多くが、いかにもありふれた山の自然現象のことでした。クマゲラのドラミングがはっきり聞こえたり、ツキノワグマが道を横切ったりするのを見ると、必ず天気が悪くなるとか、私が子供の頃に祖母から聞かされた素人のお天気判断とそう変わらない類《たぐ》いの話やら、山を襲う台風の凄《すさ》まじさ、雷の恐ろしさ、霧の深さ、水の冷たさ、湿原のどこかにあるという底なし沼の噂、動植物のめずらしい生態……そんなことを訥々《とつとつ》と話すわけです。

シーズンが終わり、お客様を送り出してから従業員も次々と山を降り、支配人の務めとして最後の戸締まりをする時、人間と入れ替わりにホテルに侵入してくる精霊の気配みたいなものを感じるなんて、お伽《とぎ》咄みたいなことを口にしたこともありました。

その時の彼の眼が、奇妙に澄んでいましてね。あくせくした俗世間とは無縁の、まったく違う世界に足を踏み入れてしまった者の眼ですね、あれは。

いや、それこそ俗世間にたっぷり浸《つ》かってギラギラしていた私なんかから見ると、何かを諦《あきら》めきった者の眼にも見えました。

空想家と言うんでしょうか、いささか浮き世離れして見えたものです。

ところが、ここにきて三ヶ月もしないうちに、何となく自分もそういう境地に入りかけている、山なのか自然なのか、もっと大きな存在に対してなのかはわかりませんが、自分が妙に諦《あきら》めてしまっているのを感じるんです。いや、諦めていると言うより、ただもう無条件にひれ伏していると言った方がいいかもしれません」

「……」

「この山は常識では測れません」

支配人はさっきと同じことを呟き、仲間を次々と疵《きず》つけられたふたりの登山者に視線を配った。

「まったくお気の毒なことです」

「縁起でもないことを言わないで下さい」と、英夫が語気を荒げた。

「僕たちはとても諦めきれませんよ。何とか雄一《ゆういち》を助けなくては」

「もちろんです」

支配人はお喋《しゃべ》りがすぎてしまったことを恥じ、ふいに居住まいを正した。

「ヘリが間もなく到着するでしょう。お医者さんも同乗しているはずですから」

そして、支配人は隆一の顔を見た。

「朝から大変なことに巻き込んで申し訳ございませんでした。後は私どもの従業員でやります。どうぞお部屋でお休み下さい」

「しかし……」

「ここは大丈夫です。お客様だって奥様のお加減がいけないんですから」

「わかりました」

隆一は首肯した。たしかに自分がここで心配顔を晒《さら》していても、事態が好転するわけではない。

「ほんとうにありがとうございました」

支配人は深々と頭をさげた。

隆一が救護室から立ち去りかけた時だ。天井に吊《つ》りさげられた蛍光灯の灯《あか》りが、プッンと音を立てて消えた。カーテンが引かれた救護室に淡い暗がりが膨らみ、エアコンディショナーも、うがいをするような音を立てて回転を停止した。

「停電か……」

良介が苦々しくこぼした。

「今度は、電線が切れたか」

隆一の呟きに支配人が頭《かぶり》を振った。

「いや、電話線とは違いますよ。電気はすぐ近くの電力会社のダムから直接ここに引き込んでいます。土砂崩れは関係ありませんし、切れるなんてこともあり得ません」

「それじゃ、どこかの回線がショートしたのかな」と隆一。

地下水を汲《く》みあげるポンプ、冷暖房、給湯設備、あるいは調理室の器具に至るまで、山岳地に建てられているという特殊性から、このホテルは施設運営のかなりの部分を電力に依存していた。だからこそ電気系統の設計やメンテナンスには細心の注意が払われていたはずだ。

「とにかく調べてみます。まあ、すぐに復旧しますよ」

支配人は次から次へと起きる難問にさすがに苦渋の色を滲《にじ》ませたが、客たちに動揺を悟られまいと、ことさら平静を装って言った。

「しかし、朝でよかった。これが夜なら、われわれも焚火《たきび》を熾《おこ》してキャンプ生活をしなければならないところです」

ところが、支配人が救護室のドアを開け、真っ暗い廊下に出た途端、まるでその背中を嘲笑《あざわら》うかのように、電灯がチカチカと点滅をはじめ、間もなく元通りの明るさを取り戻した。救護室の本棚に置かれてある小型テレビまでもが誰も触れていないというのに勝手に点《つ》いて、朝方の天気予報番組を映し出した。居合わせた者たちは、茫然《ぼうぜん》とテレビのブラウン管に見入り、おたがいの顔を無言で見つめ合った。

テレビ画面の中では、アイドル歌手のような風体の女性キャスターがコンピュータ・グラフィックスの天気図の傍らに立ち、大型の台風七号が足早に東海地方に上陸し、まっすぐ北に進路を向けていると告げていた。

4

バイキング形式のホテルの朝食は、普段なら和食と洋食の好きな方を選べるが、ただでさえ道路の復旧の見込みが立っていないところへ今度は台風も接近してくるとあって、物資の運搬が滞ることを懸念した支配人の断で、ひとつのメニューに限定され、この日は洋食が供されることになった。

とは言え、支配人はまだまだ事態を楽観視していた。

台風さえ遣《や》りすごせば、今日の土木技術なら、崩れた道路もそれほど時間をかけずに、全面復旧とは言わないまでも、人の行き交いが可能なくらいには修復されるだろう。そうすれば、歩荷《ボッカ》を雇って、荷を運び込むことはできる。あるいは山小屋のように、ヘリコプターで荷揚げしてもよい。唯一、心配の種になるかと思われた電気系統のトラブルは、原因こそわからずじまいだったが、すぐに回復していたし、営繕係に徹底的に調べさせても、異常はまったく認められなかった。食糧を貯蔵してある冷凍室をはじめ、ホテルの施設は電話を除くすべてのものが、平常通り順調に機能していた。

ほかの宿泊客の誰よりも早く、一階のレストランに入ってきた磯崎は、陽当たりのよい窓辺のテーブルを自分の席と定めて、腰を下ろした。老体を慮《おもんばか》って朝食を運ぼうとしたウェイターを制止し、磯崎は自らバイキング料理の並べられたテーブルに足を運び、トレイに朝食を盛りつけて席に戻った。

「おはようございます」

支配人がレストランに入ってきて老人に挨拶《あいさつ》した。磯崎は麓《ふもと》の街でバス会社や百貨店、スーパーマーケットなどを手広く経営する磯崎グループの創業者で、このホテルの大株主でもあると、前任者から教えられていた。毎年、今頃の季節になると、磯崎はスイートルームを予約し、決まってひとりきりでこの山を訪れる。会長職に退き、娘婿に実権を譲ってからは、かなりの長逗留《とうりゅう》をするようにもなった。しかも株主優待を享受することを頑《かたく》なに拒み、必ず正規の料金で宿泊する。ホテルにとってはまたとない上客だった。

しかし支配人が磯崎に近づくのは、商売上の配慮からばかりではなかった。体調が芳しくないと聞いているし、また、黙っていても何かと世話を焼きたくなる雰囲気を、この老人は醸している。一代で大資本を築いた起業家だが、成りあがり者にありがちな強欲さや脂ぎったところを微塵《みじん》も感じさせず、言動がたおやかで、実直な役人としてささやかな人生を終えた自分の父親を思わせる、優しさと懐かしさを持ち合わせていた。

やはり一廉《ひとかど》の男というのは、人を惹《ひ》きつけて熄《や》まぬ吸引力を持っているものらしい。

「磯崎様は、和食の方がよろしかったですね。ご用意いたしましょうか」

支配人が申し出た。

「いや、レストランの入り口で貼り紙を見たよ。事情が事情だから仕方がないじゃないか。私だけ特別扱いというのはいけない」

磯崎がにこやかに言った。

「もっとも、今朝はどうしたことか食欲が旺盛《おうせい》でね、和食だろうが洋食だろうが、何でも身になりそうな気分なんだ。それに、たまにはパンもいい。いや、実際の話、ここのパンとスクランブルエッグはとても美味《おい》しいよ」

「恐れ入ります」

「さっき停電があったようだね」

磯崎は香ばしいコーヒーを口に運びながら言った。

「テレビを見ていたら、いきなり切れてしまったが」

「ええ、ちょっとしたトラブルで。ご迷惑をおかけしました」

「土砂崩れとは……」

「関係ございません。もっとも、電話の方ではご不便をおかけしますが」

「電話が使えないのかね」

「何でも今朝方、違う場所でまた土砂崩れが起きたようで。今度は隧道《ずいどう》の辺りだそうですが、電話線はあそこを通っていたものですから」

「ほんとうかい？　それなら、当分、我が家には帰れそうにないな。台風も近づいているというし……」

「ほんのしばらくのご辛抱だと思いますよ」

「それにしても電話が使えないというのは、ちょっと困るね」

磯崎は芝居がかった渋っ面を作った。

「愛妻の声が聞けなくなる」

彼特有の軽口だった。支配人は薄く笑い、「ごちそうさまです」と会釈してその場を辞そうとした。

「支配人、ちょっと……」磯崎がその背中に声をかける。「ホテルで釣竿《つりざお》は用意できないかね」

「竿ですか」

「こんな時にのんびりしたことを言って申し訳ないが、さすがに時間を持て余していてね。いつになく体調もいいし、久しぶりに魚釣りをしてみたいと思ったんだ」

支配人は顔を曇らせる。

「磯崎様、それはあまりお勧めできませんね」

「そう言われると思ったよ。まあ、ガタがきたこの老体じゃ、やっぱり渓流は無茶だろうね」

「もちろんおひとりで川にお入りになることも感心しませんが、それより何よりホテル近辺の渓流はほとんど禁漁になっていて、県と地元漁業組合の特別認可がなければ、魚は一切釣れなくなっています。私の知人では、久作小屋のご主人くらいのものでしょう、この山で誰に気兼ねするでもなく、釣りを愉《たの》しんでいらっしゃるのは。釣りができる川となると、ここからは相当の距離を歩かなければなりません」

「ほう、そんな面倒なことになっとるのかね。若い頃はそれこそイワナを山ほど釣って、そのまま河原で塩焼きにして食べたものだが」

「山も街も、だんだん住みづらくなります」

「まったくだね」

「昨年オープンした管理釣場が、吊《つ》り橋の少し上流にございます。ニジマスなら大漁を保証いたしますが」

「う〜ん、ニジマスはあまり好かんのだよ。釣趣も肉の味も大雑把でね。しかし、困ったな。朝からイワナのことばかり考えていたから、腹が塩焼きの味を欲しておる」

「晩にご用意いたしますよ」

「それはありがたい」

磯崎はそこでふと何かを思いついたように顔を輝かせた。

「いや、やっぱり遠慮しておこう。面倒をかけては申し訳ない。それより久作小屋に行ってみることにしよう。あそこでは今でもイワナを喰《く》わせてくれるんだろう」

「ええ。養殖ですが、すこぶる美味《おい》しいと評判です」

これで決まった。今日は久作小屋まで足を延ばそう。ホテルから直線距離にして四キロあまり、林間を縫う穏やかな登り坂の道がつづく老体にはもってこいのコースだ。

しかし、やはりひとりでは心許《こころもと》ない。若い頃に鍛えた健脚には自信があるが、何しろ眼がこんな調子なのだから。

隆一は一緒に行ってくれるだろうか。

磯崎は朝食を平らげ、食後の一服もそこそこにレストランを出て、ロビー電話で隆一の部屋を呼び出した。隆一はすぐに電話口に出たが、その声は沈んでいた。おつき合いしたいのは山々だが、どうも妻の体調が芳しくないので、そばにいてやりたいと隆一は言った。

磯崎は「そうしてあげなさい」と言い、「奥さんに精をつけてもらうためにイワナを持ち帰ってきますよ」と約束して、受話器を置いた。

吊り橋を渡りしばらくは、人工的な整備が施され興醒《きょうざ》めのする遊歩道が河原沿いにつづく。やがて鬱蒼《うっそう》とした森が近づくにつれ、ようやく山道らしくなった。

磯崎は結局、ひとりで久作小屋まで登ることにした。

正直なところ、いかに体調や気分が優れているとは言え、吊り橋を渡るまでは少しためらいがあった。

ひとりだけで山小屋を目指すなんて年寄りの冷や水になりはしないか。そんな弱気が頭を擡《もた》げた。しかし、天気の好《よ》さと人出の多さ、そして若い頃に通い慣れた道だという思いに背中を押される形で、歩みをつづけることになった。

同じ方向を目指す者たちがひっきりなしに歩いていたし、いくら何でもこんな平易なコースで道に迷うなんてことはないだろう。決して無理をせず、自分は自分のペースで山の風景を愉しみながら先行く者たちに従いついて行けばいい。万が一、何かがあっても、この人出ならすぐに誰かの眼に留まるはずだ。

本来は今日、チェックアウトして街へ下るはずだった。隆一も同じようなことを言っていたが、神様が与えてくれたせっかくの休暇だ。存分に、お天道様と清浄な空気を味わおう。躰《からだ》を動かして汗をかくなんてことも、久しくなかったことなのだから。

支配人が言った管理釣場は、芋を洗うような人出だった。山にはまったく不似合いな雑踏の風景に、磯崎は思わず顔をしかめて、横を通りすぎた。どこの誰の思いつきなのか、ここに釣堀まがいの管理釣場を造成するとは、何たる見識のなさだろう。湧き出す子供らの無垢《むく》な歓声も、この時ばかりは鬱陶《うっとう》しい雑音にしか聞こえなかった。もちろん自分ひとりのための山ではないが、この山の堕落は自分自身を汚すことになる思いがして、少しばかり気が滅入《めい》った。

気を取り直し、追憶のかけらの一粒一粒を丁寧に拾いあげるように、ゆっくりと山の風景を眺めやった。路肩に可憐《かれん》な花を見つければ、腰を屈《かが》めて甘い芳香を吸い込み、木立が途切れて山が雄大な姿を見せれば、立ち止まって祈るような顔つきでしばらく仰ぎ見、少し息があがったと思えば、木陰の地べたに座って休憩《きゅうそく》した。

若い頃だったら風景を愉しむなんてこともなく、一気に踏破した道程《みちのり》だが、萎《な》えた脚と道草のせいで二時間が経過しても三分の二の距離も消化できていなかった。

しかしそれでいい。急ぐ理由は何もなかった。

この道を登るのは、何年ぶりだろう。湿原の木道を渡り終え、少し道を逸《そ》れ、ハルニレの交じる針葉樹林の木陰で何度目かの休憩を取りながら、磯崎は考えた。

ホテルには毎年欠かさず通っていたが、本格的な登山はおろか、散歩程度の山歩きすらしなくなって、もうずいぶん長い年月が経つ。ひとりきりで、あるいは親しい仲間と連れ立って山の頂上を目指していたのは、気が遠くなるくらい昔の話だ。父親に死なれてからは、山どころではなくなった。あまり健康とは言えない母と幼い弟妹《きょうだい》、そして、何より自分自身を養うために、遮二無二働かざるを得なくなったのだ。

生きるためなら何でもやった。鉄屑《てつくず》拾いから、闇ブローカーもどきのことまで。時には法を犯すことすら、顧みなかった。実際、闇米を運んでいて警官に見咎《みとが》められ、必死の逃亡劇を演じた挙句に捕まり、足腰が立たなくなるほど殴りつけられて、半死半生の思いを味わったこともある。そんな自分が今や一地方都市を牛耳るほどのコンツェルンを築き、名士と崇《あが》められ、政治家どもまでが擦り寄ってくるほどの財力と権力を持ち、家族にも恵まれて何不自由なく人生の晩秋を迎えようとしている……。

しかし、磯崎はその立身出世の物語を、どこか人ごとのように思っている。それを我が身に重ねるとなれば相当の努力を強いられることになる。栄華の喜びに浸るより先に、若かりし頃の虫ケラじみた自分の姿に懐かしさの入り混じった悲哀を感じ、成功のために犠牲にしてきた時間と体験を悔やみ、そうとは気づかぬうちに疵《きず》つけ、踏台にしてきた人間たちの怨念《おんねん》に恐怖し、功なり名を遂げた老いぼれをちやほやする有象無象の衆の魂胆に、怒りとも哀れともつかぬ複雑な感情を抱いてしまう。

そして、あの事件――。

忌まわしいあの事件こそが、自分という存在を決定的に否定している。

だから成功によって勝ち得た喜悦の笑みは、長つづきすることはない。すぐに悲哀の混じった苦笑に、取って代わられる。その苦笑が、今も口許に浮かんでいた。

彼は物思いに耽《ふけ》っていた自分を解放するように大きく伸びをし、山の涼気をたっぷり胸に吸い込んでから、パイプを取り出して火を点《つ》けた。紫煙をくゆらせながら何げなく眼前の小さな池に視線を落とす。

妙だなと思った。

この季節、昔ならここでマガモやオシドリなど、眼を和ませるたくさんの水鳥たちが出迎えてくれたはずだ。それが一羽の姿も見あたらない。さっきから森を歩いていても、鳥の姿を眼にするどころか、啼《な》き声ひとつ聞くこともなかったような気がする。コガラ、オオルリ、ルリビタキ、ウグイス……かまびすしく啼き集うはずの鳥たちが鳴りを潜め、耳にするのが登山者やハイカーの哄笑《こうしょう》と渓流の音ばかりだったというのも、奇妙な話ではないか。

磯崎は腰をあげ、岸辺に近づいて透明な水をのぞき見た。

やはり以前なら無数に群れ泳ぎ、あるいは水面を跳ねていた魚たちの影も見えなかった。水場には必ず翔《と》び交っていると思っていた、チョウやトンボもいない。生き物の気配のない池は不気味に静まり返り、硝子《ガラス》のように冷たく、空の蒼《あお》さを映しているだけだった。

こんな山奥も、否応《いやおう》なく自然破壊の波に晒《さら》されているらしく、めっきり動物たちの姿が減ってしまった。無理もない。登山道は、街の目抜き通り並みの人出だ。人の足が多く入り込めば、それだけで自然の調和は乱される。

いつだったか、心ない登山者が投げ捨てるビニール袋を呑《の》み込んだ水鳥たちの窒息死が頻々とおきているという新聞記事を眼にした。昔に比べて、人のモラルが低下したことは否めない。その反動で、「自然保護」を念仏のように唱える狂信的な輩《やから》が出てきて、行きすぎとも思える管理が施行され、魚釣りも満足にできなくなる始末だ。

これから社会を背負って立つ子供たちに魚を大切に思わせたければ、魚を釣らせることが一番だと磯崎は思う。人がやることはどこかちぐはぐで、滑稽《こっけい》だ。

嘆息し、静寂を映す池から眼をあげた時だ。

視界に人影がよぎったような気がした。

見ると、水辺に佇立《ちょりつ》している女の姿があった。

磯崎が立っている場所からは、その横顔を見る角度になる。細かい表情までは判別できないが、女は何をするでもなく、ぽつねんと水面を見つめているようだ。

今の今までその姿に気がつかなかったから奇妙だなとは思いつつ、磯崎は満面に笑みをこしらえて「お散歩ですかな」と、声をかけてみた。女は見向きもしない。聞こえなかったのかなと思い、もう一度、同じことを言った。やはり反応がない。

少しむっとしたが、それでも相手が聾唖《ろうあ》者かもしれないなどと妙な気をまわして笑顔を崩さなかった。眼を患ってから磯崎の裡《うち》にこういう発想が生まれた。不自然と思われる人間の行動には必ずそれなりの理由があるものだ、と。

気を取り直して女の方へ歩み寄る。

「昔はここで、水鳥たちがたくさん戯れていたものですがね」

自分でも大袈裟《おおげさ》と思われるほどの手振りで池を指し示しながらそう言った時、はたと気づいた。

その女が誰であるかを。

「あなたは……」

言いかけて、ふいに眩暈《めまい》に襲われた。

河原で気分が悪くなった時と同じように重苦しい空気にまとわりつかれ、心臓が早鐘のように鳴り出した。

何とも形容しがたい臭いが鼻腔《びこう》を塞《ふさ》ぎ、こめかみや頸《くび》筋には冷たい汗が滴り、反対に脇の下や背中からは熱い汗がどっと噴き出した。

磯崎は意識が遠のくのを、不思議な冷静さで感じ取った。

倒れてはいけないと必死に言い聞かせ、指の関節が白くなるほど杖《つえ》を握り締める手に力を込めてバランスを取った。

視界が真っ暗になろうとするその刹那《せつな》、見覚えのある女とは別の人影を沼の中に見たように思った。

若い女だ。

下着だけの、あられもない姿で水の中に立ち尽くしている。

なぜあんな格好で、あんな場所にいる？

そう自分に問いかけるだけが精一杯だった。磯崎は二歩、三歩、水辺に向かってよろめいたかと思うと、杖を池に放り出すようにして倒れ込んだ。

5

プロペラ機の離着陸しかできないO市の小さな飛行場の格納庫裏に、〈シグマ・エアサービス〉の事業所がある。

チーフ・パイロットの室戸《むろと》貞治《さだはる》は、タービン双発ヘリコプター、BK117A－3型機の給油を終え、チェックリストに従って、フライトチェックを行っていた。

よく陽に灼《や》けた室戸の顔には、少しく疲労の色が滲《にじ》んでいる。山林や農地の薬剤散布、野鼠《やそ》駆除などがこのシーズンに集中し、事業所はフル回転の状態だった。薬剤散布は社の基幹事業で、もっとも利益率がよいフライトだが、低空飛行による高架線との接触事故など不測の事態が懸念されるし、スケジュールも過密になるため、パイロットの長たる室戸は、いつにも増して神経を磨《す》り減らすことになった。

この時期になると、例によってパイロットたちの間に、待遇面の不満が募ってくる。彼らは身を粉にして働いていたが、会社側はもっと業績をあげろと声高に要求してくる。勢い、営業部の連中は節操なく仕事を受注し、現場には無理なフライト・スケジュールが押しつけられることになる。忙しさと倦怠《けんたい》、そして疲労から、パイロットの注意力が散漫になり、つまらぬミスが誘発されることもあった。

一般の会社なら、中間管理職に当たる室戸の立場は微妙だった。パイロットたちの不満は痛いほどわかる。しかし、企業としてまだまだ脆弱《ぜいじゃく》な存在であるヘリコプター会社はもっと高利益をあげ、設備や市場を拡大して体力をつける必要があるとも考えていた。最近の室戸は、経営陣と現場の人間を繋《つな》ぐパイプ役に徹していたが、部下のパイロットたちとの話し合いの中で、どうしても理解に苦しむ点がひとつあった。若い連中が瑞々《みずみず》しい感性を日々いたずらに磨耗させるだけで、いつの間にか空を飛ぶ喜びをどこかに置き忘れてしまっていることだ。

ヘリコプターのパイロットを、華やかな職業だと思ってこの道を志す者がたくさんいる。しかし実態は、体力と忍耐を要求される地味な仕事が、大半を占めていた。薬剤散布のほかに、山岳地帯の送電線巡視、僻地《へきち》や山小屋への物資輸送といったところが主な仕事だ。時々、報道取材やテレビ・映画関係の仕事に駆り出されることもあるが、いずれにしても世間一般のイメージとはかけ離れた地味な職場と待遇の悪さに嫌気がさし、愚痴をこぼすパイロットたちが多いことは事実だった。

室戸自身は空を飛ぶことが根っから好きな男だった。

機体がふわっと宙に浮くあの瞬間に味わう快感は初めてヘリコプターを操縦した頃とちっとも変わらず、色褪《あ》せることがない。疲れやストレスはたしかにある。が、原因の大半は人間関係の軋轢《あつれき》によるもので、空を飛ぶことへの情熱は失《う》せるどころか、ますます募るばかりだった。

ＢＫの機体に触れている今の彼は、しばし中間管理職者のストレスを忘れ、鬱積《うっせき》する疲労がかえって自分の集中力を研ぎ澄ましているのを感じ、心の昂《たか》ぶりすら覚えはじめていた。

県警から救助活動の要請があったのは、一時間前のことだ。

目的地が気流の複雑な山岳地帯ということで、ベテラン・パイロットの腕が必要とされ、この日は早朝の送電線巡視フライトだけで非番となるはずだった室戸がもう一度、飛ぶことになった。

パイロット魂に火が点くのは、こういう時だ。人命救助のためにこそヘリコプターという乗り物は生まれ、また、だからこそ自分はパイロットという職業を選んだのだと彼は思っている。

室戸がテイルローターのチェックを終えたところに、県警山岳救助隊の作田警部が、乗用車で乗りつけた。山のような大荷物が収まりきらず、トランクの蓋《ふた》が開きっ放しになっている。

「やあ」

古びて黄ばんだサファリジャケットを着た小柄な作田が車から降り立ち、愛想笑いを浮かべた。長い年月、山の強い紫外線に灼《や》かれて煤《すす》けた色になっている皺《しわ》だらけの顔に、細い眼が埋もれ、泣きべそをかいているようにも見える。

室戸はこの冴《さ》えない風貌《ふうぼう》の警部が無性に好きだった。山のことなら至って詳しく、信頼もしていた。来春に勇退すると聞いているが、この初老の男が救助隊を去るのはいかにも寂しいし、救助隊組織の根幹がぐらつくかもしれない危惧《きぐ》も抱いていた。

警察にとって鬼っ子のような存在である救助隊の体裁をなんとか整え、ここまで維持してきたのは、作田の尽力によるところが大きい。救助隊における肩書きは副隊長で、彼の上司である警視クラスが隊長を務めてはいるものの、実質的に救助隊をリードしているのが作田だということは、衆目の一致するところだった。

室戸ら民間人との交流を積極的にはかり、官民の垣根なくトータルに山岳遭難救助のシステム化を構築しようと模索したのも、作田だった。室戸が山に関して知っていることのすべては、作田に教えられたものだと言ってよい。

「お久しぶりです、作田さん」

「年明けの遭難事故以来かな」

「ええ。まったく奇跡的でしたね、あの連中が助かったなんて」

「君のおかげだよ。あの天候で、あの廊下帯《ゴルジュ》を通過するなんて離れ業は、そうそうできるもんじゃない。この私が保証する、君は県警航空隊や自衛隊のパイロットより凄腕《すごうで》だ」

そう作田に言われて肩を叩《たた》かれると、室戸は素直に喜べる。敬愛する恩師の前に立った生徒のように。

「それにしても作田さんご自身がお出ましとは、驚きました」

「たまには事務仕事から逃げ出したいんだよ」

作田はまんざら冗談でもなさそうに愛想の尽きた顔をした。

「もうすっかり山屋の面影なんかないだろう」

「そんなことありませんよ」

「ああ、まったく田島が羨《うらや》ましい。あの野郎、つい二、三日前にこっちへ降りてきたんだが、ちょこっと署に顔を出したと思ったら、お茶も呑《の》まずにそれこそ逃げるように山に還《かえ》っちまった。まるで、ここはおれがいる場所じゃないって言わんばかりに」

「田島さんもそろそろ一年ですか、派出所に詰めるようになって」

「ああ。よくやってるよ、あいつは」

作田の顔がふいに真顔になる。

「で、用意は？」

「すぐにでも出発できますよ」

「ちょっと待ってくれ。ホテルの嘱託医が同行することになってるんだ」

「その荷物は何ですか」

「久作小屋への差し入れだ。しばらく物資が届かなくなりそうだからな」

室戸がヘリコプターの後端部の観音扉を開け、優に人ひとり分くらいはありそうな荷を軽々と積み込んだ。黒いTシャツの袖《そで》からのぞく二の腕の筋肉は、まさしく肉体労働者のそれだった。

「飛ぶのはこのへリか」

「そうです。これなら怪我人を寝かせるくらいのスペースが十分にあります。消毒も済ませました」

室戸は汗が滴る頸筋《くびすじ》を、掌で拭《ぬぐ》いながら言った。

「それにしても運がよかったですよ。この機は山の架線工事でチャーターされていたんですが、台風が近づいてくるっていうんで作業が延期になり、今朝、突然キャンセルが入ったんです。うちにはあとは単発の小型機しか待機していませんから」

「台風か……」

作田は斜視ぎみの眼を歪《ゆが》めて、空を見あげた。

「厄介なことだな」

「山は復旧の見込みが立たないらしいですね」

「ああ。地盤が脆《もろ》くて手がつけられない。これで台風が直撃すれば、いったいどうなることやら……」

そこへ、井坂医師の乗ったタクシーが到着した。

井坂は作田よりももっと小柄な、痩身《そうしん》の若者だった。いかにも学究肌という神経質そうな顔立ちで、異様に目立つ団子鼻に銀縁の眼鏡を乗せ、度の強そうな分厚いレンズの下からおどおどと作田と室戸を見やった。

「こちらがM大の井坂先生だ」

作田が、井坂を紹介した。

「今はホテルの嘱託医をしていらっしゃる」

室戸と井坂が握手を交わす。

「怪我人はかなりの重傷らしいですね」

室戸がアポロキャップの庇《ひさし》の下の眼をまっすぐ、井坂の顔に向ける。

「ええ……」

井坂は室戸の視線に臆《おく》したように眼を逸らし、歯切れの悪い声でボソボソと答えた。

「すぐに飛ぶんですか」

井坂の不愛想な口ぶりと思いつめたような表情に、室戸は少しく不快感を覚えた。日頃、自分が相手にしている会社の若い連中にもそのてのタイプがいるのだが、ろくろく挨拶《あいさつ》もできず、青年特有の人を拒絶するような性急さと硬さをあらわにし、自分の世界に閉じ籠《こも》ってしまう性癖の持ち主に見えたのだ。

が、この時ばかりは室戸もやんわりと受け流し、「ええ、出発できますよ。搭乗して下さい」とふたりを促した。

コクピットチェックを終えた室戸が、エンジンをスタートさせた。ローターが回転しはじめる。管制塔からのクリアランスが出たところで室戸は、コレクティブをゆっくりと引きあげて機体を浮かせた。ホバリング状態からタキシングに移ったところで、後部座席の作田が井坂の異常に気づいた。顔は真っ青で、脂汗を額に浮かべている。

「どうしました、先生」

井坂は口ごもった。躰《からだ》が小刻みに震えはじめる。

「大丈夫ですか？」

「……大丈夫です」

消え入りそうな声で、井坂が答えた。

「何でもありませんから」

「何でもないっていう顔じゃないですよ」

作田が、眉《まゆ》を曇らせる。

「室戸君、悪いが、飛行を中止してくれ。先生の様子がおかしい」

「冗談じゃない！」

井坂が怒鳴った。

「大丈夫ですったら」

その時、操縦席の室戸がクックッと笑い出し、それはやがて場に不釣り合いな陽気な哄笑《こうしょう》に変わった。

「先生、ヘリコプターに乗るのは初めてじゃないですか」と、室戸は訊《たず》ねた。「その顔つきから察するに、飛行機も苦手だとお見受けしました。図星でしょう？」

井坂はむっつりと黙り込む。

「どうも、さっきから肩に力が入っているようでしたからね。飛行機嫌いの人の典型的なパターンですよ」

「そうなんですか？」

作田が井坂の顔をのぞき込んで、訊ねた。

「……恥ずかしながら」

井坂の年に似合わぬ大仰なその受け答えに、作田と室戸は思わず吹き出してしまった。

「このまま飛んで下さい。僕が街に降りていたばっかりに、ホテルには迷惑をかけているんです」

井坂は懇願するように言った。

彼なりに今回の不在に責任を感じているらしい。ついさっき室戸の眼に不快と映ったこの男の言動には、ヘリコプターに乗らなければならない恐怖心とともに、若さ故の強い自責の念がたぶんに、翳《かげ》を落としていたと見える。

室戸は青年医師の真摯《しんし》な性根を見たように思い、自分の先入観に舌打ちした。

「先生がどんなに泣き叫んでも飛び立ちますよ」と室戸。「なに、片道十分くらいのフライトです。あっという間ですから」

ＢＫは爆音を残して舞いあがった。

台風の接近などまったく感じさせないほど澄んだ蒼空《あおぞら》に「Σ《シグマ》」マークを横腹にあしらったメタリックの機体が吸い込まれ、陽光を反射した。

井坂は眼を瞑《つぶ》り、膝《ひざ》の上で拳《こぶし》を強く握り締めて空を飛ぶ恐怖と、必死に闘っていた。汗がひと滴、こめかみから顎《あご》に流れ落ちる。気圧の急変で耳の奥が痛むのか、苦しげに顔を歪めた。作田はそんな井坂の肩に優しく手を置き、窓の外を眺めやった。

箱庭のような街が、みるみる遠ざかって行く。山岳救助隊員として数え切れぬほど遭難救助や捜索にかかわり、幾度《いくたび》かこうしてヘリコプターに搭乗してきた。

定年間近の身、おそらくはこれが最後のフライトになるだろう。少しばかりの感傷が滲《にじ》み、彼は慌ててそれを嚙《か》み殺そうとした。思えば、自分の半生は、山とともにあったと言っても過言ではない。警察官としての人生を半分捨てたことも意味したが、悔いはなかった。自分がやってきたことに意味はあった。田島のような若者が後につづいたことで、実証されよう。

しかし、救助隊は未《いま》だあまりに脆弱《ぜいじゃく》な基盤の上に立っている。警察組織にあって活動はほとんど評価されず、行政のバックアップも期待できない。丁々発止と渡り合ってきたつもりだが、世の中には自分のことなどヒヨッコにすら見ていないタヌキがごろごろいて、理念理想は簡単に握り潰《つぶ》されてきた。信じられないことだが、「山で勝手に遊んで勝手に遭難なんかして、他人に迷惑をかける人間のために大事な予算を削れない」という思いが、上層部には根強くある。そんな輩《やから》を相手にすることにはほとほと疲れた。遭難者を救いたい、その一心で雪中を搔《か》き分け、我が身の危険など顧みず峻厳《しゅんげん》な岩にすがりついていた若い頃が懐かしい。

（やはり、おれは負けたのか……）

作田の胸に苦味が広がりかけた。いや、まだまだできることはあるはずだ。去る者だけに許されたアドバンテージがある。捨て身という。

機体は五分と経たないうちに山岳地帯に差しかかり、河川上空を遡《さかのぼ》りはじめた。豊富な水量を湛《たた》えた川の流れに機影が揺らいでいる。山の中腹近く、川の水の色が淵《ふち》独特の碧瑠璃《へきるり》を呈する頃、室戸が右前方を指差した。

「あそこですよ」

土砂崩れの現場だった。夏草や樹木の深緑に覆われた山肌の中に生々しく赤土が露呈した箇所があった。広範囲を無残に抉《えぐ》られ、道路は土砂に持ち去られて跡形もない。事故現場には、クレーン車やトラックが集結してはいるが、一向に作業が進展している気配はなかった。

作田の眼には、赤土の赤が異様に鮮明に映った。

「ひどいものだな」

作田が独りごちた。

「これは手間取りそうですね」

「そのようだな」

「作田さん、僕はここへ飛んでくるたびに思うんですよ、山が壊れはじめているってね」

「壊れる?」

「この山はなぜかしら、崩壊してゆくもののはかなさを感じさせるんです。もちろん、伐採の影響や何やらで地盤が緩んでいるとか、ちゃんとした根拠はあるんでしょうが、そんな理由ではなしに、山そのものが自分の意志で壊れはじめている。そんな気がするんです」

「……」

「ほら、あそこも」

次に室戸が指し示した場所は、隧道《ずいどう》があった辺りだ。

作田が得ている情報によれば、こちらは土砂崩れと言うより落盤事故に近い。隧道が穿《うが》たれている崖《がけ》の上で発生した土砂崩れによって出入り口が塞《ふさ》がれ、衝撃で隧道内部にも崩壊が起きたらしい。

乗用車が数台、中に埋まっているという未確認の情報もある。

「山男たちの間では、あの隧道に亡霊が出るってもっぱらの評判でしたね」と室戸。

「そんな噂もあったようだな」

「あそこには人柱が埋められていると聞きましたが、ほんとうですかね」

「さあね。私も詳しいことは知らないが、隧道が掘られたのはそういうことがあっても不思議じゃない時代ではあったね。何しろあそこの掘削工事では、ずいぶん人が死んだらしい。ほとんどが朝鮮半島からの、強制労働者だっていう話だがね」

ヘリコプターは山間《やまあい》の淵に沿って飛び進んだ。室戸が妙な話を持ち出したせいだろう、作田は淵が湛える碧瑠璃の水を、一種不気味な思いで見おろしていた。

なぜかしらこの水が、過去に幾人もの生命を呑《の》み込んできたような気がして。

さらに作田を当惑させたのは、二十年も前に死んだ母の面影が、脳裡《のうり》に浮かんだことだ。

そう言えば、母は蟬時雨《しぐれ》が降る、ちょうど今頃の季節に他界した。

いつしか自分が母の年齢を通り越していたことに思い至り、作田は何とも居心地の悪い思いを味わった。

「もうすぐですよ」

室戸の声が、作田の想念を掻《か》き消した。

「先生、大丈夫ですか」

そう作田に声をかけられたが、井坂は押し黙り、答えない。視線は窓に吸いついていた。

「どうしたんです、先生」と作田。

「……あれは何ですか？」

作田は、井坂の視線の先に眼をやった。機体の左側の山の斜面、鬱蒼《うっそう》と生い繁る樹木の中から黒々とした雲のような塊が湧き出し、空に舞いあがっていた。

「鳥の群れですかね」

それにしても凄《すさ》まじい数だ。

鳥らしきものの群れは間断なくつづき、ヘリコプターの進路に突入しかねないほど広がりはじめていた。

「室戸君……」

「わかっています」室戸が緊張するのが、背中の強張《こわば》りで作田にもわかった。

「高度をあげますから」

と、一瞬、機体がグラッと左に傾いた。井坂が声にならない「ひゃっ」というような悲鳴をあげる。

「大丈夫！　横風を受けただけです」

そうは言ったものの、室戸自身、泡を喰《く》っていた。

すでに機の様子がおかしいことに気づいていたのだ。

室戸はサイクリックを引いて機首をあげようとした。

しかし、コレクティブ・ピッチを引きあげても上昇時の吸気圧にまで達しない。それどころか、スロットルもフットペダルも用をなさず、機はコントロールを失い、みるみる失速しはじめた。計器類も狂っている。

今度こそ室戸は眼に見えてパニックの様相をきたした。

何ということだ。

安定性抜群のこのヘリコプターがこんなトラブルに巻き込まれるなんて。

(降下して着陸できるか?)

一瞬、思案したが、到底無理な話だった。

真下は深い川。近くにヘリコプターを降ろせるような平地もない。

鳥らしきものの群れは、今や眼前を覆い尽くしている。なす術《すべ》もなく、ヘリコプターはその蠢《うごめ》く闇に突っ込もうとしていた。

ガクッ。

突風がまたも機体を揺らした。井坂は恐怖のあまり眼を剝《む》いて座席の背もたれに背中を押しつけ、半開きの口から悲鳴とも嗚咽《おえつ》ともつかぬ奇声を洩《も》らした。

作田は井坂の腕を摑《つか》んだが、今はそれが井坂への思いやりというより、自分を正気に保つための発作的な動作であると自覚していた。飛行機恐怖症の井坂と同じ恐怖を、作田自身が体験しているのだった。

ヘリコプターは黒い群れに呑み込まれた。周囲には寸分の余地もなく小動物が飛び交い、視界を遮っている。

そして、作田は見た。

小動物の正体を。

それは鳥ではなかった。コウモリだ。

とてつもない数のコウモリがヘリコプターと並走している。

作田を怯《ひる》ませたのはそれだけではない。群れの中のいくつかの個体が、明らかにヘリコプターに向かってきていた。ローターの風圧に弾《はじ》き飛ばされながらも、コウモリたちは健気《けなげ》とでも形容できそうなほど、遮二無二機体めがけて飛んできた。まるで大きな悪意に操られるように。

激しい音とともに、機体に衝撃が走った。

完全にコントロールを失ったヘリコプターはいつの間にか山の斜面に接近しており、ローターが樹の枝を巻き込んだのだ。作田にはそれからの映像が、スローモーション画像のようにゆっくりと鮮明に見えた。機体は空中で横転し、枝をへし折り、自身のローターを砕きながら落下した。風防硝子《ガラス》に頭を強く打ちつけて朦朧《もうろう》としながらも、作田は気を失うことなく、ヘリコプターと我が身の運命を見届けた。

井坂はどこかに頭でも打ちつけたのか、あるいは極限の恐怖のためか気絶したらしく、横でぐったりとなっている。緊張から解放されてみると、井坂は存外あどけない顔をしていた。この若者はこのまま死ぬのかな、かわいそうに、と思う一方で、人間はどうせいつかは死ぬのだから、と冷ややかに納得したりもした。

室戸が悲鳴をあげたようにも思ったが、その声だけはなぜかひどく遠くに聞こえた。五感の中で、視覚以外のものは麻痺《まひ》していた。後は己が奈落《ならく》に落ちて行く光景だけが、鮮やかに眼に焼きついた。川の縁に突き出た岩に激突した機体は二転、三転し、さっきから作田が奇妙に「死」を連想した碧瑠璃の川の水に、没して行った。陽光が遮断され、水に呑み込まれるその刹那《せつな》、作田は恐怖よりはむしろふっと身軽になるような快感を抱いて眼を閉じ、ようやく死への瞑《ねむ》りに沈んで行った。

在りし日の母の面影を抱きつつ。

6

橋脚のない、ワイヤーロープだけで支えられた木製の美しい吊《つ》り橋の袂《たもと》に、ホテルのロゴマークが入ったワゴン車が待機していた。

さっきからずっと、苛立《いらだ》ちを隠せずに運転席で貧乏揺すりをつづけていた田島は、作業着の胸ポケットから煙草を取り出しジッポーのオイルライターを発火させたが、後ろに怪我人が横たわっていることを思い出し、バツの悪そうな顔をして慌てて煙草を引っ込めた。積載スペースには雄一を寝かせたままの担架が、脚を畳んで置かれ、良介と英夫が両側につき添っている。

久作は助手席に座り、ぽつねんと外を眺めやっていた。

待てど暮らせど、ヘリコプターは到着しなかった。ここでこうして待ちはじめてからすでに四十分が経過しようとしている。誠の報告通りなら、ヘリコプターはとっくに到着していなければならない時刻だった。

気忙《きぜわ》しさばかりが先に立って身の置きどころがなくなった田島は、ワゴン車から降り立ち、そうすればヘリコプターが早くやってくるとでもいうように、空を見あげながら吊り橋を行きつ戻りつした。田島の悪相が歪《ゆが》んでさらに険しくなり、橋を行き交う人々は形相に恐れをなして、彼を遠巻きに避けて通った。久作も車を降りて、橋の上に立った。寝不足の眼で橋の下を見おろすと、くらくらと眩暈《めまい》がおき、急流に引き込まれそうな気がした。

「遅すぎる！」

橋の支柱を力まかせに拳《こぶし》で叩《たた》いて、田島が吐き捨てた。

「何か手違いがあったんじゃないのか」

久作が言った。

「出発したのは間違いないんだ。それは誠がちゃんと無線で確認している」

「もう一度、誠にたしかめさせたらどうだ」

久作にそう言われ、田島が携帯無線機に手をかけようとした時だ。

「田島さん！」

車の中の良介が叫んだ。

「様子が変です。雄一が……雄一が息をしていません」

車に駆け込んだ田島は、良介と英夫を乱暴に押し退け、接吻《せっぷん》せんばかりに雄一の顔をのぞき込んだ。たしかに呼吸音がなく、肌には息の湿り気も感じられなかった。

間違いない、呼吸が停止している。

慌てて脈を取り、それから胸に耳を押し当てた。脈も心音も伝わってこなかった。やがて田島の顔から、青年の生の証《あかし》を探り当てようとする必死の表情が消え失せ、諦念《ていねん》の色が滲《にじ》みはじめるのを、久作は見た。雄一の死は、逃れがたい事実となった。しかし、田島は認めたくなかったのだろう、何かに抗《あらが》うように獣じみた唸《うな》り声を洩らし、荒々しい動作で雄一の躰《からだ》を跨《また》いで、心臓マッサージを施そうとした。

「田島……」

制止の声に、田島は救いを求めるまなざしを向けたが、久作は頭を左右に小さく振った。田島は凍りついたように手を止め、雄一を跨いだ姿勢のまま、死相を見おろした。

終わった。

雄一の生命の糸は、完全に断ち切られたのだ。

どっと疲労を覚え、空しさとも安堵《あんど》ともつかぬ真っ白い感情が、自分の裡《うち》に広がるのを感じた。次いで、自分が跨いでいるのが死体なのだということに思い至り、田島はふいに罪悪感に囚《とら》われ居住まいを正し、腕時計に眼を走らせた。

「……午前九時二十一分」

田島は、良介と英夫に言った。

「あんたたちの友達が天国に召された時刻だ」

息絶えた雄一の半開きになった眼に手を差し延べ、苦しげに擡《もた》げられた瞼《まぶた》を閉じさせた。

瞼に添えられた節くれ立った無骨な指が、微《かす》かに震えている。田島は合掌して、臨終の儀式を終えた。車の中には嗚咽《おえつ》も嘆き声もなく、ただキツネにつままれたような白々とした空気と時間、そして男たちの汗臭い体臭が満ちていた。

良介も英夫もひたすら押し黙り、友の死に顔を茫然《ぼうぜん》と見おろしている。やがて田島は、痛いほど満ちた沈黙を解放するように車のドアを開け放ち、今度こそ気兼ねなく煙草をくゆらせた。

「まだ午前中なのか……」

惚《ほう》けたように紫煙を眺めながら、田島は呟《つぶや》いた。

「まったく長い一日だな」

外には、死とは裏腹の明るい夏の陽光が燦々《さんさん》と降り注いでいた。

「ヘリコプターはいったいどうしたんだ」

別にどうでもいいという口調で、英夫が言った。とにかく雄一の死とは関係のないことを口走りたかったのかもしれない。

「さあな」

良介が輪をかけたように、投げやりに答えた。

「家族に知らせないといかんな」

久作が言った。

「田島よ、誠に連絡して、何とかこの子の家に知らせるように言ってくれ」

「そうだな。あんたたち、この人の住所を教えてくれるか」

英夫から住所を訊《き》いた田島は、無線で誠を呼び出した。

〈こちらからも連絡しようと思っていたところです〉

興奮ぎみの誠の声が言った。

〈田島さん、大変なことが起きました。ヘリが墜落したそうです〉

「間違いないのか。どこの情報だ」

〈警察です。土砂崩れの現場の作業員が目撃したそうです〉

「副隊長は……作田さんはどうなった」

〈わかりません〉

田島は動揺を抑えるように唾《つば》を呑《の》み込み、ことさら静かな口調で無線に語りかけた。

「誠、残念だが、怪我人は亡くなった。また手間をかけることになるが、遺族にこのことを知らせる手配を頼む。メモの用意をしてくれるか」

〈用意してあります〉

「死亡したのは宮田《みやた》雄一。お宮の宮。田んぼの田。英雄の雄。それに数字の一だ。年齢は二十四歳。住所は川崎市の宮前《みやまえ》区。戸主の父親の名前は文明《ふみあき》。文章の文に明るいという字だ。警察に連絡すれば、すぐに先方に知らせてくれるだろう。今度は遺族の了解を取って、遺体をすぐにヘリで運ぶかどうか決めることになる。わかったな？」

〈はい。復唱します。死亡者の氏名は宮田雄一。年齢、二十四歳。住所は川崎市宮前区。父親の氏名は文明。以上ですね？〉

「そうだ」

〈死因は？　死因は何と言えばいいですか〉

田島は久作と眼を合わせた。

「事故死だな」

久作が言い、田島は首肯して無線に言った。

「事故死……それだけ伝えてくれ」

〈わかりました。そう伝えます〉

交信の後、またしばらく沈黙が落ちた。雄一を生かすことだけに集中し、行動してきた男たちはもはや何をしていいのかわからないという様子だった。

「……疲れたな、親爺《おやじ》さん」

やがて田島がぽつりと洩《も》らした。

「昨夜から一睡もしていないんだろう。どこかで少し眠るといい。あんたたちもだ」

若者たちは力のない声で、「はい」と答えた。

「ヘリが墜落するなんてな……」

田島が惚けたように言う。

「あの副隊長、殺したって死なないような男だったのに」

「安否もたしかめられていないのに早合点するんじゃない」

久作が叱った。

「おまえは疲れている。とにかく休める時に休んでおけ」

田島はやれやれというようにうなだれた。

「ほんとうに長い一日だな」

「まだ一日が終わったわけじゃないぞ」

久作の言葉に田島は畏怖《いふ》するような視線を擡げた。


本来なら遺体は派出所で預かるべきだったが、引き取りまでに時間を要しそうな雲行きなので、使用されていないホテル地下の旧保冷室に電気を通してもらって、安置することになった。

さすがに客商売の場だから、ほかの宿泊客の眼に触れないよう、密《ひそ》やかに遺体は運び込まれた。

それから田島は、良介たちにあてがわれた部屋に彼らと一緒に引き籠《こも》り、泥のように眠りこけた。

久作は支配人の配慮でレストランに通され、簡単な食事をさせてもらった。人の死に目に立ち会ったばかりだというのに、自分は空腹を覚え、こうして食べ物を胃袋に送り込んでいる。肉体を司《つかさど》る生の飽くなき摂理を思い、そのことが滑稽《こっけい》にも悲惨にも感じられた。

しかし、しばらくして誠から無線連絡が入り、ヘリコプターに搭乗していた作田たちの死を知らされ、食欲はさすがに萎《な》えた。

死んだ者全員と顔見知りだった。

作田という警部、山男たちからは副隊長と呼ばれていたあの男とは、旧《ふる》い馴染《なじ》みだ。彼が大学生の頃から知っている。躰は小さかったが、当時から登山の技量と体力は抜きん出ていた。警察官になってからも、マッキンレーに行きたいと口癖のように言っていたが、結局夢はかなわず、その分の情熱を救助隊運営に注いでいたように見えた。骨のある、人望の厚い男で、組織に対して斜に構えている田島ですら、作田だけは慕っていた。

山を遊戯や逃避の場所にする輩《やから》が多い中で、あの男にとって山はまさしく職場であり、戦場だった。だから久作との間にも、情緒的な繫《つな》がりよりはもっと硬質な信頼関係を築こうとしていた。余分な人間関係が煩わしくなりはじめた久作のもとに日参し、「親爺さんには山の知識や技術を若い奴らに伝える義務がある」と渋る久作を、強引に救助隊員養成訓練に引っぱり出したのも作田だった。それなりの肩書きがついて現場を離れ、最近ではめったに顔を合わすこともなくなっていたが、おそらく自分の人生の幕を引く時、懐かしく思い出す顔のひとつであろうと、久作は考えていた。それが、こんな老いぼれより先に逝ってしまうとは。

井坂とのつき合いは浅かった。浅かったが、渓流で足を裂いた時に、診察を受けた嘱託医には、近頃の若者にはない朴訥《ぼくとつ》さとひたむきさを感じていた。パイロットの室戸には、職業そのものとも言える、清涼さと高潔さを感じていた。皆が皆、立派な男たちだった。

今日、ほんの半日の間に、周囲で何人もの人間が死んだ。異常事態に、久作の思考は千々に乱れた。さっき地下の保冷室で支配人が立てた線香の香りが、ふっと鼻腔《びこう》に蘇《よみがえ》ってげんなりし、それ以上食事を摂《と》ることはままならなかった。食後、めったに呑まないコーヒーを口にし、温かみと苦味を、この時ばかりはありがたく思った。

「ご苦労様でした」

支配人自らがやってきて、コーヒーのおかわりを注いでくれた。

「お疲れでしょう」

「ありがとう」

久作は微笑を返した。

「ホテルにもいろいろ迷惑をかけるな」

「何をおっしゃるんです。気にしないで下さい」と、支配人は労《いたわ》りの笑みを浮かべる。

「リュウは厨房《ちゅうぼう》の入り口に繋いであります。ステーキをご馳走《ちそう》しておきました」

「すまない。よかったら、座って少し話さないか」

久作が誘うと、支配人は近くにいたウェイターにコーヒー・ポットを手渡し、同じテーブルの席についた。

「ここの嘱託医の先生だが……」

「はい」

「残念だが、やはり亡くなったよ」

「……」

「ついさっき川から遺体が引き揚げられた。溺死《できし》ということだ。作田副隊長もパイロットもヘリの中で死んでいた」

「……何てことだ」

「いい若者だったな。わしはそんなにつき合いはなかったが」

「ええ、とても誠実な人でしたよ。生真面目すぎて、どうも田島さんとはソリが合わなかったようですが」

「あの男はインテリとは仲が悪いんだ」

支配人は寂しく微笑したが、その笑みはすぐに翳《かげ》った。

「ヘリコプターはどうして墜落したんですかね」

「よくわからない」

自分から話そうと誘っておきながら、久作の口は重くなった。ついつい窓の外を眺めて、ぼうっと考えがちになる。

「さっき誰かとも話したんですが、まったくこの山では何が起きるかわかりませんね」

支配人が言うと、久作の顔が少し綻《ほころ》んだ。

「何かおかしいことを言いましたか？」

「いや、ほら、あんたの前任者は何て名前だったかな」

「相沢《あいざわ》です」

「そうだそうだ、相沢さんだ。あんたの口調が相沢さんにそっくりだったんで、ついいな」

「似ていますか」

「あの人もよく同じようなことを言っていたよ。今、相沢さんはどうしている」

「死にました」

「死んだ？」

「ええ、そろそろ四十九日になりますかね。このホテルから街の系列ホテルに配置換えになったんですが、それから間もなくのことでした。仕事の帰りにタクシーに轢《ひ》かれたんです」

「そうだったのか」

「結果論になってしまいますが、私から見ていて、あいつは何となく今にも死んでしまいそうな気配を漂わせていたように思います。影が薄いというか、生きることに貪欲《どんよく》じゃなくなっているというか……」

「思い当たる節はあるな。あの人には釣りを教えてもらったが、年齢の割にずいぶん冷めている男だった。そのくせ妙に子供っぽく夢中になるようなところもあって、一緒に行動していると、はらはらさせられたものだ。危険な場所にも躊躇《ちゅうちょ》なく踏み込むような真似をよくしでかしたからな。親しかったのか」

「同期入社でした」

支配人はそう言ったきり、窓の外に視線を移してしばらく黙りこくった。

「……ねえ、久作さん」支配人が、外の強い陽射しに眼を瞬かせて言った。「この山はいったいどうなってしまったんですかね」

「さっぱりわからんよ。だがな、土砂崩れからはじまって、すべてがわしたちの理解を超えた力によって、引き起こされている気がするんだよ」

「……」

「わし自身、ここ二、三日の間に奇妙なことばかりを体験している。ヘリの事故にしても偶然とは思えない」

何げなく窓の外に眼をやった久作は、ハイカーらしい中年の男が、老人を背負ってホテルのエントランスに入ってくるのを見た。連れの女性がひとりいた。

いやな予感がして支配人を促し、席を立った。

ロビーに出ると、支配人が血相を変えて男に駆け寄った。

「磯崎さん！」

支配人は男の背でぐったりとしている磯崎に声をかけたが、老人は気絶していて反応はなかった。ソファの上に静かに磯崎を横たえた男は、額の汗を拭《ぬぐ》い、ほっと息をついて言った。

「やっぱりここのお客さんだったんですね」

「あなたたちは？」

「ただの登山者ですよ。登山道を降りてきたんですがね、途中、湿原のそばの池の袂《たもと》に、倒れていたものですから」

支配人の心配を察したのだろう、男は陽灼《ひや》けした顔に真っ白い歯をのぞかせて笑った。

「大丈夫、ちゃんと息をしていますよ。貧血でも起こしたんじゃないですかね」

「でも、危ないところだったわ」と、男の妻らしき女が、妙に芝居がかった表情を作った。

「あんなに人気のないところで、躰《からだ》の半分が水に浸《つ》かっていたんですよ。もう少し私たちが見つけるのが遅かったら、どうなっていたか」

「どうして、このホテルのお客様だと？」

「ポケットに、ここのマッチが入ってたんですよ。ほかに心当たりがあるわけじゃないし、とにかく行ってみようってことで……」

「そうでしたか。ほんとうにありがとうございました」

支配人は心底ほっとしたように頭《こうべ》を垂れ、近くにいた男性従業員をつかまえて磯崎を部屋に運ぶように言った。騒ぎを見て機転を利かせたフロントマンが、どこからか車椅子を持ち出してきた。皆で磯崎を移し、男性従業員が車椅子を押してロビーの奥に消えるのを見送ると、支配人が夫婦に向き直った。

「土砂崩れのことはご存じですか。しばらく街には降りられませんよ」

「ええ、道々聞いてはいたんですが……。私たちはまあ、本格派じゃないものですから、山小屋だけが頼りで、テントを持っていないんです。どこかに泊めてもらえる場所はないですかね。貸しテントでもいいんですが」

「よかったら、どうぞここにお泊まり下さい」

「そんな……」

「ご遠慮なく。無料で結構ですから」

「ほんとうですか」

「ご老体も、あなた方にお礼を言いたいでしょうし」

「僕たちは何もそんなつもりで……」

「いやいや、部屋はありますから」

妻の方はすっかりその気になった様子で、ためらう夫の袖《そで》を引いて「泊まらせてもらいましょうよ」などと言っている。

「どうぞどうぞ」

「そうですか……。じゃ、お言葉に甘えてそうさせてもらいます」

「ご面倒ですが、フロントでチェックインのお手続きをお願いします」

「すみません」男はそこで何ごとかを思い出したらしく、支配人に奇妙なことを訊《たず》ねた。

「あの、さっきのご老人は、外国の方なんですか」

「えっ？」

「僕の背中で盛んにうわ言を言っていたんですが、それが韓国語のようだったものですから」

「いえ、そんなことはないと思いますが……」

「おかしいなあ。たしかに韓国語を喋《しゃべ》っていたんですよ」

「中国語でしょう？」と妻。

「馬鹿、だからおまえは教養がないって言われるんだ。ミアンハムニダー。あの人は何度も何度も、そう謝っていたんだ、韓国語で」

支配人も磯崎の素姓をすべて知っているわけではない。あり得ることかもしれないと思い直し、それ以上の問答はしなかった。

夫婦がチェックインを済ませるのを見届け、支配人は久作と磯崎の部屋に向かった。

「一日のうちに怪我人や病人がこんなに出入りするのは、初めてですよ」

歩きながら支配人がこぼした。

「なあ、支配人」と、久作。

「磯崎さんなら旧《ふる》くからの知り合いだが、あの人が韓国人だなんて話は聞いたことがないぞ」

「私も初耳です」

エレベーターを待つのがもどかしかったのか、支配人は迷わず階段へ向かう。腑《ふ》に落ちない顔つきのふたりは薄暗い階段を昇り、石のように沈黙した。

7

磯崎の誘いを断ったものの、看病というのは名ばかりで、隆一は相変わらず昏々《こんこん》と眠りつづける佳代子の傍らで、ぽつねんと時間をやりすごし、所在なげに文庫本の頁を捲《めく》ったり、音量を消したテレビに眺め入ったりしていた。そのうち彼自身が窓辺のソファに深く躰を埋《うず》めてうつらうつらと舟を漕《こ》ぎはじめた。眠りが浅く、救護室に運び込まれた青年の姿が心に焼きついていたせいもあるのだろう、何度も不快な夢にうなされ、ソファの上で寝汗にまみれた。

夢とうつつの間を揺れ泳いでいる時に、部屋に誰もいないと思ったのか、あるいはノックはあったものの音を聞き逃したのか、客室清掃員がいきなり施錠を外して入室してきた。

隆一は起き抜けの不機嫌さもあらわに、眼鏡をかけた瘦《や》せぎすの中年女を邪険な態度で追い払ったが、その記憶すらもいつしかまどろみに埋没し、夢の中のできごとになった。

正午がすぎ、さすがに強い陽射しと部屋に満ちた汗臭さに耐えられなくなって、隆一はソファから起きあがった。合成皮革のソファの表面に汗が染みつき、躰の形そのままの薄汚い痕跡《こんせき》が、いかにも怠惰な半日を象徴しているようで、憂鬱《ゆううつ》になった。

　窓の外をぴゅうっと音を立てて、風が吹きすぎた。

　空は蒼《あお》く澄み渡っていたが、山の樹々たちは強風に煽《あお》られ、激しく梢《こずえ》を揺らしている。

　隆一は、眠気を醒《さ》ますために窓を開け放った。

　湿った風が頬を打ち、髪を掻《か》き乱した。

　上空では、凄《すさ》まじい速度で雲が飛ばされている。雨を呼ぶ風だな、と隆一は思った。どうやら山の天気は、下り坂らしい。そう言えば、音のしないテレビ画面に台風の接近を表示する天気図を見たような気もする。

「台風か……」

　隆一は独りごち、しばらく眼を瞑《つぶ》って、強風に顔を晒《さら》していた。いやと言うほど汗を吸って皮膚に貼りついたTシャツを脱ぎ捨て、半裸になる。汗が引いてゆく感触が心地好《よ》く、もう少しこのままにしていたかったが、あまり風を入れると佳代子の躰に障るかもしれないと思い至って、窓を閉めた。妻の寝顔を見るために振り向いた隆一は、それまですっかり眠りこけているとばかり思っていた佳代子がベッドの上で眼を開けていることに気づいた。

「起きていたのか」

　そう声をかけたが、佳代子は天井を見あげたまま押し黙っている。

返事をしようともしない妻に腹立ちを覚えながら、それでも隆一は努めて穏やかな笑みを顔に貼りつけた。

「歩けるようなら、喫茶室にでも行ってみないか」

体臭がすっかり染みついてしまったこの部屋の陰鬱な雰囲気が、ふたりの関係を余計にまずくしていると思った。こうして閉じ籠《こも》っていると、態度も言葉遣いもついつい、彼女の顔色をうかがうものになり、自分の卑小さだけが際立ってしまう気がする。

眼先を変え、可憐《かれん》な高山植物が咲き乱れる中庭や、湖に臨む喫茶室のサンルームのマホガニーのテーブルでゆったりと腰を下ろし、挽《ひ》き立ての香ばしいコーヒーでも呑《の》めば、少しは気が晴れて会話が弾むかもしれない。

しかし、佳代子はまるで隆一の言葉など聞こえないとでもいうように、黙りこくっている。

「どうしたんだ」

隆一は、佳代子が横たわるベッドに歩み寄った。

彼女の様子は普通ではなかった。瞼《まぶた》の周囲にはアイシャドーでも引いたようにうっすらと青黒い隈《くま》ができ、熱っぽい虚《うつ》ろな眼は、瞬《まばた》きひとつせず天井に向けられている。

そのくせ、視線には力が感じられない。だらしなく半開きになった唇の端からは、涎《よだれ》が垂れて枕を汚していた。表情には生気がなく、まるで魂を抜かれた人形を見ているようだった。

「佳代子！」

シーツ越しに細い肩を揺すってみても、佳代子は物言わぬ人形のままだ。隆一を見るでもなく、かと言ってほかの何ものかが彼女の網膜に像を結んでいるとも思えない。佳代子の顔を覆うものは、とらえどころのない茫漠《ぼうばく》の表情だけだった。

隆一はシーツを捲り、妻の躰に手を差し延べてみる。明け方に着替えさせたトレーナーが、汗でびっしょり濡《ぬ》れていた。湿っぽい病の臭いが鼻をつく。手を握り締めても、名前を呼んでも、肩を揺すってもやはり佳代子は反応を示さない。そのくせ、眼は見開かれたままだ。隆一はさすがに気味が悪くなりはじめた。

（これが金縛りというヤツか）

そう思ってもみた。佳代子は以前から金縛りによく遭うと訴えていた。

娘を失ってからはいよいよ言うことが神がかってきて、「枕許《まくらもと》に雅子《まさこ》が立っている」とか「雅子にのしかかられた」などと、真顔で言い出すこともあった。隆一はそのてのことは頭から信用していない。金縛りというものが実際にあったとしても、眼醒めたばかりの躰《からだ》がまだ正常に機能できていない生理現象、あるいは夢の産物だと解釈している。

今も、金縛りなどというつまらぬ考えはすぐに打ち消し、佳代子の病状に心配がおよんだ。これは風邪なんぞではなく、意外に深刻な状態なのではないか、と。

汗でべとついている佳代子の額に、手をやった。熱はあるのかもしれないが、意識を混濁させるほどとは思えない。もう一度、強く手を握り締めて名前を呼んだ。すると、佳代子は痙攣《けいれん》するように肩を震わせ、忙《せわ》しく瞬きをはじめ、大きく息を吐いておもむろに隆一に顔を向けた。

瞳《ひとみ》の奥に兆した光が、正気を取り戻したことを教えた。

「大丈夫か」

そう囁《ささや》いた途端、佳代子の眼から涙が溢《あふ》れ出た。

「どうしたんだ」

「……助けて」掠《かす》れ声で佳代子は言い、今度は自分の方から思いのほか強い力で、隆一の手を握り締めてきた。「助けて、あなた」

「どうしたんだ、いったい」

隆一は佳代子の躰を抱きすくめる。

「雅子が……雅子が見えるの」

隆一の胸に顔を埋《うず》めて佳代子は言い、小娘のようにしゃくりあげた。

「やっぱり、あの子が近くにいるのよ」

佳代子の戯言《たわごと》を耳にした途端、背中に寒気が走り、妻の華奢《きゃしゃ》な躰にまわした腕の力はみるみる萎《しぼ》んでしまった。身の裡《うち》に殺伐とした感情が急激に膨らみ、はっきりと妻への憎悪へと形を変えるのを、隆一は感じた。

「いいかげんにしてくれ！」

隆一は怒声を発し、佳代子を突き放した。仁王立ちになりながら顎《あご》の辺りが怒りでガクガクと震えているのが自分でもわかった。

「また雅子だ！　雅子、雅子、雅子……いつになったら、おまえはあの子のことを忘れるんだ」

激情のままに罵声《ばせい》が迸《ほとばし》る。

「おまえは雅子が死んだことで、無言でずっとおれを責めつづけてきた。そうじゃないとは言わせないぞ。おまえは死んだ子供の年ばかり数えて、暮らしている。さも、ひとりで不幸を背負ったような陰気な顔つきで生きている。冗談じゃない！　辛《つら》いのはおまえだけじゃないんだ。おれがあの子のことで、責任を感じていないとでも言うのか。平気で暮らしているとでも思っていたのか！」

佳代子は投げ出された格好のまま、言葉の毒を黙って浴びていた。妻の姿に哀れみがよぎったが、めったに怒鳴り散らしたことがない隆一は、自分の言葉にすっかり興奮して自制が利かず、引っ込みがつかなくなっていた。

「おれを許そうとしないのは誰でもない、おまえだ！　おまえはおれの浮気のことも根に持っている。しかし、こっちの立場にもなってみろ。妻のおまえに許されず、おれはいったいどこに許しを乞《こ》えばいい。たしかにおれは、女に逃げたのかもしれない。しかし、最初におれを拒んだのはおまえなんだぞ」

「……ほんとうなのよ」と、佳代子は力なく洩《も》らした。

「ほんとうに雅子がいるの。私にはそれが見えるのよ。あの子は苦しんでいる。苦しんで、人を疵《きず》つけている……」

性懲りもなく、まだ戯言を吐いている。この女はさっきからいったい、何を聞いていたのだ。耳に残る自分の怒声の余韻が、ふいに空しく感じられた。血が昇り、拳《こぶし》を握り締め、紅潮した醜い形相で憮《ぶ》然《ぜん》と立ち尽くしている足許が、はなはだ心許ないものに思えてきて、戸惑った。

しかし、隆一は最後の虚勢を張った。

憤りを超えて、哀れみを感じていると言わんばかりの視線で、妻を見おろした。

「おまえは頭がどうかしている」

気がついた時には、そう口走っていた。

「東京に帰ったら医者に診てもらうんだな」

吐き捨てて、隆一は足早にドアに向かった。取り返しがつかないことをしでかしているという思いはあった。しかし、この時ばかりは冷静さよりは激情の方が勝った。

(どうにでもなれ!)

胸の中で舌打ちして乱暴にドアを押し開き、部屋を後にした。冷房の効きすぎで寒いくらいの廊下に出ても、激情はなかなか鎮《しず》まりそうになかった。ロビーに降りる階段に差しかかった時、ようやく冷静さが頭を擡《もた》げ、すぐに取って返して妻を抱きすくめようかとも考えた。しかし、子供じみた依怙地《いこじ》さが結局、隆一の足をそのまま階下に押しやることになった。

レストランに出入りする人々で混み合うロビーを大股《おおまた》で横切り、ただ闇雲に風に身を晒《さら》したくて外に出た。

ホテル前のロータリーを囲む樹々の枝が風になぶられ、喘《あえ》ぐように揺れ騒いでいる。レンガ造りの花壇に腰を下ろし、大きく息をついて空を見あげた。陽射しに顔を歪《ゆが》めると、自分の中の何ものかを焼き尽くそうとするように、夏の陽光と睨《にら》み合った。

眼を瞑《つぶ》るとくらくらと眩暈《めまい》が起きた。しばらく揺曳感《ようえいかん》に身を浸した。緑色の閃光《せんこう》が瞼の裏に焼きつき、雅子の面影がちらと走り抜けた。

隆一は低い呻《うめ》き声を発し、花壇に咲き誇る紫色のキキョウの花弁を力まかせに毟《むし》り取った。

8

「磯崎様……磯崎様、しっかりなさって下さい。私です。わかりますか」

支配人が耳元で囁《ささや》くと、ベッドの上の老人は薄い空気を必死に肺へ取り込もうとでもするように、義歯《いれば》の音を立てて口をパクパクと動かし、うっすらと瞼を擡げた。

自分の置かれている状況が即座には理解できなかったのだろう、きょとんとした表情で眼球だけを左右に動かして、周囲を見渡した。

「ここは……？」

喉《のど》を押し潰《つぶ》されたしゃがれ声で、老人は訊《たず》ねた。

「ホテルです。ご自分のお部屋ですよ」

支配人が赤児《あかご》をあやすように言った。

「ご気分はいかがですか」

磯崎は何度も頷《うなず》いたが、すぐに躰をくの字に折って激しく咳《せ》き込み、顔を苦しげに歪《ゆが》めた。咳が治まっても呼吸がなかなか整わず、シーツの下で薄い胸板が忙しなく上下している。

その度に老人の気管から、空気洩れのような呼吸音が聞こえてきた。それでも、心配顔を晒《さら》し枕許に佇《たたず》む支配人を安心させようとしてか、喋《しゃべ》り出そうとするので、支配人は「楽になるまでお話しにならない方がよろしいですよ」と諫《いさ》めた。

しかし、磯崎は大丈夫だとばかりにゆっくりと片手をかざし、乾いた咳をひとつふたつしてから、「私は倒れたんだね？」と言った。

喉の奥で痰《たん》が絡まる音がした。

「湿原の近くの池の袂《たもと》で、お倒れになったようです」

支配人は、磯崎の背中に手を滑り込ませて擦《さす》った。

「……ああ、なるほど」

言ってから磯崎は、大きな溜息《ためいき》をひとつ洩らした。ようやく呼吸が落ち着いてきて楽になったらしい。初めて支配人の隣に佇む久作の姿を認め、不思議そうな顔をした。

「あなたは……」

「ご無沙汰《ぶさた》しております」

久作が言った。

「久作さん……か」

磯崎は眩《まぶ》しそうに笑った。

「そうだ、そうだ、まぎれもなく久作さんの顔だ」

お世辞にも愛嬌《あいきよう》があるとは言えない久作の相好に、ある種親愛の籠《こも》った照れの表情がよぎった。

「ほんとうに、ご無沙汰したね」

磯崎も、感無量という顔を見せた。

「何だか、ずいぶんみっともないところを見せてしまって……。私もすっかり耄碌《もうろく》してしまったよ。あなたの小屋までも辿《たど》り着けないいんだから」

「私だって齢《とし》を取りました」

「うん、たしかに老けた」

磯崎はさもおかしそうに、満面に笑みを滲《にじ》ませた。彼特有の茶目っけを、取り戻したようだ。

「あなたはいくつになったかね」

「とうの昔に、還暦をすぎました」

「そうか。こうして顔を合わせるのは、いったい何年ぶりになるかな」

「ちょうど十年です」

いやにきっぱりと久作が言う。

「最後にお逢《あ》いしたのは十年前の夏、やはりこのホテルでした。山岳慰霊祭に、磯崎さんが出席された時です。可愛いお孫さんの手を引いておられましたよ」

「そうだったねぇ」

磯崎の顔がくしゃくしゃに崩れ、瞳《ひとみ》が潤みそうになる。年寄りにとって時間は何と早く、残酷にすぎ去るものか。孫はすでに大学に進学して、青春という名の身勝手な自由を謳歌《おうか》しており、もはや自分のそばになんぞ近寄ろうともしない。

「ずっとホテルには通ってきていたんだがね。なかなかあなたに逢う機会がなかった。もう生きている間には逢えないと思っていたよ。それにしても、あなたはいい顔になったね。山の主の顔だ」

「野卑な顔です」

「最近、新聞であなたのことを読んだばかりだ。山小屋が大変なことになっているとか」

「ええ、まあ」

「私に何かお手伝いできることはないかね」

「私のことよりご自分のお躰《からだ》のことを心配なさって下さい」

久作はそう言い、磯崎の腕にそっと手を添えた。

「とにかくよかった。大事に至らなくて」と、支配人。

「大事って、私が死ぬってことかな?」

磯崎にそう指摘されて、支配人は当惑顔になった。彼の狼狽《ろうばい》を見透かした磯崎は、

「私は久作小屋の塩焼きが食べたかっただけなんだが、この年になると、魚一匹食べるのもほんとうに命がけだ」と、ことさら陽気に言い放った。

「磯崎様、どうか正直におっしゃってください。お加減はほんとうによろしいんですね。ほかに何か持病がおありとか」

磯崎は頭《かぶり》を振る。

「いやいや、大丈夫。久しぶりの山歩きで、まあ、年甲斐《としがい》もなくちょっとはしゃぎすぎたんだな」

「あの池は登山道からは少し外れていますが、あんなところで、いったい何をしていたんです」

久作が訊ねた。

「そうか、私はあそこで倒れたんだったな」

磯崎はあらためて午前中のできごとを反芻《はんすう》しようと、遠い眼をした。

ところが、ここにきて自分の記憶がはなはだ曖昧模糊《あいまいもこ》としていることに気づいて、当惑した。なぜかしら記憶の中の時制が完全に狂ってしまい、眼にした風景や自分が取っ

た行動の映像が、無秩序に浮かんでは消えてゆく。ほんの数時間前のことを頭の中で整理しようとしているのに、数日前の、あるいは若い頃のすでに色褪《あ》せていたはずの旧《ふる》い記憶が、驚くほどの鮮明さで蘇《よみがえ》ってきてとりとめなく入り混じり、磯崎の頭を混乱させるのだった。

何やら熱に浮かされたように思考に靄《もや》がかかり、記憶の中の体験や映像が自分の実体から遊離してしまったような疲労ともどかしさを味わった。どうして自分はここにいる？　土砂崩れが発生したのはいつのことだったか？　そんなことにすら、確信が持てなくなってしまい、磯崎はすっかり狼狽《ろうばい》し、使い古した自分の老いた脳を呪った。

「どうしました」

久作が老人の顔をのぞき込んだ。

「……いえ」

磯崎は平静を取り繕って、苦笑いを浮かべた。

「池にめずらしい鳥でもいましたか」と久作。

鳥？　そうだ、自分は鳥や魚を眺めようとして水辺に近づいたのだった。

「うん……まあ、とにかく懐かしくてね」

磯崎らしからぬ、歯切れの悪さだった。

「久作さん、あそこには昔、水鳥や魚がたくさんいただろう」

「ええ」

「今日はまったく見かけなかったが……。数が減っているのかね」

たしかにあの池の畔《ほとり》でも、自分は同じようなことを考え、呟《つぶや》いたはずだ。磯崎は狂った時間軸を正し、記憶を手繰り寄せようと必死だった。

「それが、奇妙なんですな」と、久作は眉宇《びう》を曇らせた。

「この頃、山から急激に動物の姿が消えはじめている。それはあなたがおっしゃる通りです」

「ほう」

「そうかと思うと、この山にはいるはずのない動物の大群が現れたり……何やら奇妙なことばかりが起こりましてな」

「何ですと？」

「山に異変が起きているとしか思えんのですよ」

「自然がバランスを崩しているのかな。それとも天変地異の前触れか……。いずれにしても、あまりいい気持ちはしないね」

「虫の知らせというか……胸騒ぎがしていけません」

「山の主のあなたが言うんだから、たしかなんだろうね。私も山の瘴気《しょうき》にでも当たったかな」

「磯崎さんが運ばれてきたのを見た時は正直言ってドキリとしました」

「そう言えば、私はどうやってここまで？」

「たまたま通りかかった登山者が見つけて、運んでくれたんです」と、支配人。

「登山者？　梶間さんではなく？」

「いいえ、下山中の登山者ですよ」

「そうか、誰かに背負われてきたのは覚えている気がするが……梶間さんじゃなかったのか。で、その方は今、どこにいます？　お礼を言わなくては」

「それは、まあ、後ほどでいいじゃありませんか。ホテルにお泊まりいただくことになりましたし」と、支配人。

「それより、お躰の具合はどうですか？　痛いところとかは」

「いや、ほんとうにもう大丈夫。陽射しが暑すぎたのか、それとも空気が薄かったのかな、立ち眩《くら》みがしたんだよ。いずれにしても、もう山を相手にできる齢じゃないってことだね」

それにしても奇妙な話だ。

朦朧《もうろう》とした意識の中でも、磯崎はあの背中の主を、なぜか梶間だと信じて疑わなかった。冷静になって考えてみれば、梶間であるはずがない。彼は妻を看病しなければならないということで、磯崎の外出の誘いを断ったのだから。

そう、たしかに梶間は今日一日、妻のそばにいると言っていた。

と、ふいに池で眼にした女の姿が磯崎の脳裡《のうり》をよぎり、その途端、もつれた糸がほぐれるように記憶の断片が矛盾なく整列し、意味を持ちはじめた。

「支配人、ちょっと梶間さんを呼んでもらえないかね。それと、私をここまで運んでくれた人も」

「よろしいんですか？　もう少しお休みになってからの方が……」

「いや、お願いする」

めずらしく磯崎の口調には性急さと苛立《いらだ》たしさが込められていた。

磯崎をホテルまで運んだ三村《みむら》という夫婦は、あてがわれた部屋で休熄《きゅうそく》していて電話ですぐにつかまったが、隆一の部屋は、誰も受話器を取らなかった。

磯崎は三村夫妻を部屋に招じ入れて、丁重に礼を言った。その頃にはすっかり気分も晴れて、ベッドの上に躰を起こし、軽口を飛ばすほどに体調も回復していた。

「こんな格好で失礼します」と言いながら、磯崎は何度も何度も夫妻に感謝の言葉を述べた。スイートルームの豪華な雰囲気に気圧《けお》されたのか、夫妻は借りてきた猫のようにかしこまっていた。自分たちが助けた人物が意外な大物だと知って驚いたようだ。明晩、夕食をご馳走《ちそう》したいという磯崎の申し出を受けて、夫妻は部屋を辞した。

「そうそう、あの人が妙なことを口走っていましたよ」

夫妻を送り出してから、久作が言った。

「あなたが気絶している間に、うわ言で韓国語を喋《しゃべ》っていたと言うんですな」

「韓国語ですって？」

「ええ。韓国語で盛んに詫《わ》びていたらしい。磯崎さんは韓国語を喋れるのですか」

「片言くらいだね。ソウルにうちの店もあるし、取引先や同業者に韓国の人がたくさんいるものだから、集まりの時なんかに喋れるといいかなと思って覚えようとしたことがある。もっとも、何とかの手習いじゃないが、ちっとも身についてはいないが」

「じゃ、やっぱりおかしいですな、あの夫婦にわざわざ韓国語で話しかけるとは」

「うん、それは奇妙だね」

「やはり、あの人たちの聞き違いでしょう」

しばらく三人は、ここ数日の間に起きた不可思議なできごとについて脈絡なく話し、支配人が仕事に戻ると言って部屋を出てからは、磯崎と久作のふたりきりで長時間、昔話に興じた。

久作はいつ暇《いとま》を告げようかと見計らっていたが、磯崎の方で久作のことを解放しなかった。磯崎の口からは話が尽きることなく泉のように湧き出し、久作は相槌《あいづち》を打つ役目に徹していたが、そのうちに久作は磯崎の饒舌《じょうぜつ》を不自然に思いはじめた。

話が途切れそうになると、磯崎はいかにも不安げに顔をしかめ、何か面白い話をしてくれと子供のようにせがむ。仕方なくつまらぬ山の体験談など披露しようものなら、磯崎は大仰なほど興味深げに身を乗り出して話に喰《く》いつき、再び自分の話術に久作を引き込もうとするのだった。

さすがに陽が弱々しく翳《かげ》る頃、「じゃ、そろそろ」と腰をあげようとすると、磯崎は久作の腕を摑《つか》んで言った。

「久作さん、迷惑だろうが、もう少しここにいてくれないかね」

その表情があまりに真剣なので、久作はもう一度、腰を落ち着けることになった。

「何だったら、ここに泊まってくれても構わない。ベッドは余分にあるんだし」

「どうしたっていうんです、磯崎さん」

「笑わないで欲しいんだが」

磯崎は、窓から射し込む西陽に顔をしかめながら言った。

「怖いんだよ」

「……」

「ひとりきりになるのが、怖くてたまらんのだ。どういう具合か、自分でもわけがわからない」

「磯崎さん、あなた、やはりお躰《からだ》の加減が悪いんじゃ」

「実を言うと、倒れたのは今日が初めてではない。昨日も河原で貧血をおこしてね」

「やはり」

「いや、躰のことは自分が一番わかる。私の躰で悪いのは眼だけだよ。そりゃ年が年だから少々のガタはきているさ。しかし、深刻な病気は誓ってないよ。定期検診も怠っていないしね。こんなこと、あなたに嘘を言ってもはじまらないだろう」

磯崎はベッドの上で胡座《あぐら》になり、まるで久作を誘うように声の調子を落とした。

「私が恐れているのはそういうことじゃない。何と言えばいいのかな……何かに取り憑《つ》かれそうな気がするんだよ」

「取り憑かれる？」

「子供じみたことを言っていることは承知している。しかしね、昨日もそうだったんだが、倒れる前にとてもいやな気配が近づいてくるのがわかるんだよ。もちろん、錯覚かもしれないし、ただの貧血かもしれない。いずれにしても、ひとりきりの時にあんな気分を味わうのは、もうご免なんだ」

磯崎は何かに取り縋《すが》りたいとでも思ったのだろうか、近くにあった枕を引き寄せて胡座をかいた脚の上で、抱き締めた。久作は磯崎の話に自分の湖での体験との符合を見つけ、心が粟立《あわだ》った。あの何とも形容しがたいいやな気配……。

「それに、さっきあなたが妙に気になることを言った」

「何です？」

「私がうわ言で、韓国語を話したってことだよ」

「それが何か」

「久作さんは覚えてないかい？」

磯崎は、遥《はる》か彼方《かなた》を見やるように遠い眼をした。

「あなたや私がまだ若かった頃、この山には朝鮮の集落があったね。強制労働に駆り出された人たちの」

「ええ、もちろん覚えていますよ」

「窪ヶ峰の隧道《ずいどう》を掘らされたり、伐採や材木の運搬でこき使われたり……気の毒な人たちだった」

「日本人はひどいことをしました」

「まったくだよ。同じ人間がしたこととは思えない。あんなにいた朝鮮の人たちはどこへ行ったのか」

「この山で死んだ人間も多いはずです」

「そうだろう。それなのに彼らを祭る墓はどこにある？」

「そう言えば、聞きませんな」

「あなただけじゃない。私も知らないし、役所だって政治家だって知らない」

「……」

「最近、若い頃のことを思い出すんだ。大抵が山と戯れていた愉《たの》しい思い出なんだが、どうしても、いがらっぽい記憶が入り混じる。私たちは朝鮮人労働者を横眼に見て、この山に通ったからね、彼らの惨めな姿をよく見かけたし、彼らの射貫《いぬ》くような視線にたじろいだこともたびたびだった。彼らにしてみたら、山登りに興じる私なんかは、憎悪の対象そのものだったに違いない。あの人たちは冬もこの山にいたそうだが、辛《つら》かっただろうね」

「この山の冬はまったく、氷と死の世界ですから」

「あなたは、冬場には街に降りるのかい」

「いいえ、ここ数年は山ですごしています」

「よく暮らしていけるね」

「ひとりきりだからできるんです。連れ合いや子供がいたらとても無理ですな。女房が生きていた頃は、冬は街に降りて、温泉場の番頭の真似ごとをしていました」

「私には想像もつかない。この山でひと冬をすごすなんて」

「昔のこととなったら私にも想像できませんな。今は無線もあるし、何かがあればすぐに人を呼べる。保存の利く食糧もたくさんあります。あの朝鮮人たちはどうすごしていたのやら……」

「私はあの人たちに憑かれているのかもしれない」

磯崎は呟《つぶや》いた。

「まさか」

久作は笑おうとしたが、磯崎の表情にはそれを許さない真摯《しんし》な翳があった。

「私が韓国語を喋ったというのもまんざら三村という人の勘違いではないかもしれない。いや、私自身、あの人の背中で必死に異国語を話していたような気がしてならないんだ。さっきは否定したが、だんだんそんな思いが強くなってきた」

「ご冗談を」

「これは冗談でも何でもないよ、久作さん」

その時、誰かが部屋のドアをノックする音が聞こえた。久作が立ちあがり、訪問者を招じ入れた。

「これはこれは梶間さん」

客人を見て、磯崎が相好を崩した。

「支配人に聞きました。またお加減がよくないとか」

隆一は、乱れた髪を掻《か》きあげながら言った。

「ご心配をおかけして申し訳ない。また貧血を起こしたようで」

「それはいけません。磯崎さん、真面目に忠告します。街に降りたら医者に診てもらった方がいいですよ」

「ええ、そうしますとも」

磯崎は機嫌よく言ってから、隆一に久作を紹介した。

「ところで、私をお呼びになっていたと聞きましたが」

「ええ、まあ……。どこかにお出かけのようでしたな」

「ちょっと河原の方に散歩に行ってきました。ずっと部屋に籠《こも》りきりだったものですから、気分がめげてしまいましてね。だいぶ風が出てきましたよ。やはり台風がくるようです」

「奥さんは？」

「相変わらず、臥《ふせ》っています。どうやら風邪をこじらせてしまったようで」

「今日はずっとお部屋に？」

「ええ……」

磯崎の詮索《せんさく》する口調に、隆一は訝《いぶか》しいものを感じた。

「家内がどうかしましたか」

「いや、妙なことを言うようですが、山であなたの奥さんを見かけたような気がしたものだから」

「それは人違いですよ。家内はずっと、部屋で眠っていましたから」

そう答える隆一の心に、引っかかるものがあった。たしか、誰かにも同じことを言われたのではなかったか。──そうだ、今朝、ロビーで支配人に逢《あ》った時、彼もまた「エントランスで奥さんを見かけた」と言ったはずだった。どうやらこの山には、佳代子そっくりの女が、自分たちと同じように閉じ込められ、うろうろしているらしい。

「でしょうな。いや、たしかに私の見間違いだ」

そう言いつつも、磯崎はどこか納得できないという顔を窓に向けた。外の風は強まり、樹々が激しく揺れている。さっきまで晴れていた空も雲に占拠されはじめ、どんよりと憂鬱《ゆううつ》な色を濃くしていた。

（そんなはずはない……）

磯崎は、不穏な気配を漂わせる空を眺めやった。

池で見た女、あれはたしかに梶間の妻だった。

あんなによく似た女が、この世に存在するはずがない。それとも、老いぼれの頭と眼がとうとうタガを外していかれてしまったか。

「ほんとうに大丈夫ですか」

隆一が言い、久作も哀れむような眼で磯崎を見おろした。

「いや、ご心配なく」

磯崎は慌てて隆一と久作を交互に見やり、強張《こわば》った笑みを顔に貼りつけた。

9

田島は若者たちの部屋で三時間ほど眠りこけていたが、眼醒《めざ》めたふたりの気配に起こされた。躰《からだ》を蝕《むしば》んでいる疲労の残滓《ざんし》を重く感じながら、ベッドを這《は》い出した。

「あ、起こしちゃいましたね」

良介がすまなそうに言う。

「いや、構わんよ。だいぶすっきりした」

田島は伸びをした。

「コーヒーでも呑《の》みに行こうや」

ふたりを誘い出し、階下のレストランに降りた。

三人は一様にクロワッサンとフルーツジュースだけの軽い食事を摂《と》り、眠気醒ましのコーヒーを啜《すす》った。田島は睡眠不足と昨夜から鬱積した疲労のせいで、エキストラベッドに横たわるなり、崖《がけ》に突き落とされるように深い睡眠に陥《お》ちたものの、窮屈なベッドの上で不自然な姿勢を強いられたのか、頸《くび》を寝違えてしまい、食事中もしきりに筋肉をほぐす仕種《しぐさ》を繰り返していた。

「すみませんでした。躰が小さい僕の方がエキストラベッドで寝ればよかったですね」

田島の痛みを察した良介が、詫《わ》びた。

「いいんだよ。こっちこそ図々《ずうずう》しく部屋に押しかけたりしてすまなかった」

「いえ」

良介ははにかむように、白い歯をみせた。

「田島さんにはすっかりお世話になってしまいまして」

「神妙なことを言われたら、こっちが恐縮しちまうよ。結局、何もできなかったんだから」

田島が鼻の端に、自嘲《じちよう》の皺《しわ》を刻む。

「お世話になりついでに、申し訳ないんですが」と、良介。

「何だよ」

「さっき雄一の遺品を整理していたら、河原で撮った写真があいつのポケットから出てきたんです」

良介がワークシャツのポケットから、心霊写真だと大騒ぎを引き起こした写真を取り出した。

「誰だかわからない男の写り込んだ写真なんて、持っていても気分がいいものじゃないし、かと言って、自分たちの手で捨てるのも何だか気が引けて……。田島さんの方で処分していただけませんか」

「わかった」

田島は写真を受け取って一瞥《いちべつ》し、無造作に作業着の胸ポケットに突っ込んだ。

たしかに身近に置いておくには禍々《まがまが》しすぎる代物だった。この山にいる者の中で、実は自分こそが最もこの写真を恐れているのだと田島は自覚していたが、若者たちには悟られないよう、ことさらぞんざいに扱ってみせた。

「霊媒だか悪魔祓《ばら》いだか知らんが、そんなものを頼んでお祓いでもしてもらうか」

田島は頬杖《ほおづえ》をついて窓の外に眼をやった。

さっきまで微《かす》かにこぼれていた陽射しもすっかり雲に遮られ、山の空は今にも泣き出しそうな気配だ。横たわる山々はうそ寒く翳《かげ》り、頂上付近は厚い靄《ガス》に覆われて見えない。だいぶ風も出てきている。

「雲行きが怪しいですね」

良介も、田島の視線につられて曇天を仰ぎ見た。

「やはり、台風の影響かな」

「台風だとしたら、恐ろしく足の速い台風だな」

「ただの夕立でしょうか」と良介。

「わからんよ」

田島の眼は、ぼんやりと窓の外に注がれている。

「この山のことはもう見当もつかない」

「いずれにしても、この風だとやっぱりヘリは飛べませんね。雄一の遺体を運び出すのはしばらく無理かな」

「……」

「そう言えば、あいつの家とは連絡がついたのかな」

そう言ったのはあまり口数の多くないもうひとりの青年、英夫だ。

「無線は久作さんが持っているんでしたよね。あの人、どこに行ったんだろう」

答える者はいなかったし、問いかけた英夫自身もそれ以上、言葉を繋《つな》ごうとはしなかった。三人が三人とも心ここにあらずという感じだ。どうしようもない白々しさがテーブルを支配し、会話もどこかちぐはぐで上滑りしている。束の間の眠りを貪《むさぼ》った彼らは、一様に眼醒めてからの現実の時間を手繰り寄せられないでいた。あるいは手繰り寄せることを、心や躰が拒否していたのかもしれない。

「葉子にパンでも持って行ってやろう」

良介がクロワッサンを紙ナプキンで包みはじめた。

「それともケーキみたいなものがいいかな」

「あいつは甘いものは苦手だぞ」と英夫。

「あの娘《こ》はあんたらのうちの誰かの恋人なのか」

田島は若者たちに微笑みかけた。

「なかなか綺麗《きれい》な娘じゃないか」

他愛のない話題を提供したつもりなのに、良介たちは意味ありげに眼配せし合って、ぎごちなく黙り込んだ。なぜとなく不穏な空気を察した田島はそれ以上、葉子について発言することをためらった。

「早く行ってやれ。寂しくしているぞ」

田島は陽気に良介たちを急《せ》き立てた。

「死んだ友達のことは、頃合を見計らってあんたたちからうまく話してくれ」

田島の言葉にふたりは微かに頷《うなず》いて、救護室に向かった。

田島は人気《ひとけ》のないレストランにひとり残され、時々思い出したように冷めたコーヒーを喉《のど》に流し込みながら、ますます勢いを強める風の音に聞き入り、低く垂れ籠《こ》める上空の雲を仰いだ。

まったく憂鬱な色だった。カオスのように撓《たわ》み縺《もつ》れ合い、不気味にうねる空は、そのまま自分の心象を映しているようだ。山を相手にする仕事柄、人一倍、天災を恐れ、天候には一喜一憂させられる田島だが、個人的には荒れ狂う山の情景は嫌いではない。男という生き物が本来持っているであろう、原始的な荒ぶる本能を刺激されるからだ。しかし、今日ばかりはさすがに、灰色に煙《けぶ》る山々を見ていると、気持ちが塞《ふさ》ぎ込んでしまう。

それにしても、何という日だろう。

昨夜遅く、料理長《シェフ》の晩酌の相伴をつとめていたところに、怪我をした若い娘がホテルに担ぎ込まれる騒ぎが持ちあがった。それからというもの、不吉なことばかりが次々と起きる。

巨大な雹《ひょう》（あんなものを雹と呼んでいいかどうかはわからないが）が、青年の頭蓋骨《ずがいこつ》を砕いて命を奪い、キャンプ場をメチャクチャにした。青年を街まで運ぶはずだったヘリコプターも、山中で墜落したという。

いや、不吉な気配はすでに以前から、周辺に芽吹いていた。山の些細《ささい》な変貌《へんぼう》に過敏になっていた久作の、深刻そうな顔。幽霊騒ぎ。コウモリやトンボの大群……。あの土砂崩れにしても、まるでこの山を孤立させるため、何ものかの意志が働いたとしか思えないではないか。得体の知れない存在がこの山を、そして山の住人たちを弄《もてあそ》んでいるかのようだ。あるいは山自体が外界からの闖入者《ちんにゅうしゃ》を拒んでいる──そんなふうに考えるのは、行きすぎか。

しかし、ひとりの青年の命運を握るヘリコプターが、しかもハイテクの粋を集めた安全性抜群の機が、運悪く墜落するなんて。

そうだ、作田は山をこよなく愛し、それ以上に部下たちを愛した。副隊長はどうなったのだろう。そして、井坂医師は……。

田島は山で起きていることのすべてを把握し、理解したいと思った。そうしなければ不安でたまらない。自分が眠りこけている間に、異変はなかっただろうか。こうして眺めている空の下で、葉子や雄一と同じように疵《きず》つき、苦境に追い込まれた人間が泣いていやしないだろうか。今や陸の孤島と化したこの山と、街を繋ぐ道路の復旧作業は進展しているのだろうか……。

田島は、誠と無線で話したかった。一刻でも早く、外界の情報に触れたかった。その無線機を今は、久作が持ち歩いている。久作はどこだ？　田島はカップに残った冷めたコーヒーを一気に呑みほして、ロビーに出た。フロントで支配人を呼び出す。応対の者が奥に引っ込むと、しばらくして支配人がフロントの奥に顔だけのぞかせ、こそこそと手招いて、事務所に入ってくれと田島を促した。それもそのはず、仮眠に就いていたらしい支配人はランニングシャツにトランクスという姿で、恥ずかしそうに「お客様の前にこんな姿は晒《さら》せませんから」と苦笑いした。下着姿はもとより、ジャケットを脱ぎ、蝶《ちょう》ネクタイを外した支配人を田島が見るのも、初めてのことだった。さすがにやつれを隠せず、眼は落ち窪《くぼ》んで、隈《くま》に縁どられているように見える。いつもはきちんと七三に撫《な》でつけられた髪も脂気を失い、ボサボサに乱れていた。

「山の紳士も形なしだな。あんたもそういう格好をしてると、ただのくたびれた中年男だぞ」

田島の揶揄《やゆ》に従業員たちは声を潜めて笑い、支配人は少しむっとした表情を浮かべた。

「親爺《おやじ》さんはどこに行ったか知らないか」

「ホテルのお客様に旧《ふる》いお知り合いがいて、その方の部屋に行っていますよ」

「ヘリが墜落したのは聞いたか」

「ええ」

「乗っていた連中はどうなった」

支配人は頭《かぶり》を振った。

「おい、それはわからないっていう意味か。それとも……」

「駄目だったんですよ、田島さん」

支配人は、力なく言った。

「作田副隊長、うちの井坂先生……それにパイロットの方も亡くなりました。川に墜落して、そのままヘリに閉じ込められてしまったんです。溺死《できし》だそうです」

田島の顔が、みるみる蒼《あお》ざめた。

「さっきもニュースで言っていたんですが、墜落現場はどうやら鳴沢淵《なるさわふち》の辺りのようです。墜落の原因はわかりません。三人の遺体はお昼前に引き揚げられたそうです」

「引き揚げられたって、あそこは土砂崩れの現場より上流じゃないか。今はもう通行可能なのか」

「舟ですよ。下流からボートを出してダイバーが引き揚げたんです。あの辺りまでは堰《えん》堤《てい》がないし、小さなボートくらいなら入れますから」

「だったら、ここの人間たちも舟で降ろせばいい」

支配人はそこで見知らぬ人間を見るように、しばし田島の顔を凝視した。

「ちょっと田島さん、しっかりして下さいよ。ボートがいくつあったって足りないじゃありませんか。それに、あの急な崖《がけ》からどうやって、川まで人を降ろすんです？　ここにいるのはクライマーだけじゃない。女性や子供もいるんですよ」

「……たしかにそうだな」

田島は作田の死にうろたえ、状況判断すら誤っている自分自身を呪って舌打ちした。

「クソッ！　結局、この山に閉じ込められていることに変わりはないのか」

「せめてあの青年の遺体だけでも運び出せるように、久作さんが誠君に言って別のヘリを県警に依頼したようですが、何しろこの天候ですからね」

「遺族とは連絡が取れたのか」

「そのようです」

事務所の窓硝子《ガラス》の外側に、幾筋か水滴が流れ落ちている。とうとう雨が降りはじめた。雨は瞬く間に本降りとなり、強風に煽《あお》られて窓硝子を強く打ちつけ、激しく音を立てるほどに勢いを増した。遠くで雲が光を孕《はら》み、雷鳴が低く轟《とどろ》いた。

「この山はとことん、機嫌が悪いようですね」と支配人。

「寝入り端《ばな》を起こして悪かったな。おれは親爺さんのところに行ってみるよ。ゆっくり休んでくれ」

「久作さんは五階の一番奥、五十三号室にいるはずですよ。磯崎様という方のお部屋です」

「わかった」

踵《きびす》を返して事務所を出た田島は廊下でびしょ濡《ぬ》れの料理長《シェフ》と鉢合わせした。料理長は捕虫網を携え、コック帽子ならぬチロリアン・ハットを被《かぶ》っている。

「またトンボ採りか。まったくいい気なものだな、こんな日に」

田島の皮肉にも動ぜず、料理長はしたたり落ちる顔の滴をタオルで拭《ぬぐ》いながらニタッと笑い返す。

「外はだいぶ荒れてきたぞ。天気予報で言っていた台風にしては早すぎないか、おい」

「そうだな」

「今日も収穫なし」

料理長が嘆息し、頸《くび》に下げた虫籠《むしかご》を田島に見せる。

「少しは仕事をしろよ」

「気が合うな。おれもそう思っていたところなんだ。まっとうな料理人に戻ることにしたよ。どうやらおれには分隊長のような運はないらしい。一流の虫屋になるには、運が何よりも必要なんだよ」

料理長は、田島のことを救助隊内の形式上の呼称で呼ぶ。どこかとぼけた男だった。

「料理長、ちょっと頼みがあるんだが……」

「何だよ、あらたまって。気持ち悪いな」

「久作小屋に分けてやれる食糧はないか。あっちでは今、誠がてんてこ舞いなんだ」

「とっくに頼まれてるよ」

「誠にか？」

「ああ。さっき久作小屋に寄ったんだ。あの高校生、爺《じい》さんの代わりによくやってるな」

今時の若者たちに対して、なぜか憎しみにも近い軽蔑《けいべつ》を抱いている料理長だが、誠のことだけは買っている。

「イワナ茶漬けを喰《く》わしてもらったが、これが絶品でな。出汁《だし》も凝っていて、がさつな山男なんかに喰わせるのがもったいないくらいだ。あいつには料理の才能もある」

「おいおい、ただでさえ食糧難なんだぞ、あっちは。あんたに昼飯を振る舞ってやれる余裕はないはずなんだ」

「わかってる。茶漬けで買収されてやったんだよ。米でも肉でも何でも持ってけって言ってやった」

「タダでか？　ずいぶん気前がいいな」

「まあ、この山全体が緊急事態なんだから」

「すまないな。そっちは大丈夫なのか」

「あの神経質な支配人は心配してるが、どうってことないさ。それに、こんな状況なんだから、どんな料理を出したって、客も文句は言うまい」

「じゃあ、誠の方は頼んだぞ」

「はいよ」

別れかけたところで、料理長が何やら思いついたらしい。

「そうだそうだ、分隊長に知らせなけりゃいかんと思っていた」と振り返った。

「帰り道に妙なものを見てな」

「何だ？」

「ちょっと信じられないものだぞ」

「だから何なんだ」

「オコジョだ。オコジョの大発生だ」

田島が顔色を変えた。

「遊歩道の側溝にうじゃうじゃいた。もっとも全部、死骸《しがい》だが。気持ち悪いったらないぞ。あんなもの放っておいたら、そのうち腐臭で苦情がくるに決まってる。警察の方で何とかしてくれよ、分隊長」

「場所は？」

「吊《つ》り橋のもっと下の……。ほら、昨夜、騒ぎがあった辺りだよ。あの酔っ払いの女が倒れていたとかいう……」

料理長が言い終わらぬうちに、田島は駆け出していた。

そこはまさしく葉子が倒れていた遊歩道だった。

田島自身、事件性の有無の確認のため、昨夜のうちに一度訪れてはいたのだが、その時は暗くて気づきもしなかった。路肩脇の側溝を夥《おびただ》しい数の小動物の死骸が埋め尽くしている。折からの雨で、側溝に大量に流れ込んだ水は塞《せ》き止められ、溢《あふ》れ出していた。

雨脚がますます強まってくる。土砂崩れをもたらした、一昨日《おととい》の集中豪雨の勢いに迫りつつある。田島は激しい雨の中に立ち尽くし、もはや何の用もなしていない傘を、それでも気休めにかざしながら異様な光景に眼を奪われた。

それは料理長が指摘したように、間違いなくオコジョだった。

高山に棲《す》むイタチ科の動物で、尾まで含めても二十センチ足らずの小さな姿態は、見ようによってはたしかに、ネズミに似ていなくもない。葉子が出くわしたと主張しているのは、この動物のことか？

だが、尋常ではない数の死骸を、どう解釈すればよいのだろう。オコジョは、日本版レッドデータブックの準絶滅危惧《きぐ》種に指定されているほど、数の少ない動物なのだ。山でもマスコット的な存在である愛くるしい動物は、好奇心が旺盛《おうせい》で、悪戯《いたずら》っぽい仕種《しぐさ》を人前に晒《さら》して登山者の眼を和ませることがある。

しかし、死骸であるという不気味さを差し引いたとしても、これだけの大群となると、愛くるしさは微塵《みじん》も感じられなかった。ネズミがある種の狂気に駆られて群れるという話は、田島も聞いたことがあるが、同じ狂気を想像しないわけにはいかない。

さらに田島を悩ませ、うろたえさせているのは、オコジョの体色だった。全身真っ白で、尾の先だけが黒い。これはまぎれもなく冬毛だ。一匹や二匹の例外的な個体ではなく、側溝の中で不様に息絶えているものすべてが、身に冬毛をまとっている。夏の最中にだ。夏のオコジョならば、黒褐色の被毛に覆われているはずだ。

これはどうしたことか。

そう言えば、葉子はネズミが白かったとも言っていた。田島は不審げに死骸のひとつを摘《つま》みあげて、ためつすがめつし、葉子に見せるためにハンカチにくるんで、作業ズボンのポケットに押し入れた。

と、その時だ。

側溝の中に、ちらと異物を見たように思った。腰を屈《かが》めて眼を凝らすと、たしかにモスグリーンの何かが、オコジョの屍《しかばね》の山の中にあった。田島は何ともいやな予感に駆られた。小便のような腐敗臭に吐き気を覚えながら、オコジョの死骸を素手で掻《か》き分ける。雨になぶられたはずの死骸のひとつひとつが、温かみを持っていると思ったのは田島の錯覚にせよ、それらはなぜか硬直を免れ、ふいに息を吹き返してもおかしくない、気味の悪い柔らかさを保っていた。

濡れた白い被毛が抜け落ちて、田島の爪の間に挟まる。死してなお、何らかの意志を宿らせているような黒眼がちの瞳《ひとみ》、顎《あご》の骨格構造の限界点ではないかと思われるほど口を開けて犬歯をのぞかせる、まるで咆哮《ほうこう》しているかのような凶暴な形相……眼の前のオコジョたちは、たしかに田島が見知っている山のマスコットなどではなかった。

モスグリーンの異物は、トレッキングブーツの爪先《つまさき》部分だった。

田島の最初の予感通り、それは靴だけにとどまることはなかった。その先には黄色い靴下を履いた足頸《あしくび》があり、スリムタイプのジーンズの脛《すね》があり、擦り切れた膝頭《ひざがしら》が見えた。

見まがいようもない、人間の男の死体に違いなかった。

田島は遭難者の死体など見慣れている。見慣れてはいるが、人生の最期に側溝の中で、腐りかけた動物の死骸に埋もれる悲運に見舞われた男が全貌《ぜんぼう》を現した時には、さすがに正視できず、胃液が逆流してくるのを必死でこらえることになった。

いや、単に遺骸の損傷という観点だけならば、もっと凄惨《せいさん》なものをいくらでも山で眼にしたことはある。男の遺骸は滑落事故のそれのように、腕や脚が捩《ね》じ曲がっているわけではないし、内臓が飛び出したり、折れた骨が皮膚を突き破ったり、脳味噌《のうみそ》が飛び散っていることもなかった。側溝の底に仰向《あおむ》けに横たわるその様は、むしろ不自然なくらい乱れがなく、まるで丁重に棺《ひつぎ》に納められているかのようだった。

ただ、眼だけが無残に抉《えぐ》られていた。眼窩《がんか》が虚空を仰ぎ見るようにぽっかりと黒く口を開け、不謹慎を恐れずに言えば、眼球を失った表情は、我が身に振りかかった災難をことさら嘆くわけでも、声高に非難するわけでもなく、ただ、今こうして横たわっていることが信じられない、何ごとが起きたのかすら理解できないという、茫然《ぼうぜん》とした、それゆえにある種、滑稽《こっけい》なものにすら田島には見えたのだった。

だが、オコジョの屍には不思議と寄りついてもいなかったウジやシデムシが、眼窩《がんか》に無数にたかっているのを認めた途端、そんな印象は吹き飛んだ。

ウジたちのグロテスクな蠢《うごめ》きに田島は吐き気を覚えた。

男の遺骸が五体満足であるがゆえに、むしろそのコントラストが一層の不気味さを誘う。人間の顔から眼を奪うという、常軌を逸した蛮行が誰の仕業であるかは知る由もないが、そこには「眼だけが餌食《えじき》だ」という冷め切った悪意、透徹した負の意志を感じる。

警察官としての職務本能から身元を知る手がかりを探ろうとしたものの、ついに耐えられずに田島は、遊歩道の真ん中で中腰になって嘔吐《おうと》した。眼尻《めじり》に涙が溜《た》まり、唸《うな》り声が口から洩《も》れた。吐き気にともなう生理現象だけではなく、慟哭《どうこく》そのものなのかもしれなかった。

10

ゴアテックス製のレインウェアを着込んで、久作小屋を出発した誠だったが、さすがにこの激しい雨の中では、体温を奪われるのが早かった。

何度も寒気に襲われながら、夜までは好天が保《も》つだろうと言っていた天気予報を、今さらのように呪い、舌打ちした。

予報通りなら、この山が暴風雨圏内に入るのは、夜半すぎのはずだった。山の天気は気まぐれとは言え、予期しない雨にこう祟《たた》られてばかりいると、山小屋の住人の習慣としてあらゆるメディアの気象情報に敏感でいることが馬鹿らしくなってくる。

こんな状態だと、新たな土砂崩れや鉄砲水が発生しやしないかと心配になる。久作小屋が建つ地盤は必ずしも盤石ではなく、むしろ脆《もろ》い花崗《かこう》岩《がん》地層だと言われていて、地盤沈下や崖崩《がけくず》れの可能性を指摘する人間もいた。

「決して人ごとではないぞ」と、誠は怖気《おじけ》をふるう。

誠は一度だけ、山の自然災害を身をもって体験し、死ぬほど怖い思いを味わったことがある。昨年の秋、久作に釣りに連れて行ってもらい、危うく鉄砲水に呑《の》み込まれそうになったのだ。その日の久作はなぜか苛々《いらいら》していて、川の流れに盛んに訝《いぶか》しげな視線を配っていた。久作に言わせると、「変な臭いがする」のだそうだ。額面通りの「臭い」なのか、あるいは「気配」みたいなものを指すのか、誠には未《いま》だによくわからない。

昼をすぎた頃だっただろうか、そこそこの釣果を得て魚籠《ビク》が重みを増したことに、誠がにんまりとした矢先だった。突然、川の流れに枝葉などの浮遊物が多くなり、流れそのものも濁りを増した。素早く竿《さお》を畳んだ久作は「岸にあがれ！」と叫んだが、折悪しく大物らしき手応《てごた》えを竿先に感じていた誠は、少しく躊躇《ちゅうちょ》した。

「あがるんだ、この馬鹿！」

久作の絶叫に弾《はじ》かれ竿を捨て、ようやく岸辺に垂れていた樹木の枝にすがりついた時、上流で火が爆《は》ぜるような不穏な音がしたかと思うと、狂気を孕《はら》んだ凄《すさ》まじい濁流が、すぐ足許《あしもと》を嘗《な》め、突風が誠の躰《からだ》を煽《あお》った……。

あれ以来、誠は山に対して臆病《おくびょう》とでも形容できそうなほど、慎重に身構えるようになった。今日だって、いつもの誠なら出歩いたりはしていない。しかし、確実に山小屋の食糧は尽きつつある。台風に直撃される前に、一刻も早く料理長が分けてくれる荷を小屋へ揚げたかったのだ。山道は川の流れに等しい。地に染み込むことも渓流に注ぎ込むこともかなわない、行き場を失った大量の水が土を巻き込んで泥流となり、足許を激しい勢いで流れ落ちている。風も強くなり、頭上に覆い被《かぶ》さる樹木の枝々が不気味に咆哮《ほうこう》していた。

それにしても、自分は何度、この道を通ったのだろうかと、誠は違う感慨に浸った。

山小屋稼業に充足の時間を見つけて足繁く通うようになり、かれこれ二年以上の歳月が経とうとしている。最初は両親や学校への他愛ない反抗心からはじまった。

夏休み中に義務づけられた学業や行事をことごとく無視して、久作小屋に居座り、そのことを以《もっ》てして自分では、宣戦布告としたつもりだった。

が、あれは逃避だったと、今は自分でも認めている。

入学した途端に大学受験一辺倒の気運に呑み込まれる進学校特有の校風に戸惑い、焦り、恐れを抱き、結局は逃げた。

　支え合い、慰め合うような親しい友人も持てなかったし、また、持とうともしなかった。その代わり、一生懸命に背伸びをし、山小屋に通ってくる山好きの年長者たちとの交流に喜びを見出《みいだ》そうとした。中にはポーズや見栄《みえ》だけで塗り固められたような人間もいる。いや、むしろそういう浅はかな人種の方がはるかに多かった。しかし、数は少なくともたしかに本物の男たちもいた。誠の未熟な人格がどうぶつかろうとも、造作もなくそれを撥《は》ね返してしまうような、強靭《きょうじん》で懐が深く、ほんとうの知識や経験を持ち、人生という時間を有機的に紡いでいる男たちだ。教師や両親の、空疎な言葉を飾り立てるだけのそらぞらしい説教などより、そういう本物の男たちの沈黙にこそ教えを乞《こ》い、久作小屋ですごす日々の中で生きるための術《すべ》を見つけるのだと、誠は決意したのだった。

　やがて誠の依怙地《いこじ》な行動は、学校や家族から黙認されることになった。久作の存在が、誠にとって有利に働いた。昭和天皇まで道案内した久作は、たぶんに誇張されて世間に流布されている人格の神秘性も手伝って、地元ではある種の名士として扱われている。彼の地方新聞社が久作の半生を綴《つづ》った本を出版したことで、ますます拍車がかかった。彼のもとにいるのだから、間違いはあるまいという認識が街の大人たちの間に浸透したから、あるいは、そういう免罪符を彼らが手にし誠への責任を忘れることができたから、今日まで誰に憚《はばか》ることなく、山に通いつづけることができたのだ。

　学校や家族との小さな軋轢《あつれき》に勝利し、孤独と責任を噛《か》み締め、自分が置かれた境遇を腹を括《くく》って受け入れてみると、不思議なもので、学校でも友人がぽつぽつとできはじめた。今では誠を慕って小屋に通ってくるクラスメイトも、何人かいた。

実際、久作には様々なことを教えられた。

もともと久作は教育には恵まれなかった人だから、知識を体系的に蓄えているわけではない。しかし、おそろしく経験主義者で、揺るぎない哲学と直感力の備わった人物だった。

自然科学を学んだことはもちろんないが、どんなに偉い学者が束になってもかなわないフィールド経験を持っている。あるいは、名だたるクライマーたちを瞠目《どうもく》させるに足る、豊かな知力と体力を有している。最大の美点は、彼自身が謙虚であることだと誠は思っている。経験で得た知識を振りかざさず、胡座《あぐら》をかかず、己の経験の中に閉じ籠《こも》らないことだ。

高校三年生になった現在の誠は、久作が決して完全無欠の男ではなく、むしろ誰よりも自分の人生に懐疑を抱いて悶々《もんもん》としていることを薄々感じていて、久作の謙虚さはある意味で劣等感の裏返しだと気づいていたが、そのことはもちろん評価を覆すことにはならなかった。

久作小屋ですごす時間はもう長くはない。誠は遅まきながら大学進学を考えていた。山小屋に通ってくる大学生や、様々な職種の人間たちに刺激され、触発され、久作のもとで得た経験をいったん、粉々に壊し、久作の方法論を、あらためて体系的に組み立て直すことを考えはじめていた。自然科学、心理学、哲学、文学――誠の興味を喚起するものがこの世には無数に満ち溢《あふ》れている。それらの核心に触れてみたいという欲求が、このところ誠の中で息苦しいほど膨らんでいる。久作小屋に入り浸ることで、明らかに学業は遅れた。現役での入学は難しいだろうが、焦りはまったくない。一浪しようが二浪しようが、それで構わない。今度、山を降りたら歯を喰《く》いしばって学業に専念するつもりだった。

キャンプ場をすぎ、雨に煙る管理釣場を横に見て、ほとんど泥流に押し流されるようにして吊《つ》り橋に辿《たど》り着いた時、誠は下流の土手にランドクルーザーが停車しているのを見た。田島の車だ。吊り橋を渡ってホテルに向かうコースを変更し、誠はシラカバが林立する遊歩道を小走りに駆けて、車を目指した。

車から少し離れた場所に田島はいたが、この雨の中、なぜか傘を放り出し、中腰になってうなだれている。

ただならぬ気配に、声をかけることを一瞬、ためらった。

「……田島さん」

声は雨音と風音に掻《か》き消されたようで、田島は振り向きもせず、嗚咽《おえつ》しているように見えた。

「どうしたんです」

駆け寄って肩に手を置いた。泣いているように見えた田島が、実は吐いていたのだと気づいたのは、その時だった。田島はビクッと驚いたように顔をあげ、眼の前にいるのが誠だとわかると、大きな溜息《ためいき》をひとつついた。

「誠か……」

田島は弱々しく微笑した。雨に濡《ぬ》れた顔はやはり、泣き顔のように誠には見えた。

「こんな雨の中、ご苦労だな。料理長のところへ行くんだろう」

「ええ」

ことさらさりげなく応対しようとする田島の様子が、むしろ場の異常さを物語っているようだった。

「何かあったんですか」

田島はだるそうに立ちあがりながら、「食欲がなくなっちまうようなものを見てな」と言った。

誠が何げなく側溝に眼をやると、田島は鋭い口調でそれを制した。

「見るな！　子供が見るもんじゃない」

言った後で田島は、大声をあげたことを後悔したらしく、苦笑いを浮かべて「まあ、おまえには隠したって仕方ないか」と呟《つぶや》いた。誠に対していつも「おまえのことは一人前に扱う」と口癖のように言っていることを思い出したのだろう。

誠は側溝に歩み寄って中をのぞいた。一人前に扱われる自負からなのか、ただ単におぞましさに声を失っただけなのか、誠は押し黙り、身じろぎひとつせずに異様な光景に対峙《たいじ》した。

「殺人事件ですか」

田島に背中を向けたまま、誠は訊《たず》ねた。

「わからん。オコジョの死体の群れに埋まっていた」

「このオコジョたちは……」

「奇妙だろう」

「こんなにたくさんのオコジョを見たことはありません。それに、こいつは冬毛ですね」

「まったく、どうかしちまったよ、この山は」

田島はランドクルーザーのバックドアを開け、散らかり放題のラゲッジスペースを整理すると、ビニールシートを広げた。

「悪いけどな、仏さんを運ぶのを手伝ってもらうぞ。雨晒《あまざら》しじゃ、かわいそうだ」

「はい」

田島が上半身を、誠が下半身を持ちあげ、ラゲッジスペースに男の遺体を運び込んだ。しっかりしているように見えてもまだ高校生、生まれてはじめて人間の死体に手を触れた誠は、雨の冷たさとは異質の寒気に襲われた。

男の眼窩《がんか》にたかったウジを、素手で払うのを目撃した時、誠は田島の性根の優しさを見るとともに、なぜとなく違和感を感じた。田島の表情や挙動はあまりに淡泊にすぎて、投げやりとも、心ここにあらずとも、誠の眼に映った。

警察官であり、山岳救助隊員でもあるのだから当然、一般人よりは死体に慣れているとは言え、「慣れ」とは別の感覚の麻痺《まひ》、放心が襲っているように見える。

この人は疲れているのだ、と誠は思った。

「この男の人は誰なんですか」

誠は訊ねた。

「心当たりはある」

田島は車に乗るよう、誠を促した。助手席に乗り込んだ誠は、亀裂《きれつ》が入ったフロントガラスを見て、今朝から田島が味わってきたであろう苦難を想像した。運転席に納まるなり、乱暴に車を発進させる。

「昨夜、キャンプ場の利用者のひとりが失踪《しっそう》している。おそらく、そいつだろうと思う」

田島は流れ下る泥流に逆らって、車を走らせる。

泥水が撥《は》ねあがり、ランドクルーザーはみるみる真っ黒になった。キャンプ場に向かうまでの間、泥に嵌《は》まり込んで動けなくなるのではないか、路肩を踏み外して川に落下するのではないかと、誠はひやひやし通しだった。

「この車はえらく評判が悪くてな」

田島は誠の心配をよそに、軽口をたたいた。

「ただでさえガタイがデカいし、おれの運転が運転だから、どうも山の自然を蹂躙《じゅうりん》してるように見えるらしい。どこかの自然保護団体から、警察署にクレームが入ってな。こんなところを見られたら、またどやされるぞ」

車は山道を抉《えぐ》り、路肩を崩し、草木を薙《な》ぎ倒し、何度も立ち往生しそうになりながら、それでも何とか無事にキャンプ場に辿り着いた。

予想通り、側溝で死んでいたのは、昨夜以来行方をくらましていたキャンプ場利用者の男だった。今朝、失踪《しっそう》を訴え出た男の仲間が、車に積まれた遺体をたしかめ、間違いないと断言した。田島は、街に降ろせるまで、遺体はホテルの地下室に安置すると言い捨てて、足早に車に戻り、キャンプ場を後にした。

「誠、上の方はどうなっている」

車を運転しながら、田島が訊ねる。

「おまえが降りてきちまって、無線を扱える奴はほかにいるのか」

「ええ。M大のパーティの人が」

田島はしばし思案顔をした後、「キャンプ場にも派出所の携帯無線を持ってきて、誰かに預けよう」と言った。

「とにかく人が集まっている処とは、常に連絡が取れるようにしておきたい」

「何が起きているんです」

「わからんよ。わからないから備えるんだ」

「この人を殺したのは、誰なんですか」

「こいつに訊《き》いてくれ。オコジョが群れで人を襲って、眼玉だけ喰《く》っちまったか。それともこの山に、ジェイソンみたいなヤツがいるか」

田島はそう言って、うそ寒く笑った。

「眼玉を刳《く》り貫《ぬ》く、猟奇趣味があるジェイソンだ」

「……」

「誠、これを見てくれ」

写真を差し出した。

「おまえはこの写真をどう思う」

誠はポラロイド写真を手にし、しばし眺め入った。

「気味が悪いですね。まさしく猟奇殺人者って顔だ、この男は」

「今朝、死んじまった男が、仲間うちで撮ったものらしい。だが、そんな男は居合わせなかったそうだ」

「心霊写真ですか――」

「らしいな。あの親爺《おやじ》さんまで本気にしてる」

「田島さんもでしょう？」

「……ああ、そうだな。不気味なことが起きているってことは、否定しようがない」

「親爺さんは、女の人の幽霊を見たって言ってたけど……」

「その方がまだ許せる。幽霊は女に限るよ。写真の男が幽霊なら、情緒もクソもない」

「女の人の方が怖いですよ」

「わかったようなことを言うな」

「でも、変ですよ、この写真」

「そりゃ変さ。お化けが写ってるんだから」

「いえ、そういう意味じゃなくて……」

誠はそこで車を停めるように言った。車はちょうど吊《つ》り橋を見おろす位置に差しかかり、田島は大きなダケカンバの幹に車を寄せるようにブレーキを踏んだ。

「ちょっとボケてますけど、この隅に写っているのが橋ですよね」

誠は言う。

写真をのぞき込んだ田島は頷《うなず》き、「あの連中、河原で撮影したって言ってたからな」と言った。

「これはあの吊り橋じゃありませんよ」

「何だと？」

「だって橋脚の影みたいなものが写ってるじゃありませんか」

「あっ」

「それに、いくらボケてるからって、ワイヤーらしきものが全然、写ってないし」

「しかし、この風景は……」

「ええ、風景は同じです。いや、やっぱり変だ……。とても似てるけど、微妙に違うような気もするな」

「たしかにおかしい」

田島も何ごとかに気づいたようだ。

「いいか、よく見てみろ。橋の袂《たもと》に実際は、こんな繁みなんかない」

「たしかに」

「いや、待てよ」

田島は節くれ立った指でコツコツとこめかみを叩《たた》く。混乱を必死で抑えようとしているのだ。

「だがな、昔はあったんだ、コナシの樹が何本もな。おまえが山にくるずっと以前の話だ。酸性雨にやられちまったんで、伐採した。おれ自身が新米隊員の時に後片づけの手伝いに駆り出されたから、よく覚えている」

「そうなると、この写真は昔のものだってことですか」

「……」

「どういうことでしょうね」

田島は写真と現実の吊り橋を交互に眺めやり、そして聞き取れないほどの声で呟《つぶや》いた。

「またひとつ、謎が増えたってことだよ」

11

「昭和十一年だって？」

田島がテーブルに半身を乗り出し、驚きと不信の入り交じった視線で久作を見つめた。

「そうだ」

「いやにはっきり言うじゃないか、親爺さん」

久作は真っ正面から静かなまなざしで田島の顔を見つめ返す。自分が口にしていることに自信がある様子だった。

喫茶室のサンルームのテーブルを、磯崎、久作、隆一、田島、誠の五人が囲っている。赤褐色の光沢を放つマホガニーのテーブルの中央には、男ばかりの面子《メンツ》にはいささか不似合いなトルコギキョウの生花が置かれ、清楚《せいそ》で可憐《かれん》な薄紫の花弁が唯一、場に華やぎを与えていた。

すっかり体調を取り戻して、ずるずると久作と隆一を自室に引き止めていた磯崎は、気分を変えようとふたりを誘って喫茶室に移動し、相変わらずの饒舌《じょうぜつ》のまま、コーヒーを何杯もおかわりした挙句、ひと頃からビールまで口にしはじめた。

久作たちは磯崎の躰《からだ》を気遣って部屋に帰そうとしたものの、本人がちっとも言うことを聞こうとしないので、この寂しがり屋の翁《おきな》のわがままにとことんつき合うことに決め、自分たちもてんでにアルコール類に手を伸ばすことになった。

矢先に、ずぶ濡《ぬ》れの田島と誠が喫茶室へ駆け込んできたというわけだ。ふたりの全身からしたたり落ちる雨滴が床を濡《ぬ》らし、喫茶室の従業員が文句を言うでもなく黙ってモップをかける様に誠は恐縮しきりだったが、田島はお構いなしにどかどかと久作たちに近づき、初対面の磯崎への挨拶《あいさつ》もそこそこに、男の変死体のこと、不可解なオコジョの大量死のことを興奮ぎみにまくし立てた。

派出所に戻って署への連絡業務を片づけたいと、一度は腰を浮かしかけた田島だったが、場の話題が例の写真のことに移ると、また椅子に腰かけ直すことになった。

久作はつくづく写真に見入り、「なるほど、こいつは奇妙だ。わしも気づかなんだ」と独りごち、しばらく押し黙った後、「この橋は昭和十一年のものだ」と、きっぱり断定したのだった。

「どうして、そこまで言いきれるんだよ」

田島がせっついた。

「それしか考えられんから、そう言うだけだ」

久作は、睨《にら》むように田島を見た。

「あの場所に初めて橋が架けられたのは、明治の昔にまでさかのぼる。記録では、最初から吊り橋だった。以来、何度か橋は架け直されたが、ずっと吊り橋の形態だけは保たれてきた。おそらく、橋脚のないすっきりしたスタイルがこの山の風光に合っていて、褒めそやす粋人が大勢いたんだろう。あるいは、あの辺りは昔はもっと激流だったから、めったなことでは橋が流されないようにという、配慮からだったのかもしれない。ところが、例外が二回だけある。それが昭和十一年と、戦後間もない昭和二十二年だ。二回とも橋の老朽化による架け直しだったが、どうしたことか吊り橋にはしなかった」

「じゃあ、二十二年の橋という可能性だって……」

誠が当然の疑問を差し挟んだ。

「あり得んな」

言下に久作は、否定した。

「その時の橋は、わし自身が実際にこの脚で渡っている。切り出した丸太をロープで括《くく》っただけの、粗末な橋だった。戦争に負けたばかりで、こんな山奥の橋のことなど誰も構ってはいられなかったんだろう。写真の橋は、はるかに立派に見える」

「なるほど」

田島が眼だけで頷《うなず》いた。

「わしはその橋を旧《ふる》い写真でしか見たことがないが……」

久作は、なぜか急に黙り込んでしまった磯崎に眼をやった。

「磯崎さん、あなたは実際にご覧になったことがあるんじゃないですかな」

話を聞いているのかいないのか、磯崎は眼を細めてぼんやりと外を眺めやっている。サンルームの窓には雨がほとんど正面から強く吹きつけ、外の景色は水底をのぞくようにたゆとうていた。

「磯崎さん」

「はい、聞こえています」

磯崎は皆を見るでもなく、汗をかいたビールのグラスを指先で弄《もてあそ》びながら言った。

「おっしゃる通りはっきり覚えていますよ。私はそれこそ何度もその橋を往復しましたから」

そこでようやく視線をテーブルに戻した。

「二十二年当時はたしかに、丸木橋だった。ところがそれより以前に、どこの誰だか知らないが、吊り橋とはいささか趣の違う、かと言って丸木橋のような簡単なものではない、モダンな橋を架けたいと考えた人がいたらしくて、橋脚のある、それはそれは立派な橋をこしらえた。

山男たちの間でもかなり評判になり、褒める人もいれば、山には似つかわしくないとこき下ろす人もいて、まあ、実のところ賛否両論だった。

結局、橋はいくらも月日が経たないうちに増水で押し流されてしまい、やはり山奥の川には橋脚を持つ橋はかえって危険だ、ということになったんだが、そんな酔興がたった一度だけあったんです。

それが昭和十一年。間違いない、写真に写っている橋は、あの時の橋ですよ」

「そんな馬鹿な……」

呟《つぶや》いたのは隆一だった。

「昨日、河原で撮られた写真に、どうしてそんなものが写っているんです」

一同は押し黙り、田島は久作のものであるビールのグラスを引き寄せ、勝手に啜《すす》った。

場の沈黙を破ったのは誠だ。

「この写真は、過去を写している——そうとしか考えられない」

「そんなけったいな話があるか」と田島。

「そうだよ。いくら何だって、そんな奇妙なことが……」

隆一が同調する。

「じゃあ、この写真をどう説明するんです。これは間違いなく昨日、撮影されたものですよ。昭和十一年当時にポラロイド・カメラなんか、存在するはずありませんからね」

「すると何か、ここに写っている、お世辞にもハンサムとは言えないこの貧相な男も、昭和十一年の男だって言うのか」

「それは……」

「冗談じゃないぜ」

「そうかもしれない」

田島と誠の間に割って入ったのは、久作だ。

「そうかもしれないぞ、田島」

「何だって？」

「たしかに荒唐無稽《むけい》な話ではある。だがな、おまえは何かひっかかるものがないか、昭和十一年と聞いて」

「……」

「わしはおまえのその口から聞いたんだぞ」

「おれから？」

「あの、何とかっていうトンボの話だよ」

「トンボ？」

田島の顔にようやく合点の色が滲《にじ》んだ。

「ああ、あの話か」

「昭和十一年以来、絶えて目撃されたことがないめずらしいトンボをおまえ自身が見た。その可愛らしいドングリ眼でな。これは偶然か」

「ちょっと待ってくれ。じゃあ、おれはこの眼で過去を見たって言うのか」

「そいつはわからん」

「あのトンボは生きてたんだぞ。おれはこの手で捕まえた。料理長《シェフ》だって手に触れたんだ。あれが過去か？　あれが幽霊か？」

「そう言えば、おまえが見たあのトンボは、群れていたと言ったな。わしが見たコウモリや、遊歩道で女の子を襲ったというオコジョも大群だった。どいつもこいつも不気味に群れている」

「おいおい、全部が全部、時空を超えて大移動してきたって言うんじゃないだろうな」

田島は持ち帰ったオコジョの死骸《しがい》をポケットから取り出すやいなや、テーブルに転がした。隆一が「うっ」と身を引いた。

「こいつはたしかに、奇妙な代物だ。夏の最中に冬毛をまとっている。でも、オコジョには違いない。こいつらも過去からやってきたって言うのかよ、親爺《おやじ》さん」

「だから、そんなことはわしにはわからんよ。ただ、昭和十一年という符合に何かがあるような気がしただけだ」

「いつからそんなに想像力が逞《たくま》しくなったんだい」

「田島、茶化すのはよせ！」

久作がふいに大声をあげた。

「おまえだって、いや、誰よりもおまえが、この山で起きている一連のできごとをおかしいと思っているはずだろう。違うか？」

田島は渋々と首肯した。親に叱られた不肖の息子という風情だった。

「こういうことにしないか……」

久作は一転穏やかに言い含めた。

「少なくとも今、このテーブルについている人間の間では、これからは正直に、疑いを持たずに何でも話し合い、情報を交換し合おうじゃないか。どんなに理不尽なことや不可解なことでも、これまで自分たちがずっと囚《とら》われてきた常識なんぞには縛られずに、遠慮なく発言し合おうじゃないか。間違いなくこの山では、わしたちの理解を超えたことが起きているんだから。どうだ、田島」

「ああ。そいつは願ってもないことだ。おれひとりの錆《さ》びついた脳味噌《のうみそ》じゃ、理解できっこないからな」

「いつまで山が閉鎖されているかはわからんが、その間は時々こうして集まろう」

「わかった。支配人にも加わってもらおう。ホテルが情報交換の拠点になることは間違いないし、あいつは方々に眼を配っているから、諜報《ちょうほう》員にはうってつけだ。まあ、ちょっと冴《さ》えない007だがな」

田島の軽口に、久作は口許《くちもと》を綻《ほころ》ばせた。

「それから、情報交換って話で思い出したが、親爺さんに預けてある無線は、そのままホテルで使ってもらうようにしてくれ。おれは派出所に戻って、自分用のものとキャンプ場用のものを持ってくる。久作小屋、キャンプ場、ホテル、それにおれが密に連絡を取り合えば、不測の事態にも少しは対処しやすくなるだろう」

「よし。そうしよう」

「じゃあ、派出所へ行ってくる。一時間程度で戻るから」

田島が席を立った。

田島は窓の外を一瞥《いちべつ》し、ロビーの方へ足早に消えた。見送った隆一がテーブルの写真をあらためて見やり、「しかし、奇妙なことがあるものですね」と、また話題をぶり返しかけたが、久作は磯崎に気を取られ、返答しなかった。

磯崎の放心ぶりは尋常ではない。

老人は、田島の退席にすら気づかぬらしく、ただぽつねんと窓の外を見やり、手にしたビールもまったく口にしなくなっていた。

虚《うつ》ろな顔には窓硝子《ガラス》を流れる雨滴の影が揺らめいていた。

ロビーに出た田島は、救護室に立ち寄った。良介は所在なげに漫画誌を眺め、英夫はポケット・ゲーム機に熱中し、葉子はベッドにこそ横たわっていたが、眠っているわけではないらしく、ウォークマンのヘッドフォンを耳にしていた。どうやら三人は狭い部屋に押し込まれながらも別に会話するでもなく、てんでに時間を潰《つぶ》していたようだ。料理長ではないが、今日びの若者たちの個人主義と言うか、淡泊な人間関係というものが田島にはどうにも理解し難い。田島が入室すると、良介と英夫は「あっ」と挨拶《あいさつ》とも驚きともつかぬ奇妙な声で彼を迎えた。

「悪いが、おふたりさん、少し遠慮してくれるか」

「はあ」

「喫茶室に親爺さんたちがいる。どこかの金持ちの爺《じい》さまと一緒だから、せいぜい旨《うま》いものでも奢《おご》ってもらえ」

ふたりは咄嗟《とっさ》には田島の言っていることが呑《の》み込めず、どうしたものかと眼配せし合っている。田島は「さあさあ」と無遠慮に追い立てた。葉子は、田島たちの様子を不思議そうに見つめ、ヘッドフォンを耳から外して半身を起こした。良介たちを追い出した田島が彼女に笑いかけ、ベッドの脇にパイプ椅子をくっつけて腰を下ろした。

「おれのことは覚えているか」

葉子が曖昧《あいまい》に頭《かぶり》を振る。

「昨夜、逢《あ》ってるんだがな」

「すみません。入れ替わり立ち代わり何人もの方とお逢いしたような気がして……」

「いいんだよ、一目惚《ぼ》れされるような顔じゃないことは自分でもわかっている」

田島は言い、内ポケットから警察手帳を抜き出して見せた。

「こう見えてもおれは警察官なんだ。もっとも、泥棒のひとりだって捕まえたことがない。もっぱら山だけが相手の特殊任務でね」

「……」

「山岳救助隊の隊員なんだよ。夏と冬のオンシーズンはこの近くに常駐している」

「もしかしたら、昨夜、私をここへ運んで下さった方ですか」

「運んだのはおれじゃない。だが、今も言ったようにおれの方はあんたの顔を知ってるよ。言葉も交わしたが、何しろ昨夜のあんたはひどく取り乱していたからな」

「すみません」

「そう謝るなって。ひどい目に遭ったたな」

「……ええ」

「昨夜のあんたはひどく興奮していたし、喋《しゃべ》っていることは荒唐無稽だった。正直に告白するが、おれは酔っ払った若い女の戯言《たわごと》だと思い込み、ちゃんと取り合おうとしなかった。職務怠慢だな。まず、そのことを許してもらいたい」

葉子は薄く笑った。

「しかし、考えてみると、あんたの話の道筋は首尾一貫、理路整然としていた。あんたはネズミらしき動物に襲われた、そう言ったな」

「はい」

「そいつが白かったとも」

「そうです」

「落ち着いて見てもらいたいんだが」

作業ズボンのポケットに手を入れて、ハンカチの包みを取り出した。

「あんたが見たのはこいつじゃなかったか」

田島が包みを開いた途端、葉子は小さく叫んでベッドの上で後退《あとずさ》りした。

「ショックが醒《さ》めやらないあんたに、こんなものを見せるのは酷だとは思うが、どうかちゃんと見て欲しい」

葉子はしばらく眼を逸《そ》らしていたが、田島の真摯《しんし》な態度にほだされたのか、恐る恐るハンカチの上のオコジョをのぞき込んだ。

「わかりません。辺りは月明かりだけでしたし、私は動物には詳しくありませんから。それに気が動転していて……。でも、こんな感じのものだったと思います」

「ありがとう」

田島はまたハンカチを包んでポケットに押し込んだ。

「それは？」

「オコジョというイタチ科の動物だ。あんたも山登りをやるらしいから、どこかの岩場でちょろちょろしているのをきっと見かけているはずだ。もっとも、最近は数が極端に減って、昔ほど見なくなったがな。ナリは小さいが、イタチの仲間だけあって立派な肉食獣だし、たしかに獰猛《どうもう》なところもある。でもな、愛嬌《あいきょう》があって、仕種《しぐさ》も可愛い。群れるなんてこともない」

「でも、もの凄《すご》い数でした」

自分の証言を糾弾されているとでも思ったのか、葉子がキッと田島を睨《ね》めつけた。

「わかってる。おれはあんたが言っていることを信じるよ。あんたが動物に襲われた時、とても人間とは思えない、だが、人間の女らしき姿をした者がふたり、すぐ近くにいたっていう話、これも信じよう」

田島があっさりそう言うのを聞いて、葉子は安堵《あんど》すると言うよりはむしろきょとんとした表情になった。

「だが、心から信じるために、あんたがひとつだけ隠していること、そいつをぜひ聞かせてもらいたい」

「……」

「現場にはもうひとり男がいたな」

葉子は俯《うつむ》き、押し黙ったが、やがて首肯した。

「どうして言わなかった」と田島。

「……」

「まあ、だいたい想像はつくが」

「私たち、その、あの場所で……」

「セックスをしていたんだな」

「はい」

葉子は意を決したように田島を見据えた。

「男の名前は工藤《くどう》。間違いないか」

「ええ」

「そいつはあんたの恋人……のはずはないな。あんたを慕っている男友達が、ほかにいるんだから」

「昨日初めて口をきいた人です」

「ナンパされたわけだ」

「ええ、お恥ずかしい話ですけど……。自分でもどうかしていたと思います。同じパーティの男の人たちと、何となく気詰まりなことがあって……。当てつけっていうわけでもないんですが、何て言えばいいのか……、彼らに対して凄《すご》い裏切りをしてみたい、いつもの自分とはまるっきり違う、無軌道で破天荒な自分になりたいっていう変な衝動に駆られてしまって……」

「わかるよ。そういうことはある」

田島は、彼としては精一杯の労《いたわ》りを込めて言った。

「あいつらにとって、あんたは憧《あこが》れのマドンナなんだな。しかし、あんた自身はそういうあいつらの眼が煩わしくて重荷になった。と同時に、敢《あ》えてあいつらではなく、行きずりのほかの男と関係することで、あんたは女としての優越感を実感しようと思ったわけだ」

言葉に含まれたいささかの毒を、葉子は敏感に察したが、田島に心底からの悪意はないと見たのか、素直に頷《うなず》いた。

「で、行為の最中に異常が起きたわけだ」

「はい。最初に気づいたのは私でした」

葉子は、当夜のできごとを順序だてて告白した。

「工藤はどうした」

「逃げました」

「逃げた？　あんたを置いてか」

「ええ。とにかく異常事態でしたから、彼も動転していたんだと思います」

「なるほど。彼はそれっきりか？」

「はい」

「あんたはその後、工藤がどうなったかは見ていないわけだな」

「気がついたらここへ運び込まれていたんです」

そこで葉子は田島が口にしたことの異様さに気づいたらしい。

「あの人、どうかなっちゃったんですか」

田島はすぐには答えず、部屋の隅の床に落ちている枕に眼をやった。死んだ雄一の頭を受け止めたものだろう、白い枕カバーには血痕《けっこん》が生々しくこびりついたままだった。

「宮田雄一君のことは、あいつらに聞いたか」

田島が訊《たず》ねると、葉子は「ええ」とうなだれた。

「そうか。友人を失ったばかりのあんたにはまた酷な話になるが、工藤という男も死んだんだ」

葉子の顔に貼り付いた驚愕《きょうがく》の表情を、田島はふと美しいと思った。この女の周囲で一日と置かずにふたりの男が死んだ。もとより彼女に責任があることではないとは言え、宿命的に背負ってしまった不幸の種、それと引き換えに獲得した美しさではないかと考えた。

「普通では考えられないような死に方だった」

「……」

「まあ、あんたが巻き込まれた事態がそもそも普通じゃなかったようだが」

救護室はいささか冷房の効きすぎで肌寒く、葉子はシーツを胸元まで引きあげて鳥肌の立った華奢《きゃしゃ》な腕を隠した。

「刑事さん……」

「おれのことをそんなふうに呼ぶ人間はいないよ。名字で呼んでくれていい。田島だ。さもなければ、お巡《まわ》りさんだな。人から、特に子供や年寄りからお巡りさんって呼びかけられるのは嫌いじゃない。若い女性だって大歓迎だ」

そう言われて葉子は「お巡りさん」と一度は口にしかけたが、すぐに語尾を呑《の》み込んだ。

「やはり田島さんと呼ばせてもらいます。だって、ちっともお巡りさんなんかに見えないもの」

田島は薄い笑みを浮かべた。

「田島さん、あの人はどんな亡くなり方をしたんです」

「おれは専門家じゃないから、詳しい死因をあんたに教えることはできない。だが、変死の部類に入ることは間違いないな。おれたち警察の人間や、検視官が立ち会う司法解剖が必要になる、そういう種類の死に方だってことだ」

「はっきりおっしゃって下さい」

葉子がまた、敵意とも感じられる強い視線を田島にぶつけてくる。

「それはつまり……」

「殺されたようにしか見えない」

田島は告げた。

「しかも、やり口がひどく残忍だ。眼が抉《えぐ》られていた。両眼ともな。おれが見た限りではほかに外傷らしい外傷は見当たらなかった」

葉子が息を呑む気配が、田島に伝わった。

「さっき見せたオコジョ——あんたがネズミだと考えた動物に間違いないと、おれは確信しているんだが——の大量の死骸《しがい》の中に、埋もれていた。あんたが倒れていた場所からそう遠くない、側溝の中だ」

「……ひどい」

「ああ。まったくひどい死に様だった」

部屋の温度が低すぎるのか、それとも違う種類の寒気に襲われたのか、葉子はシーツの中で自分の躰《からだ》を掻《か》き抱くように、両腕を胸の前で交差させた。そうやってしばらく押し黙り、虚《うつ》ろに視線を落としていたが、やがて田島の顔を見ずに訊ねた。

「田島さん、これは取り調べなんですね」

「……」

「私は殺人事件の容疑者？」

「今のところ、あんたは生きている工藤と一緒にいた最後の人間だ。常識的に考えると、そういうことになるな」

「わかりました。甘んじてその立場を受け入れます。でも……」

「でも？」

「田島さんは私の話を信じるって、言って下さいましたよね」

「ああ」

「あの人は誰かに殺されたんじゃない。少なくとも人間の仕業なんかじゃないと私は思います」

葉子の眼は濡《ぬ》れていた。が、決して涙をこぼすまいとして顔中の筋肉を硬直させていることが田島にはありありとわかった。

「実はおれもそう思っている」

田島が言うと、葉子は寂しそうな笑みとも戸惑いともつかぬ表情を浮かべた。

12

暗い、暗い――。

まさに圧するような底なしの暗闇。

ひと筋の光も、一点の星影も見当たらず、足許《あしもと》の地面すら存在しているのかどうか疑わしく思えてくる。天地左右の感覚がはなはだ曖昧《あいまい》で、宇宙のような茫漠《ぼうばく》とした広がりに、ただ身を任せている気がしていた。

自分はさっきから闇雲に歩きまわり、光を、そして人の存在を感じさせる気配や、音や、匂いを探している。いや、「歩く」と言うよりは、「漂っている」と言った方が正しいかもしれない。歩いてきたという実感があまりにも稀薄《きはく》だった。二本の脚を動かし、闇の中に一歩一歩、小さな歩みを標《しる》してきたことは間違いないのだが、不思議なほどに疲労感がなかった。

足の痛みもないし、息切れもしていない。奇妙な浮遊感を常に感じながら、宙を滑るように、何ものかに優しく背を押されるようにしてここまでやってきた。

しかし、求めるものはまだ見つからず、眼の前には闇の迷宮が尽きることはない。永遠の彷徨《ほうこう》の中にいるのだという、諦念《ていねん》ともつかぬ深い認識を脳裡《のうり》に刻んで歩みを止め、ふっと息を吸い込んですぐに吐き出し、あらためて周囲を見渡した。

やはり、何も見えない。だが、気持ちは奇妙に凪《な》いでいる。不安や焦燥や孤独感といった馴染《なじ》み深い負の感情とは、なぜか無縁でいられた。辺りの空気は冷たい。雨に洗われた後の夜気のような一種、透明感すら感じさせる柔らかい冷たさ、鼻がすっと通る清涼感が、心地好《よ》い。

奇妙な言い方だが、ここには温度がない——そんな感じがする。「温度」という尺度では測れない、不思議な〝冷気〟が闇に満ちている。

それにしても、自分がこうしてあてどない歩みをつづけているこの場所、ここはいったいどこなのだ。山なのか？

そう、たしかに自分は山にいた。

標高千五百メートルに位置する、湖に臨む高級ホテルの一室にいたはずだ。でも、ここがホテルでないことはたしかだ。

この暗さ、この冷たさ。

いつの間にか戸外に出て道に迷ってしまったのだろうか。今は何時になるのだろう？この暗さからすると、真夜中なのだろうか。いや、そんなことはどうでもいい。ここには時間さえ流れていない。まるで根拠はないが、そんな気がする。

どうして自分は歩いている？その理由だけははっきりしている。歩みの果てに希望があるからだ。誰かに逢《あ》えるという希望。そして、慰め。何ものかと触れ合える——予感だけが自分の足を一歩、また一歩と前方に進めている。

だから、濃密な闇に包まれてはいても恐怖心はなかった。いや、むしろ歩くほどに充足と豊饒《ほうじょう》が、身の裡《うち》に膨らんでくる気さえする。

ここはまったく不思議な場所だ。遮蔽《しゃへい》物がまったくない。なだらかな平地が延々とつづき、躓《つまず》いたり、転んだり、ぶつかったりする心配は微塵《みじん》もなく、躊躇《ちゅうちょ》なく足を踏み出せる。闇にも冷気にも慣れてくると、さっきまで微《かす》かに感じていた徒労感や諦念《ていねん》が霧散し、いよいよ、歩く喜びがふつふつと湧いてきた。彷徨自体が自分の人生の目的でもあるかのような、穏やかな幸福感に押し包まれた。このまま休むことなく、眠ることも必要とせず、永遠に歩きつづけることができそうな気がする。

彼女の〈気配〉はまったくふいに現れた。邪気のない笑い声とともに。姿は見えない。

しかし、自分にはわかる。

あの娘だ。あの娘とまた逢うことができた。

「遊んでいるのね」

声をかけてみた。しかし、自分でもそれが声になっているかどうかわからないという理不尽な不安感にとらわれた。

「どこにいるの?」

もう一度、言ってみた。やはり姿は見えないが、彼女の笑い声は闇の中でこだましている。

「ねえ、どこにいるのよ。出ていらっしゃい」

こちらの声が彼女に届いていないという失望感が胸を掠《かす》めた。と、その時、彼女の笑い声に混じって別の声が聞こえたような気がした。耳を澄ますと、たしかに呻《うめ》き声とも悲鳴ともつかぬ、男と女の歪《ゆが》んだ声が闇を震わせていた。

「何をしているの？　悪戯《いたずら》はやめなさい」

子供を叱る母親の口調になった。その途端、笑い声は途絶え、男の声だけがひときわ大きく耳に届いた。

「ユキ、逃げろ！」

ユキとは誰だ？　何やら物を投げつけるような音が響く。

「あなたは誰？　どこにいるのですか」

そう言ってみたが、自分の声は男にも届いていないようだ。男がもがいているらしい激しい衣擦《きぬ》れの音がする。

彼女の〈気配〉がふいに濃密になった。

が、それは著しく変貌《へんぼう》していた。つい今しがたまでの愉《たの》しげな感じは潰《つい》え、ひどく凶暴な、邪悪な気配だけが闇の中で圧倒的に膨らんだ。膨らんだ？　どうして――なぜ、自分にはそんなことがわかるのだろうか。

彼女は機嫌を損ねている。それは成熟した大人の不機嫌さとは違う。お気に入りの玩具《おもちゃ》を取りあげられた子供が拗《す》ねているような、無邪気さと背中合わせの、とりつく島を与えない不機嫌さだ。なぜかいつも彼女の〈気配〉に従い、ついてくるもうひとつの生命体の〈気配〉を、ここでもやはり感じた。おそらく人間ではない。彼女からは常に吹いてくる〝感情の風〟を、それには感じない。ただ闇雲に蠢《うごめ》きまわる命の迸《ほとばし》りを感じるだけだ。

「誰か助けてくれ！」

男は恐怖している。間違いない、彼女の〈気配〉は、もうひとつの〈気配〉と共謀して男を追い詰め、いたぶり、恐怖に陥れている。

「やめなさい！」

叫ぶように言った。その時、闇の中からうっすらと靄《もや》のようなものが湧き立ち、そこだけが淡い光を放った。靄の中に、いくつもの鮮やかな色彩が浮かんでは消えた。ずっと闇と対峙《たいじ》していたので、最初はひどく眩《まぶ》しくて、思わず眼をそむけた。ゆっくりと瞼《まぶた》を擡《もた》げ、もう一度〝靄のスクリーン〟に眼をやった。今度ははっきり見えた。スクリーンに投射された映像を見るように。理由はまったくわからないが、〝主観の映像〟であるという確信を持った。

つい今しがた漠然と、〝色彩〟としかとらえられなかったものは、実はテントの群れだった。雨に煙《けぶ》る灰色の山の中で、形も色も様々ないくつものテントが場違いな彩りを与えている。テント群の手前には雨に増水した川が流れていた。それはいかにも凶暴な濁流だったが、どうしたことか音は聞こえてこない。あれはキャンプ場？

〝主観の映像〟はしばらく動かずに、キャンプ場らしき場所をとらえていたが、いきなり眩暈《めまい》がしそうなほどのスピードで反転し、前に動き出し木立の中に分け入った。奥に平らな草地があり、やはり一張のドーム型テントがあった。〝主観の映像〟は造作もなくそのテントに押し入った。

狭苦しい暗がりに若い男と女がいた。そして、彼女の〈気配〉とその僕《しもべ》らしき生命体の〈気配〉も。上半身裸の男は仰臥《ぎょうが》し、緊張と恐怖の極限にあるような形相でこちらを見、とても男のものとは思えない、高い悲鳴をあげた。

女の方は地べたに寝転んで、微動だにしない。こちらは一糸まとわぬ全裸で、どうやら気を失って倒れているようだ。この女がユキか？　ふたりの足許《あしもと》に、彼女の〈気配〉はある。後ろ向きだから表情はよくわからない。しかし、見おろしている男に対する嫌悪、憎悪が、熱風のようにこちらに伝わってくる。

この段で、〝主観の映像〟という認識は消え去った。自分がまさにそこにいるのだという生々しい実感があった。二畳程度の狭苦しい空間に、どうして何人もの〝人間〟が収まることができるのか、疑問は不思議と湧いてこなかった。

いや、人間どころではない。例の生命体の〈気配〉が、テントの中で息苦しいほどに膨らみ、男をなぶっている。男が泣きわめくほどに彼女の〈気配〉が増長し、残酷な喜悦をあらわにした。

「どうしてそんなひどいことをするの」

無駄だとはわかっていたが、言わずにはいられなかった。次の瞬間、信じられないものを見た。男の頸《くび》がガクンと後ろに反り返ったかと思うと、両眼がいきなり蒼白《あおじろ》い焔《ほのお》を吹いたのだ。眼窩《がんか》から立ちあがる対《つい》の火柱が薄暗いテントの中で圧倒的な光を放ち、くらくらと眼が眩《くら》んだ。男の悲鳴は断末魔の声に変わる。

「やめなさい！」

男のおぞましい声を掻《か》き消すように、大声を放った。

「お願いだから、やめて」

途端、自分の躰《からだ》が激しく後方に弾《はじ》き飛ばされる衝撃を覚えた。

彼女の甲高い笑い声が急速に遠ざかり、ほどなく聞こえなくなった。闇と静寂の中を宇宙遊泳のように、自分の意思とは関係なく、しばらく泳ぎ漂った。無力感にも通ずる快感、性的官能にも似た脱力感に押し包まれ、それに身を委《ゆだ》ねた。

やがて、さっき見たのと同じような薄靄《うすもや》が眼下に広がった。さっきとは比べものにならないくらい眩《まばゆ》い光を放っている。靄の中にまたもや映像が浮かびあがった。

自分だ。自分がそこにいる。ベッドに横たわり、仰《あお》向《む》けの格好で眠っている。寝苦しさを覚えているのだろうか、寝具がひどく乱れている。取り縋《すが》るように薄手のシーツを胸元に抱き締め、静脈の浮き出た蒼白い不健康な色の素足を晒《さら》している。眉間《みけん》に何やら不機嫌な翳《かげ》まで作って。

その様子を自分自身が真上から、天井の位置から見おろしているのだった。

ふっと浮遊感が消え失《う》せ、落下するのを感じた。短い悲鳴を洩《も》らした。

死ぬんだわ。

ほっと安堵《あんど》するような気分に陥った。

落ちて行く、落ちて行く。まっさかさまに落ちて行く――。

気がつくと、佳代子はベッドの上にいた。眼醒《めざ》めたばかりの朦朧《もうろう》とした意識のまま、周囲を見渡した。デジタル時計の表示ではまだ午後五時前だというのに、ホテルの一室はすっかり闇に覆われていた。

灯《あか》りが恋しくてナイト・テーブルに手を伸ばそうと思ったが、なぜか腕が動かなかった。躰の節々が硬直している。半身を起こすこともままならない。意識がはっきりしてくるほどに、絶望感が重く募った。正気でいることがむしろ息苦しく感じられるほど、深い孤独感に苛《さい》まれ、打ちひしがれた。

佳代子はたまらずに嗚咽《おえつ》を洩《も》らした。

「あなた、あなた……」

泣きじゃくり、繰り返し夫を呼んだが、その声に答えるのは、激しい雨と風の音だけだった。

13

裸電球の陰気な灯りが点《とも》る派出所のガレージで、田島はランドクルーザーのラゲッジスペースに横たわる、工藤という男の遺体をあらためて調べた。

鋏《はさみ》で衣服を切り裂いて剝《は》がし、マグライトを照らしながら、裸の躰を隈《くま》なく探ってみる。

葉子と同じような擦疵《すりきず》や咬傷《こうしょう》らしきものはたしかにあるが、例えば絞頸《こうけい》、殴打、凶器を使った傷害といった、明らかに他人の暴力に晒《さら》されたことをうかがわせるような痕跡《こんせき》はなく、少なくとも外見上の所見ではやはり、両眼以外に彼を死に至らしめるほどの重篤な創傷は見当たらなかった。

両眼の損傷は、尋常ならざるものだった。眼球はおろか、眼球を包んでいたはずの脂肪、眼筋、視神経などが眼窩《がんか》から消え失せ、わずかな残骸《ざんがい》すら見当たらない。出血の痕跡もなく、鮮やかに白い骨壁が露出し、ある意味では骨格標本を見るような清潔さだった。

眼窩の周囲の皮膚は、重度の火傷《やけど》を負ったように炭化していた。少なくとも田島にはそう見えた。

——こいつは生きながら、眼を焼かれた！

それがすなわち死因そのものではないか。おぞましい想像に、田島は粟立《あわだ》った。まさか、そんなことがあり得るだろうか。しかし、死体の状況は、あり得ないはずのことを指し示している。男の刳《く》り貫《ぬ》かれた眼窩は、相変わらず茫然《ぼうぜん》と田島を見やるばかりだ。

「どうしておれがこんな姿を晒しているんだ」と言わんばかりに。

せめてこの男が、我が身に降りかかった地獄のような苦痛を味わう前に、ショック死していたことを願う一方で、田島は、薄暗いガレージに死体と一緒に閉じ込められていることがふいに息苦しいほど恐ろしくなり、そそくさと派出所の建物に駆け込んだ。

山であっけなく死んでしまう人間のことを数多く見聞きし、不遜《ふそん》とも言えるほど「死」に対して冷めているつもりでいた田島だが、雄一と工藤の死には、動揺を隠せなかった。空恐ろしい邪悪な意志が働いているとしか、思えなかった。冷蔵庫から缶ビールを取り出して一気に呑《の》みほし、まるでそこに見えざる第三者がいるがごとく、弱腰の自分を取り繕うような、冷ややかな笑みを浮かべた。

無線機の前に座り、本署へ連絡を入れた。

同僚《なかま》の声を無性に懐かしく感じ、ようやく人心地がついた。

しかし、通信の間に田島は、新たな心配の種をふたつ抱え込むことになった。

ひとつは悪天候。台風は北上とともに勢力を強め、すでに暴風雨圏内に入った地域は、ことごとく記録的な雨量と強風に見舞われているという。日本列島をほぼ縦断するという進路予想からして、この山が直撃されるのも時間の問題だった。

従って道路の復旧作業はやむなく一時中止、山の隔絶状態に進展は見られない。本署の人間によれば、悪天候と、ホテルに収容していた怪我人がすでに絶命し、火急の救助態勢理由が消滅したことで、ヘリコプター出動も見合わせることとなり、当面は田島単独で山の秩序保持に当たるようにとのことだった。

無線を通しても、作田の死による救助隊組織の動揺が伝わってきた。無線の相手は災害の実態や作業の進捗《しんちょく》状況の正確な情報を掌握しきれておらず、命令系統にも乱れが生じている気配が濃厚だった。その上、相手は、田島たちが直面している山の混乱のほんとうの理由を知らない。田島自身にも、伝える術《すべ》がない。

結局、田島は、山に新しい犠牲者がひとり出たと報告するにとどまり、空しい思いで通信を終えた。

もうひとつの心配はその無線だ。本署との通信中にもたびたびノイズが混じり、あるいはプッツリと音信が途絶えることがあり、通信状態は良好とは言えなかった。ためしにホテルにいる久作や、久作小屋の留守を預かっているはずのM大のパーティを呼び出してみたが、やはり感度が悪い。

理由はわからなかった。悪天候のせいか。あるいは磁場のようなものが発生しているのか。頼みの通信手段である無線の不調は、田島の不安をますます募らせた。不安を押し殺し、とにかく派出所にあるだけの携帯無線機と充電器をランドクルーザーに積み込み、運転席に乗り込んだ。

ランドクルーザーが勢いよくガレージを飛び出したまさにその時、高速ワイパーですら追いつかない激しい雨が叩《たた》きつけるフロントガラスの向こうを、人影がよぎった。

「危ねえな！」

急ブレーキを踏んだ田島が心ならずもそう怒鳴りつけたのは、彼の方こそが唐突な人の出現に怯《ひる》んだからだった。人影は車を避《よ》けようとして躓《つまず》き、水溜《みずた》まりに倒れ込んだ。青い雨合羽を着た者は、ことさら惨めさを味わおうとでもするようにしばらく倒れていたが、やがて振り返って、泥だらけの顔を向けた。

旧《ふる》くから知っている、新井《あらい》という名の初老の男だった。

「新井さんじゃないか」

田島は早く助手席に乗れと、手招きする。

「悪い悪い、勘弁してくれ。こっちも急いでたんだ。怪我はないか」

新井は大丈夫だという意味で片手をかざし、よろよろと立ちあがった。助手席のドアを開けはしたものの、乗り込むことを少しためらった。

「シートが濡《ぬ》れちまうぞ、田島さん」

「構うもんか。早く乗れって」

びしょ濡れの躰を車に押し込み、シートに凭《もた》れて深々と息をつく。新井はかつて、仕事の合間に山岳ガイドをしていたが、定年退職の身となった今はむしろ、自然保護運動に注力するようになり、志を同じくする連中とボランティアで山のゴミを回収したり、不法投棄や密猟（漁）に眼を光らせている。山男たちの間で密《ひそ》かに「緑《みど》レンジャー」と呼ばれている、山の名物男のひとりだ。

「どうしたんだよ。石橋を叩いても渡らない新井さんらしくないな、こんな日に下ってくるなんて」

「おれだって下りたくなかったさ……」

新井が泣きそうな眼を向ける。

「田島さん、大変だ。キャンプ場で人が殺された」

「⁉」

「ほんとうだ。殺人事件だよ」と、新井。

「とにかくひどいぞ、あれは。……いくら何でもひどすぎる」

新井の声はうわずり、「あれはひどい」と、うわ言のように繰り返した。

「落ち着け」と田島。

「落ち着いて、順を追って話してくれ」

新井は深呼吸をした。

「おれたちは……おれと本田《ほんだ》は今日、久作小屋に泊めてもらうつもりで下山してきたんだが、小屋が満杯だったから、仕方なくキャンプ場まで下りたんだ。おれたちが着いた時にはもう騒然としていてな。あるテントで、人が殺されたっていうんだよ。まさかとは思ったが、現場を見ておれたちも納得した。たしかに人殺しだ。殺されていたのは若い男だった。犯人は連れの女だと思う」

言葉が気持ちに追いつかないのだろう、新井は苛立《いらだ》ちもあらわに、鼻でせわしない呼吸をしている。

「それがな田島さん、男の死体っていうのが眼を潰《つぶ》されているんだよ」

「何だと！」

「両眼とも、だ。ざっくりと抉《えぐ》られていた。見られたもんじゃない」

田島は新井に煙草を勧めた。

雨に打たれたせいか、それともキャンプ場の惨劇の情景がそうさせるのか、新井は震える手で煙草を受け取った。ことさらゆっくりと煙を吸い込むうちにいくらか落ち着きを取り戻したようで、それを見計らった田島が穏やかな口調で訊《たず》ねる。

「女が男を殺す現場を、目撃した人間がいるのか」

「いや、殺人そのものを誰かが見たわけじゃないようだ。問題のテントは、人気のない第二区画の少し外れた場所に張ってあったし、この天気だから外に出ている人間もいなかったんだろう。

でも、犯人は間違いなく連れの女だ。女は何ごとか喚《わめ》き散らして、キャンプ場を走りまわったあげく、他人《ひと》のテントに倒れかかって押し潰して、ようやく事件が露見したらしい。今も錯乱していて、言ってることがまったく要領を得ないんだ」

「おれもほんの数時間前に、キャンプ場に行ったばかりなんだがな……」

「ああ、誰かがそんなことを言ってたな。警察の人がきたって。その後に起きたことなんだろう」

「本田さんは？」

「キャンプ場に居残って、一応、女を拘束してる。あんたに知らせるために、おれだけが下ってきた」

「道はどんな具合だ」

「メチャクチャだよ。水浸しで、どこが道かもわからない有様だ。湿原の木道は完全に水没しているし、小さい崖《がけ》崩れで道が塞《ふさ》がれている箇所もある。川の水位も相当ヤバいところにきているぞ。霞沢《かすみざわ》の丸木橋は落ちてたし」

「でも、新井さんが下って来られたんだから、キャンプ場までは行けるってことだな」

「ああ、何とかな。だが、おれも半分、気が変になっていたから、歩いて来られたのかもしれない。同じ道をこれから登れって言われても、登れるかどうか……」

「じゃあ、この車だと……」

「車なんかじゃとても無理だ。まして、こんな装甲車みたいなデカブツじゃな」

新井はそこで初めて、フロントガラスに入った亀裂《きれつ》に気づいた。

「あんたはこの山でカースタントでもしているのか。車も相当ひどい扱いを受けているようだし、警察の方でもそろそろ買い換えを考えたらどうだ」

新井らしい皮肉が戻ってきた。警察車輛《しゃりょう》の「自然蹂躙説《じゅうりん》」の急先鋒《きゅうせんぽう》が、この男なのだ。

「鋭意検討中だ」と、田島は軽く受け流す。

「ところで、久作小屋の様子は？」

「人間はやたらと多いが、存外おとなしくしているよ。ただ生簀《いけす》が溢《あふ》れ返って、魚が逃げていた」

「被害は生簀だけか」

「ああ。もっとも、久作小屋まではさすがに、歩いては行けないぞ。一ヶ所、道が崩れている場所があってな、おれと本田も、そこだけは大きく迂回《うかい》して、ザイルを使って崖を高巻くハメになった。あの道でこんなに苦労させられたのは初めてだぜ」

新井はそう言って外に視線を走らせ、表情を曇らせた。

「凄《すさ》まじい雨だな、まったく。三十年近く山に通っているが、こんな大雨はおれも経験したことがない。こいつはほんとうにヤバいぜ。間違いなく川が暴れる」

「川の氾濫《はんらん》だけで済めばいいんだが」と、田島が呟《つぶや》くように言う。

「それからな、田島さん」

新井は、雨合羽のポケットから何かを取り出した。

「ちょっとこいつを見てくれ」

新井が手にしているのは方位磁石だった。地図の上に重ねられるタイプのオリエンテーリング・コンパスだ。その針が凄《すさ》まじい速さで左まわりに回転していた。

「壊れているのか」と、田島。

「本田のコンパスもまったく同じように狂っていた。どっちも最高級品だぜ」

「いつからこんな調子なんだ」

「さあな。気づいたのは今日の午前中だ。それからずっとこんなだよ」

新井は気休めにコンパスを振ってみたが、針の動きに変化はなかった。

「そう言えば、登山道を下るほどに、回転が速くなってきたような気がするな。富士の樹海なんかじゃ、磁気が発生していてコンパスが狂うって話を聞いたことがあるが、この山でそんな話は聞かないよな」

田島はコンパスの針の動きに見入っていた。無線の不調といい、狂ったコンパスといい、やはり何らかの磁場めいたものが、梓平一帯に発生しているのだろうか。

「何だか変だぜ、この山は」

新井がぽつりと洩《も》らした。

「とにかくご苦労だったな、新井さん」

田島は、新井に視線を移した。

「ホテルで熱いシャワーでも浴びさせてもらえよ」

「ああ、そいつはありがたい」

「おれはキャンプ場へ行ってくる」

「ひとりで大丈夫か」

「一緒に行ってくれるかい」

軽口のつもりだったが、新井は真に受けたようで、困ったような表情になる。

「冗談だよ」と、田島。

「その代わり、ちょっとした頼みがある」

「何だい？」

「ホテルまでこの車を、運転して行ってくれ」

「そんなことか。お安いご用だ。ありがたいくらいだよ。もう一歩も歩けない気分だったから」

新井は初めて薄い笑みを浮かべた。

「だが、死体と一緒だ」

田島がラゲッジスペースに眼をやった。

「後ろに男の死体が積んである」

「おい、冗談は……」

「これは冗談じゃないんだ。ホテルに親爺《おやじ》さんや誠がいるから、おれにそう頼まれたって言って引き渡してくれりゃいい。それから無線機と充電器もふたりに預けてくれ」

「田島さん」

生真面目ではあるが、もともと陽気な性格の新井の顔が、これまでに見せたことのないような陰鬱《いんうつ》な表情に覆われる。

「いったい何が起こってるんだ」

「ここ一日、二日で、あんたと同じ台詞《せりふ》を何回聞いたかな」

「おれ自身もずっとそう、呟きつづけてる」

田島は車を降りて、荷台から皺《しわ》くちゃのビニール合羽を取り出して着込んだ。無線機を入れたザックとザイルを担ぐ。

「頼んだぞ。キャンプ場の事情がわかったら、すぐにホテルに戻るから」

田島は激しい風雨に立ち向かうように、背を屈《かが》めて遊歩道を歩きはじめた。

さっきキャンプ場を訪れた時と比べると、たしかに山道は無残に変貌《へんぼう》していた。

強風でシラカバやダケカンバが幹の中程からへし折られ、あるいは根こそぎ倒され、倒木が道を塞《ふさ》いで行く手を阻んでいる。崖崩《がけくず》れも一ヶ所や二ヶ所ではない。落石ほどの小さな崩落も含めれば、至る処に無数にあった。

ほんの数時間の間にこの変わり様だ。渓流の本流だけではなく、いつもなら涸《か》れている小さな藪沢《そうたく》にも濁った水が激しく流れ、岸に溢《あふ》れ出た水がそのまま登山道に流出し、泥流と化していた。

田島は流れる泥や水没した樹の根などに足を取られ一度ならず転倒し、わずか二キロ程度の道程《みちのり》に散々いたぶられ、体力を吸い取られ、疲労困憊《こんぱい》して、目的の場所にようやく到着したのだった。

キャンプ場の惨劇は当初からの田島の予想通り、葉子たちのケースと酷似したものだった。死んだのは東京の大学生で、谷中浩二《やなかこうじ》。犯人だと名指しされたのは、恋人の室井《むろい》由貴《ゆき》。

由貴はまだ高校生だ。ふたりは本格的な山登りを目的にしていたわけではなく、キャンプだけをするために、三日前からここにテントを張っていた。

ガチガチの本格派が多い周囲とは、肌合いが合わなかったせいか、同じキャンプ場を利用しながら、彼ら一組だけ浮いた存在だった。どうやら「殺人」が発生する直前にふたりは性交していたらしく、死んでいた谷中もほとんど裸、半狂乱でキャンプ場を走りまわって見とがめられた時の由貴も、やはり裸だった。

もっとも、由貴自身からはまともな供述は得られず、彼らの持ち物や周囲の目撃談などによってこれらの事実が判明した。新井のボランティア仲間である本田が、何となくそういう役目を押しつけられて由貴を保護しており、屋根のある炊事場で彼なりに事情を糾《ただ》していたようだが、由貴は「虫の大群がテントに押し入った」と言い募り、後は泣きじゃくるばかりだったという。

また群れだ。

梓平を跋扈《ばっこ》している〝殺人鬼〟はどうやら眼に対して異常な執着があり、セックスをしている男が大嫌いらしい。

谷中の死体の検分を終えた田島はもう一度、由貴を聴取しようと試みたが、彼女は興奮と緊張の極みにあったのか、泡を吹いて卒倒してしまった。

登山道がこんな状況では、由貴を派出所に連れて行くこともままならず、田島は引きつづき、彼女の保護を本田に託した。

「この娘は殺人犯なんかじゃない。おれが保証する」と、耳打ちして。

本田は納得していない様子だったが、田島の断定に言葉を返すこともできず、不承不承損な役目を引き受けた。

田島は、携帯無線機も本田に預けた。キャンプ場では充電ができないから、三台の無線機を置いて行くことにした。

「とにかく、この山はいろいろな意味で異常事態だ。本田さん、悪いが、このキャンプ場の監督を頼む。何かあったら無線で連絡してくれ。こちらからも逐一、情報は送るから」と、田島は告げた。

「それから、念のために河原に近いテントは移動させてくれ。鉄砲水や土石流が心配だ。いや、第二区画のテントも引き払わせて、おたがいの眼が行き届くように、なるべく皆が集まるような布陣にしてほしい。キャンプ場の正確な人数も、把握しておいてくれ」

「わかった」

予期せぬ役目を負うことになった本田は緊張を隠せない。

「私にはちょっと荷が重いが」

「あいつらをアシスタントに使えよ」

田島は顔見知りの大学生パーティを呼び寄せて、同じ内容のことを告げ、キャンプ場を後にした。

帰り道の方がむしろ危険が増していた。泥流に足を取られやすく、実際、往路よりもさらに頻繁に転んだ。再三の転倒で泥水に浸《つ》かった雨合羽は、まったく用をなさなくなり、それどころかフードや袖口《そでぐち》の隙間からは間断なく冷たい雨が染み込むし、自分自身の汗が籠《こも》って、すぐに冷やされた。雨合羽は今や田島を不快にし、苦しめるためだけのものだった。

躰《からだ》が冷える。田島は悪寒に襲われ、身震いしながら、足早にホテルを目指した。

ホテルを見おろす吊り橋に辿《たど》り着《つ》いた時には、しゃがみ込んで肩で息をした。

正直、疲れていた。キャンプ場との往復にもだが、長い長い一日にクタクタになっていた。

だから乱れた呼吸を整え、立ちあがりかけた時に感じた暗さを、眩暈《めまい》のように錯覚した。

が、実際に周囲が不自然なほど暗くなっていることに、すぐに気づいた。

腕時計を見る。四時四十九分。

いや、そんなわけがない。派出所を出発した時、すでに五時近かったはずだ。

時計が止まっているのだ。コンパスについての新井の言い草ではないが、完全防水のそのダイバーウォッチは、田島が身につけているものの中で一番の〝高級品〟だった。

仕事柄、衝撃と水に強いものを選んだ。日報の作成や署への報告業務のため、時刻合わせもマメにしていた。その時計が止まっている――。

「クソッ!」

田島は舌打ちし、空を仰いだ。

体内時計で六時を少しすぎている頃だと見当をつけた。

夏の盛りの季節のことだ、いかに悪天候とは言え、日暮れてしまうには早すぎる時刻だった。と、田島はふいに鼻腔《びこう》に流れ込む悪臭を感じて顔をしかめた。何とも形容しがたい、これまでに嗅《か》いだこともない臭いが、周囲に満ちている。

田島は噎《む》せた。胃液が込みあげ、息苦しくて涙眼になる。

ひとしきり屈み込んで、唾液《だえき》を吐き散らした。そして、奇妙な違和感に囚《とら》われた。

何かが変だ。

もちろんこの山で起きていることのすべてが奇妙ではあるが、今、自分が置かれている場所に感じるこの切実な違和感、この不可思議な感覚は何なんだ？　キョロキョロと辺りを見まわす。薄暮に等しい薄闇が押し包んでいる。

上空で雷鳴が轟《とどろ》き、稲妻が光った。閃光《せんこう》は中空を縦にではなく、真横に走り抜けた。

その時、唐突に田島は、違和感の正体に気づいた。

橋だ！

自分が立っているこの橋。

橋にワイヤーがかかっていない。まさか！

欄干から身を乗り出して下を見る。

眼が眩《くら》みそうな激流に橋脚がなぶられていた。橋脚だと？　そう、自分が立っているのはいつも見慣れている吊り橋ではなく、まさにあの写真の——。

そして、田島は風音とも雨音とも違う種類の音を聞いた。

声だ。か細い、少女のような声。何ごとかを囁《ささや》くような声。

水底で喋《しゃべ》っているのかと思われるほど籠《こも》った声色で、エコー機を通したような反響音を引きずり、何を言っているのか、まったく理解できなかった。時折、囁《ささや》きの中に甲高い笑い声が混じって聞こえる。子供が遊び惚《ほう》けている時のような、邪気のかけらもない声は、むしろ田島をゾッとさせた。

「誰だ！」

答える者はいなかった。

作業ズボンのポケットに異変を感じたのは、その時だ。田島は信じられないものを見た。ポケットに入れたきり、すっかり忘れていたオコジョの死骸《しがい》、いや、死骸だったはずのものがもぞもぞと蠢《うごめ》き、這《は》い出してきているではないか。

オコジョは威嚇するように啼《な》いて牙《きば》を剝《む》いた。田島は小さい悲鳴をあげ、不気味な動物を振り払った。背筋を悪寒が走り抜け、歯の根が合わなくなった。辺りはいよいよ闇に支配されつつあった。

寒さと恐怖に震える手で、マグライトを取り出して点灯した。

ある気配に促されて、光を射し照らす。

田島は息を吞《の》んだ。

橋の半ば辺りに女が立っていた。

薄汚れた下着のような格好で立ち尽くし、ホテルの方角を見ている。

横顔は、風に踊る長い髪に搔《か》き消されてよく見えない。華奢《きやしや》な躰つきは、一見して子供のようでもあるし、小柄な成人女性だと言われれば、そんな気がしないでもない。露出した白い肌の妖艶《ようえん》さ、頸《くび》筋から顎《あご》にかけてのなまめかしい曲線が、彼女を年齢不詳に見せている。

しかし、それが人間ではないということは、田島にも容易に察しがついた。

これが親爺《おやじ》さんや、葉子が言っていた幽霊か。

田島は二歩、三歩と後退《あとずさ》りする。退《さが》りながらも女からは決して眼を離さなかった。クマに遭遇した時のように、対象から眼を逸《そ》らさないことが、我が身を守る唯一の手段だと思った。

しかし、相手はクマではない。それどころか、この世の存在とはかけ離れたものだ。

やがて田島は、祈るような顔つきで眼を瞑《つぶ》った。

《おお、ブレネリ　あなたのお家《うち》はどこ？　わたしのお家はスウィッツランドよ》

そう声に出して唄《うた》ってみた。

あの冬山の時と同じように。

どうやら自分は、超常現象の真っ直中《ただなか》にいるらしい。認めてしまうことで、落ち着きを取り戻そうとした。どんなに凄《すさ》まじい嵐も、いつかは熄《や》む。そう思って田島は、無理に歌を口ずさみ、異常な体験をやりすごそうとした。

自分でも声が震えているのがわかった。同じフレーズを二度、三度と繰り返し、ゆっくりと瞼《まぶた》を擡《もた》げた。女が消えてしまっていることを期待して。

が、期待は裏切られた。最悪の形で。

女は、田島の真正面にいた。

ほんの二メートル程度の距離で、田島と対峙《たいじ》していた。眼球を失った、そのくせ何ものをも射貫きそうな力を宿した黒々とした眼窩《がんか》を、こちらに向けて。

思わず田島は、尻餅《しりもち》をついた。

「何がしたい！」

田島は恐怖をごまかすために、絶叫した。

「おまえは、おまえはいったい、何がしたいんだ」

女がわずかに自分の方へにじり寄った気がした。

それ以上の恐怖には耐えられそうになかった。

田島は慌てて立ちあがり、「ワーッ」と大声を出して駆け出した。女の脇を擦り抜け、一気に橋を渡ろうとした。刹那《せつな》、突風が吹きつけた。田島の躰は造作もなく飛ばされ、欄干に叩《たた》きつけられる。あっと叫ぶ間もなく、バランスを崩し欄干を乗り越えてしまった。両の手で欄干を摑《つか》んだものの、すぐに力尽きた。

岩をも砕きかねない濁流に落下し、木の葉のように翻弄《ほんろう》されて、下流に消えた。

雷が一瞬、空を焦がし、凄まじい雷鳴が地を揺らしたが、もちろん田島は知る由もなかった。

14

窓硝子《ガラス》の向こうに不吉な閃光《せんこう》が走り、ほとんど間を置かずに、地を裂くような大音響が轟《とどろ》いた。

ホテルの事務所に詰めている者たちは、例外なく頸を竦《すく》め、女性従業員の中には悲鳴をあげ腰を抜かす者までいた。山に暮らす従業員たちは、雷鳴なんぞは聞き慣れているが、今のは「音」というより「衝撃」そのものだった。

事実、堅牢《けんろう》なこのホテルの建物が震動したのだから。大音響とともに蛍光灯が消え、あらゆる電化製品が、作動を停止する。

「落ちたな」

誰かが暗がりの中で言った。

「ああ。こりゃ近いぞ」

誰かが反応し、常設してある電池式のランタンに灯《あか》りを点《とも》した。頼りない光が仄《ほの》かに滲《にじ》み、一様に不安げな従業員たちの顔を、闇の中にぼうっと浮かびあがらせた。

「どうして電気が消えちゃったの」と、腰を抜かした女性従業員。

「ブレーカーが落ちたんだろう。凄《すご》い負荷がかかったんだ、きっと」

その時、支配人が事務所に駆け込んできて、「復旧！」と命じた。

奇妙で不吉な一日を、一睡もせずに文字通り、独楽鼠《こま》のように慌ただしくすごし、ようやく躰《からだ》を横たえることを自分に許したのも束の間、支配人は、寝入りばなを誠に起こされた。新しい死人が出たから、地下の保冷室に安置させてくれと言う。

まったく何たる日だろう。こう次から次へと不幸が重なるとは。

遺体を運び込み、久作たちと話し込んでいたところに、今度は落雷による停電だ。

頭にできた支配人らしからぬ滑稽《こっけい》な寝ぐせと、頬から頸筋にかけて黴《かび》のように噴き出した無精髭《ぶしょうひげ》が、疲労と心労をいやというほど物語っている。心なしか落ち窪《くぼ》んでしまった眼窩は、ひどく憂鬱《ゆううつ》そうな翳《かげ》を湛《たた》え、そのくせ翳の底にある双眸《そうぼう》だけが、野卑とでも形容できそうな異様な光を宿していた。

襟回りが汗で汚れた、皺《しわ》だらけのワイシャツにはボタンをかけることもせず、田島の指摘通り、山の紳士のダンディズムは見る影もない。

この事態にも従業員たちは冷静に対処し、ほどなく電力は復旧した。落雷による過大な負荷電流で基板が焼けてしまったらしく、すべてのパソコンが機能しなくなったことを除けば、後は元通りになった。落雷の箇所はホテルのロータリー脇に聳《そび》え立つヒマラヤスギで、ホテル創設と同時に記念植樹されたその大木は、雷に打たれて無残に焼け爛《ただ》れていた。

しかし、事務所にほんとうの混乱が訪れたのは、電力復旧後のことだった。客室や調理場からお湯が出ないとのクレームが立てつづけに寄せられて、事務所は大わらわとなり、追い討ちをかけるように、火災警報が鳴り響いたのだ。

「誤作動じゃないんだろうな！」と支配人が怒鳴った。

「誤作動じゃありません」

警報パネルに駆け寄っていた江口《えぐち》という若い男性従業員が、負けずに大声を出す。

「出火場所は地下です」

支配人は眼だけで頷《うなず》き、「地下室のどこだ」と訊《たず》ねた。

「ボイラー室です」

「スプリンクラーは稼働しているな」

「それが支配人……」

江口が眉宇《びう》を曇らせる。

「スプリンクラーの作動表示ランプが点灯していないんです。もしかしたら故障しているのかも……」

「クソッ、何てこった！」

支配人の口をついて出たのは、従業員たちがかつて一度も耳にしたことのない激しい言葉だった。

「すぐに消火と避難活動に入る」

支配人は、部下たちにさっと厳しい視線を配った。

「いいかみんな、訓練通りにやるんだ。相馬《そうま》君、館内放送で出火場所と避難経路を知らせてくれ。落ち着いて、毅然《きぜん》とマイクに向かうんだぞ」

相馬と呼ばれた女性従業員が首肯した。

「江口君と真田《さなだ》君は、私と一緒に地下へ。ほかの者はお客様の誘導に当たってくれ。くれぐれも二次的な事故が発生しないように、気をつけて」

それぞれが配置につくために散った。

支配人、江口、真田の三人はスチール製ロッカーを開けて防火服を取り出し、あっという間にそれを着込んで、脱兎《だっと》のごとく事務所を飛び出した。

江口と真田は滑るように階段を駆け降り、地下の壁面の消火栓を開いて、ホースを引き出した。所要時間は一分に満たない。よく訓練された素早い行動だった。山深い場所に立つホテル故、いざ出火となったら、消防車の到着を待っている余裕などない。従業員は徹底して防火・消火訓練を受けていた。支配人も階段の踊り場に置いてあった消火器を携えて、ボイラー室に向かう。さすがに若い江口たちのように「滑るように」というわけにはいかず、ドタドタと階段を駆け降りる間に息があがった。

「気をつけろ！」

ボイラー室の前で待機していたふたりに、支配人が怒鳴った。

「そこは密室だ。もしそこが火の海なら、いきなりドアを開けると、酸素を求めて炎が押し寄せてくるぞ」

「大丈夫のようです」

江口が叫び返す。

「鉄扉が内側からひしゃげるように曲がって、隙間ができていますから。これは爆発かもしれませんよ、支配人」

江口は慎重に構え、ゆっくりと微《かす》かに観音扉を開いた。真田が隙間に向かって放水する。炎らしきものは見えない。江口が一気に扉を引き開けた。三人のヘッドランプが、密室の闇を差し照らす。しばらくは煙で何も見えなかったが、やがて彼らは三条の光の帯の向こうに異様な光景を眼にして、茫然《ぼうぜん》と立ち尽くすことになった。

「これは……」

支配人が嘆息した。

ボイラー室は、台風が通りすぎでもしたかのように荒れ果てていた。ものは吹き飛ばされ、原形をとどめているものなど皆無に等しかった。ダクトは歪《ゆが》み、計器類は散乱している。室内には熱気を孕《はら》んだ爛れたような空気が澱《よど》み、コンクリートの壁面や床もひどく熱い。爆発があったのは、たしかなようだ。放水の必要はなさそうだったが、念のために支配人は消火器を噴射した。

それにしても、いったいどうして爆発なんか？

「真田君……」

支配人は、ボイラー技士免許を取得している真田を振り返った。

「これではとても、復旧は無理だろうな」

「ええ」

真田は嘆息するように答えた。

「さっきの雷が原因だろうか」

「さあ、僕には皆目、見当もつきません」

真田が途方に暮れたような顔をする。

「後始末を頼んだよ。私は上に行っている」

そう言い残して支配人は、ボイラー室を後にした。


なぜか良介と英夫は戻ってこず、葉子はひとり救護室にいた。

もの凄い雷鳴とともに一度、蛍光灯が消え、エアコンディショナーが停止した。灯りは戻ったが、クーラーは利かなくなってしまった。葉子は雷のあんな音を、生まれて初めて聞いた。躰を打ち据えられるような衝撃を感じ、思わずベッドの上に突っ伏した。おそらく近くに落ちたのだろうと察しがつく。蛍光灯やエアコンの不調も、雷のせいだろう。登山をやっていると、落雷の恐ろしさについて聞かされる機会は多いし、葉子自身、山岳地帯の耳を聾《ろう》するばかりの雷鳴に、身の縮む思いを味わったこともある。

だが、さっきの雷鳴はまったく異質だった。決して大仰ではなく、この世の終わりを告げる音に聞こえた。自然はなかなか、優しさだけを人間に与えてはくれない。ひとたび脅威と化した時の自然の凶暴さを、今さらのように感じ、葉子はしばらく躰の震えを鎮《しず》めることができなかった。

何げなく、診療用のスチールデスクの上に置いてある時計に眼をやった。

墜落事故に巻き込まれたという嘱託医は、いったいどういう趣味の男だったのか、ミッキーマウスをあしらった子供っぽい眼醒《めざ》まし時計が、六時十五分を指し示している。

それにしては、外は日暮れてしまったような薄暗さだった。救護室の窓は、今は白いカーテンが開けられて、窓枠の脇に束ねられている。しかし、北向きの窓は別に、今日のような天気でなくとも、採光や換気や病人の気分転換にはちっとも役に立ちそうになく、結露を繰り返しているに違いない窓枠の周辺は、黴がこびりついていてひどく陰気臭いし、外の景色はゴミの集積所らしき無味乾燥なブロックの建物に遮られ、お世辞にも開放的とは言えない。

庇《ひさし》のない窓には直接、雨が強く打ちつけ、激しい雨音に葉子は不安を掻《か》き立てられ、次第に胸を締めつけられるような息苦しさを覚えはじめた。

ホテルはとても素敵だが、救護室の位置だけはいただけない。ただでさえ気持ちが塞《ふさ》ぎがちな病人や怪我人には、もっと明るい場所を提供してあげるべきだと葉子は考えた。

ベッドに仰向けに横たわり、ウォークマンのヘッドフォンを耳にあてがった。大好きな女性ヴォーカリストのハスキーな声がすぐに飛び込んできたが、そのバラードに身を委《ゆだ》ねることはできなかったし、慰められもしなかった。雄一や工藤のことを今さら自分が考え、気に病んだとてどうにもならないことは百も承知しているが、彼らの面影に心は掻き乱され、名曲の誉れ高いバラードも意味をなさないただの音の羅列と化してしまった。苛立《いらだ》たしげにヘッドフォンをはずして起きあがり、ベッドの縁《へり》に腰かけて大きな溜息《ためいき》をひとつ吐き出した。クーラーが利かなくなり、救護室には湿ったような熱気が籠《こも》りはじめている。葉子の額にうっすらと汗が滲《にじ》んだ。

田島と話している時には、正直言って自分の身の上に起こっていることが、実感できなかった。

学生時代から親しくしている男と、知り合ったばかりの男がまるで申し合わせたように奇妙な死に方をした。どちらとも躰《からだ》の繋《つな》がりがあった。

良介と英夫はもちろん知らないことだが、葉子は一度だけ雄一には躰を許したことがある。おたがいに就職したばかりの頃だった。仕事帰りに偶然、地下鉄の車内で再会し、そのまま久しぶりに学生時代の領域《テリトリー》だった下北沢《しもきたざわ》へ繰り出し、馴染《なじ》みの店を何軒かはしごした。

なぜか素晴らしく愉《たの》しい酒になった。社会人になったという昂揚《こうよう》のせいだったのかもしれないし、懐かしさのせいだったのかもしれない。あるいは、その両方か。若者で埋め尽くされた下北沢の雑踏を懐かしみながら、葉子はもはや自分がそこの住人ではないと意識していた。よそ者になってしまったことの寂しさよりは、まるきり違う人間になって故郷の街を闊歩《かっぽ》しているような、面白さと解放感を感じた。

夏の訪れを予感させる心地好《よ》い夜気を、狭苦しい街に溢《あふ》れ返る人いきれを、アルコールと同じように摂《と》り込み、酔わされた。明け方近くまでふたりではしゃいだあげく、祖《そ》師谷大蔵《しがやおおくら》の葉子のマンションに転がり込み、あっけないほど簡単に結ばれた。

葉子にとってそれは、愉しい酒席の延長のようなものだった。相手が雄一だったのはたまたまで、それが良介や英夫でもよかったのだ。雄一がことさら特別に感じたその日のできごとを、葉子は彼ほどには深刻に受け止めることができなかった。はからずもたった一度だけの関係に終わったふたりの男を、相次いで失った自分。どうして私でなくてはいけないのか――。

そう思ったところで葉子は、はっとした。私は自分のことばかりを考えている。あの人たちの気の毒な死を悼むより先に、我が身のことを心配している。私は常にそうだ。周囲に起きるできごとは、すべて私自身を照射する光で、自分の影ばかりを見て、うまく光が当たっているかどうかを思い煩う。まったく身勝手な女だ。雄一が弄《もてあそ》ばれたと思って疵《きず》ついたに違いない、あの夜の気ままな振る舞い、埋めようのない距離を感じはじめた男たちとの泊まりがけの登山、昨夜の思慮浅い獣じみた性交、そして、ふたりの凄《せい》惨《さん》な死……。それらの光に当てられた自分の影法師は、どんな姿をしている？　こうしてうなだれ、醜く歪《ゆが》んでいるではないか。

そう噛《か》み締めた時、初めて葉子は、田島の前では堪《こら》えていた涙をこぼした。一度、それを自分に許してしまうと、とめどなく涙が溢れてきた。「ごめんなさい、ごめんなさい」と、葉子は泣きながら繰り返した。幸い、葉子のらしからぬ嘆きの声は雨音に吸い込まれ、彼女の耳にさえまともに届かなかった。だから誰にも、自分自身にすらも憚《はばか》ることなく泣きつづけた。

泣きながら不穏な動悸《どうき》に気づいた。

最初は、泣きさざめく自分の乱れた呼吸のせいだと思った。

だが、もっと異質で深刻な息苦しさに、悲しみや想念は消し飛んだ。

昨夜のあのいやな感じ、濃密な気配、吐き気を催す臭気が、葉子を押し包んだ。いや、むしろ昨夜よりもはっきりと意識した。某《なにがし》かの悪意が凝縮して重力を増し、磁場のようなものを形成するのを、肌で生々しく感知した。鼻をつく悪臭はすぐに救護室を満たし、耐えがたいまでに濃度を増した。

「きた……」

葉子は恐怖の中でそう独りごちた。

「あいつらがこのホテルにやってきた」

葉子はスリッパを突っかけ、救護室を飛び出した。


工藤の遺体を地下に安置する手伝いをした後、久作と誠、それに田島のランドクルーザーを運転してきた新井という男と、レストランで話し込んでいた隆一は、火災警報を聞いて慌てて自分の部屋に駆けつけたが、あろうことかドアの前で手をこまねくことになった。

さっき外へ出る時に、うっかりキイを部屋の中に置き忘れてきてしまったのだ。いくらドアを叩《たた》いてみても、佳代子が出てくる気配はない。

不在なのか？　しかし、胸騒ぎのようなものが、隆一にはある。

「佳代子、いるんだろう。早くここを開けるんだ」

繰り返しノックして妻の名を呼んだが、ドアは開かない。どうやら火災警報は誤作動ではなかったようで、出火場所と避難経路を知らせるアナウンスが館内に響き、フロアの要所要所には従業員が立って客を、非常口に誘導していた。

「佳代子！」

眠っているのだろうか。それとも自分が外出している間に、妻も気分転換のために出かけたのか。そうとしか考えられない。いくら何でもこれだけ警報ベルがけたたましく鳴り響き、館内放送が繰り返し避難を煽《あお》る騒ぎの中で、眠っていられる神経の持ち主はいないだろう。

しかし、すぐにここを立ち去ることにはためらいを覚えた。さっき眼にした起き抜けの佳代子の表情、肉体を置いてけぼりにして魂だけを異次元に遊ばせているような惚《ほう》けた表情が、脳裡《のうり》にこびりついている。彼女自身が「金縛り」と呼ぶあの様子は、やはり尋常ではない。今まさに彼女があの状態に陥っているとしたら？

ドアの前で思案している隆一のもとに、男性従業員が駆け寄り、「お客様、急いで非常口から一階に下りてください」と告げ、隆一の腕を引いた。

「中に妻がいるんです」

隆一は反射的に、腕を振りほどいた。

「この部屋に奥さんが……」

オウム返しにそう言いながら、しかし、従業員は眉間《みけん》のあたりに、微《かす》かな不審の色を滲《にじ》ませた。

「たしかですか？」

たしかですか、だと？　一刻を争う時に、何を悠長なことを言っている。隆一はムッとしたが、冷静に考えてみれば、怪しまれても仕方がない状況ではある。ここが隆一の部屋であることを証明するものは何もなく、第一、夫妻の部屋であるならば、なぜ夫だけが締め出されたような格好で外に立ち尽くし、この非常時にどうして妻は部屋にとどまっているのか。

三日間の滞在中に、この若い男性従業員の顔を見かけた記憶が隆一にはないし、ユニフォームもいささか趣を異にしているから、おそらく彼はフロントや客室担当ではなく、裏方スタッフなのだろう。こちらが知らないということは、相手が隆一の顔を知っている道理もない。もしかしたら彼の頭の中では、「火事場泥棒」という古風な言葉がちらついているのかもしれない。

「お願いします。何とかドアを開けられませんか」

隆一の裡《うち》ではもはや確信になっていた。佳代子は部屋の中にいる。

「妻は病気なんです！」

隆一の必死の表情に、さすがに不審の念が氷解したのか、あるいは時間を無駄にできないという思いにとらわれただけなのか、従業員は腰に下げた鍵《かぎ》の束から素早く一本を選び、ドアの鍵孔《あな》に差し込んだ。マスターキイなのだろう。ロックが解除される乾いた音がし、従業員がドアを押し開けた。

いた！

佳代子はベッドの脇に俯《うつぶ》せに倒れていた。眼に飛び込んできた光景に戸惑う従業員を押しやって、隆一は部屋に駆け込み、佳代子の躰《からだ》を抱き起こした。

顔を見てゾッとした。あの惚けた表情はしていなかったものの、顔色が蒼黒《あおぐろ》く、数時間で人間の人相がこうも変貌《へんぼう》してしまうかというほどの、やつれようだった。頬はこけ、皮膚は潤いをまったく失い、唇はカサカサに乾いてひび割れている。

冗談ではなく、精気を吸い取られたミイラの姿を、隆一は連想した。

「具合が悪いんですか？」

従業員は一転、気遣いを見せた。隆一は曖昧《あいまい》に頷《うなず》いただけだった。佳代子を背負おうと試みるが、意識を失った人間の肉体は、思うに任せない。頸《くび》は据わらないし、体重以上のずっしりとした重みを押しつけてくる。

「ひとりで運べますか？」

見かねた従業員が手を貸した。

「おぶってしまえば、後は大丈夫ですから」

従業員に手伝ってもらって何とか佳代子を背負いあげ、礼を言って非常口に向かう。

ほとんど体当たりするように鉄扉を押し開き、雨に晒《さら》された非常用の外階段を降りはじめた。滑らないように一歩一歩、慎重に足を運ぶ。隆一の腹の前あたりで佳代子の腕が何やらそれ自体、別の生き物のように左右に規則正しく揺れている。か細い手首の先に肉の薄い掌《てのひら》があり、躰《からだ》に比して異様なくらいに長い指が伸びている。その白い指先を隆一は見つめた。

もうずいぶん昔のことになるが、隆一は佳代子のこの指を美しいと思い、本人にも正直にそう伝えたことがある。おだてや酔興ではなかった証《あかし》に、夫婦の秘事は決まって指への愛《いと》しげな接吻《くちづけ》からはじまるのだった。

めったに容姿にまつわる褒め言葉を口にしない夫から、よりによって指を賞賛され、佳代子は照れともつかぬ複雑な笑いを返したが、隆一の言葉がまんざらでもなかったのか、あるいは彼女自身、密《ひそ》かに白魚の手を誇りにしていたのか、家事をまっとうしながらも手の手入れだけは、神経質なくらい気にかけていた。

佳代子のこの白い指が甘い官能や夫婦だけのささやかな喜びをもたらした、そんな季節があったのだ、ふたりの間にも。

雨は一層激しさを増している。瞬《また》く間に隆一と佳代子はびしょ濡《ぬ》れになった。隆一は冷えきった佳代子の手を自分の掌でそっと包むように握り締めた。

三十分後。

火事は大事に至らなかったから部屋にお戻り下さいと、館内放送や拡声器が繰り返し告げても、宿泊客たちでごった返す一階フロアの混乱の潮は、なかなか退《ひ》きそうになかった。

避難のために豪雨の中に放り出されて、濡れ鼠になった客たちは口々に苦情を言い募り、出火の詳しい状況を知らせろと、従業員に詰め寄った。

土砂崩れの発生以来、ホテルには一見、平穏な時間が流れてはいたものの、宿泊客たちの間に倦怠《けんたい》と苛立《いらだ》ちが蔓延《まんえん》しはじめていたのは、たしかだ。道路は復旧の見通しが立たないどころか、台風の影響でますます状況は悪化しそうだ。電話も繋《つな》がらない。キャンプ場を襲った雹《ひょう》のことはすでに、ホテルのあちこちで囁《ささや》かれていたし、ヘリコプターの墜落事故を報じるテレビニュースや、雄一らがホテルに運び込まれた時の誰かの目撃談から端を発し、あろうことか、山に伝染病が発生したとか、あらたな土砂崩れや土石流が起きたとか、根も葉もない噂が、尾鰭《おひれ》をつけて広がっていた。

閉塞《へいそく》感、断片的な情報、口さがない噂話、それぞれが街に残してきた事情、そして嵐の咆哮《ほうこう》……。人々の不安を煽る要素が様々あった。そんなところに、この火事騒ぎだ。神経を逆撫《さかな》でする警報ベルが、客たちの苛立ちの噴出のきっかけになり、雨の冷たさが拍車をかけた。彼らは火事そのものにではなく、自分たちの置かれた状況に苦情を申し述べているのだった。

若い従業員だけでは収拾がつかず、ボイラー室の後始末やら何やらで忙殺されていた支配人が、客たちの前に出て事情を説明した。客たちはホテル側の不備を非難し、支配人は誠実な態度で陳謝した。さらに、客たちから矢継ぎ早に発せられる質問のひとつひとっくに、彼は丁重に対応した。そうこうしているうちに、どこからか「このままホテルに閉じ込められて、宿泊の延滞料金は誰が払うのか」という質問が飛んだ。同じことを気にかけていた客は大勢いたらしく、群衆の中の様々な顔が質問に呼応して頷《うなず》いた。

「土砂崩れがあったのは県道だろう。だったら県が負担すべきじゃないのか」と、誰かの声がし、いくつもの賛同の声が唱和する。

「私は民間企業の人間ですから、そのご質問にお答えする知識は持ち合わせがありません」と、支配人。

「ただ、今回の事故がたとえ行政側のなんらかの補助金の対象となっても、それはあくまで災害そのものの復旧と死傷者に対してであって、山に残された方々の宿泊費までがその範疇《はんちゅう》に入るかどうかは、いささか疑問に思います」

「だったらホテルがサービスしろよ」

どこからか本音ともからかいともつかぬ、投げやりな調子の声があがった。支配人は深く静かに息を吐いてから、ことさら穏やかに言葉を発した。

「もちろん私どもはなるべくお客様のご負担が軽くなるよう、あらゆる努力を払うつもりです」

支配人はおもねるでも媚《こ》びるでもなく、毅然《きぜん》と群衆を見据えた。

「しかし、それにはお客様のご協力がぜひとも必要になります。いささかの不自由もあるかもしれませんが、どうかご辛抱ください」

支配人の穏やかで真摯《しんし》な受け応《こた》えが、やがて客たちの興奮を鎮静させた。疲労と興奮の燻《くすぶ》りと、結果的に支配人を吊《つ》るしあげることになった後味の悪さを噛《か》み締めつつ、複雑な表情で、客たちはそれぞれの部屋に引き返しはじめた。

退《ひ》けて行く人の群れと逆行して久作が支配人に歩み寄り、薄く笑いかけた。傍らに磯崎もいた。支配人は懐かしいものでも目撃したというような、切ない眼をふたりに向けた。

「大変だったな」

久作が支配人の肩に手を置いた。

「こう次々と難題が持ちあがると、あんたはますます痩《や》せ細ってしまう」

支配人の眼尻《めじり》に、うっすらと微笑らしきものが浮かんだ。その時、久作の視線が支配人の肩越しにある一点をとらえた。

梶間だ。

梶間が、フロント前に置かれたソファに疲れた風情で腰をおろしている。

久作の注意をほんとうに引いたのは、実は梶間本人ではなく、彼の肩に凭《もた》れてうなだれている女の姿だった。梶間夫人であろうことは、察しがついた。風邪でもひいているのか、傍目《はため》にもそれとわかるほど病んだ顔色をし、気の毒なほどだ。

自分でも理由がわからぬまま、久作はその女に眼を奪われた。

なぜだ？　いや、たしかに自分は、あの女にどこかで逢《あ》っているような気がする……。

「久作さん」

支配人の呼びかけに、久作は我に返った。汗と埃《ほこり》で汚れた支配人の額には、深い皺《しわ》が刻まれ、眉間《みけん》に陰鬱《いんうつ》な翳《かげ》ができている。

「実は、悪いお知らせが……」

「悪い知らせ？」

「田島さんが」

支配人はそこで言葉を詰まらせた。

「田島さんがどうやら大変なことに」

「田島がどうした」

「私も信じたくないんですが」

「はっきり言ってくれ！」

「お亡くなりになったようなんです」

「……まさか」

久作は、らしからぬ狼狽《ろうばい》をあらわにした。

「だいたい、どうしてあんたは伝聞の言い方をするんだ」

「私自身はまだ、確認をしていないもので」

支配人はほとんど泣き顔だった。

「この雨ですから洪水が心配で、さっき従業員に川の様子を見に行かせました。彼が取水口そばの澱《よど》みに、田島さんが浮いているのを見つけたんです」

「あいつはキャンプ場にいるはずだぞ。ほんとうに田島なのか」

「その従業員は間違いないと……」

「で、田島は……」

「さすがにひとりではホテルまで運べなかったので、ついさっき人を差し向ける手配をしたところです」

久作は呻《うめ》き声ともつかぬ声を発し、弾《はじ》かれるように駆け出した。

四日目　告白

1

午前四時半。

混乱と喧騒《けんそう》の夜が明けた。明けたとは言っても、稜線《りょうせん》の上に兆してある光が仄《ほの》かに滲《にじ》んだというだけで、外は早朝の清々《すがすが》しさや瑞々《みずみず》しさとは無縁の、荒ぶる薄闇に支配されていた。

夜通し降りつづいた雨は、夜半に一度は小降りとなったが、再び勢いを増して土砂崩れをもたらした先日の豪雨を凌駕《りょうが》しそうなほどの雨脚となり、風もまた強まって、山をも砕きかねない咆哮を繰り返している。

実際、この山のどこかで人知れず第二、第三の災害が引き起こされているかもしれない。

誰よりも豊かな生命力を漲《みなぎ》らせ、誇示していた田島の死は、ホテルの救護室に言い知れぬ重い沈鬱をもたらし、そこだけがあたかも嵐の眼であるかのように、静まり返っていた。

久作は、白い布に顔を覆われた田島の亡骸《なきがら》のそばから離れようとせず、冷たくなったその手を握り締めたまま、いつまでも頭《こうべ》を垂れていた。今になって久作は、自分が思っていたよりもはるかに、この男と心を通わせていたことに気がついた。息子ほども年の離れた田島とは、不思議と最初からウマが合い、彼の入山後もふたりはたびたび行き来し合って、呑《の》み明かしたものだ。年長者である久作に対しても、田島は遠慮会釈のない振る舞いをしていたように見えたが、その実、ギリギリのところで節度があった。

いくら酒に乱れても、場が和んでも、他人の心には決して土足で踏み込まない節度が。寄る年波とともに胸に吹きはじめた隙間風を、田島は多少なりとも和らげてくれ、さりげなく交わす会話は心の襞《ひだ》に染み入って安堵《あんど》感をもたらしたものだった。

田島が本物の山男だったことが、もちろん理由のひとつではある。が、それよりも久作は、田島が隠し持つ「哀しさ」にこそ、親近感を覚えていた。

田島の「優しさ」には誰もが思い至る。乱暴な物言いや陽気で、がさつな行動の中に素朴な優しさを忍ばせ、いかにも「山の万屋《よろずや》」らしい人望を集めていた。

田島自身、ある計算の上に立ってキャラクターを演じていた節もある。

しかし、田島は皆が思っているほど単純な男ではなかった、と久作は想像している。さしたる理由はない。言葉の端々、時折見せるふとした仕種《しぐさ》や表情、そんなものから久作は、どうしようもない田島の哀しみを嗅《か》ぎ取っていた。

久作が「節度」と理解していた田島の奥ゆかしさ、それはつまりある種の自己防衛手段だったのかもしれないと今にして思う。心に疵《きず》を持つ者ゆえの遠慮。人間関係に対してどこか臆病《おくびょう》になっている者特有の、距離感。たしかにこの男は、そんなものを感じさせた。

そう言えば、四十に手が届こうというのに、田島は家庭を持っていなかった。自分の意志で独身を貫いたのか、あるいは何かしらの不可抗力があってそうなったのか、一度も妻帯したことがなかったという。本人の口からその理由は、ついぞ語られることはなかった。いつだったか、「嫁はもらわんのか」と訊《たず》ねたところ、田島は薄く笑って「今さら女は、なあ……」と、言葉を濁しただけだった。このエピソードも、例えば久作小屋に集まる連中の手にかかると、「田島さんはああ見えてもロマンチストだから、昔、山で出逢った初恋の女性を忘れられないんだ」と、いかにも山男好みの脚色が加えられてしまう。

しかし、久作の眼には、もっと深いところで田島がひどく疵つき、疲弊しているというふうに映って仕方がなかった。

もっと話しておけばよかった。それこそ二晩でも三晩でも、じっくり話し込んで哀しみの正体を見極め、心の重荷を少しでも軽くしてやればよかった。

久作にしてはめずらしいことに、死んだ子の年を数えるような重苦しい悔恨を噛《か》み締めていた。

誠は久作の背後に立ち、うちひしがれた山の主を気遣って、その背に掌を乗せていた。眼はまっすぐ窓を見ている。人が死んでも、どんなに理不尽なことが起こっても、この世の終わりのような雨が降りつづこうとも、それでもやはり朝はやってくる。鉛色一色の暗い朝ではあるけれど、人は新しい日を迎え、何とか救われているんだな、と誠は考えていた。

磯崎もまた黙りこくっていた。後ろ手に手を組んで窓辺に立ち、眼を瞑《つぶ》って雨音だけに耳を傾けている。葉子だけがいささか取り乱し、「何だってこう人が死ぬのよ」とひとしきり喚《わめ》き散らしたものの、良介と英夫に宥《なだ》められ、今は落ち着きを取り戻したというより、むしろ放心したように視線を宙にさ迷わせ、静かにベッドに腰かけていた。

救護室に再び言葉がもたらされたのは、支配人が料理長《シェフ》を伴って入ってきた時だった。

「お疲れでしょう、皆さん」

支配人は人数分のコーヒー・カップをトレイに載せていた。香ばしい湯気が立ち昇っている。

「すみません」

支配人の気配りにすぐに反応したのは、誠だった。支配人の好意はおろか、もはや世の中の何ごとをも拒絶し、否定しそうな表情をしている葉子の肩を優しく叩《たた》き、「さあさあ、お嬢さんもいただきなさい」と言ったのは、磯崎だ。

葉子は怪我をしていない左手で支配人からカップを受け取り、ぎごちなく右手を添え、両の掌で慈しむように押し包んだ。

「そっちは落ち着いたのか、支配人」

久作が静かに訊《たず》ねた。

「ええ、何とか」

コーヒーが行き渡ると、皆が皆、一様にその温かみに縋《すが》りつくように躰《からだ》を縮めて押し黙り、救護室には再び沈黙が重く澱んだ。

沈黙の中で支配人は皆を眺めまわし、小さな溜息《ためいき》をひとつ洩《も》らすと、焦点の定まらない視線を泳がせた。するべきことを失《な》くしてしまったとでもいうように。

この男にすれば、「何かをしている」ことが救いだった。忙しく躰を動かし、テキパキと事態に対処することで、どうにか平静を保っていられるのだった。田島の死がもたらした、平穏とでも形容できそうな静謐《せいひつ》の中にあって、彼は身の置きどころを見失い、心細さを感じていた。

さっきから所在なく立ち尽くし、黙りこくっていた料理長が、睨《にら》みつけるように田島の亡骸《なきがら》を見やった。ゆっくりとベッドに歩み寄ってしばらくじっと見おろし、やおら白い布を剝《は》ぎ取った。死に顔《デスマスク》は少し、浮腫《むく》んだように膨れていたが、表情は穏やかそのものだった。料理長の顔つきが、痛みを覚えたように歪《ゆが》み、両の拳《こぶし》がギュッと固く握り締められる。やがて、必死で堪《こら》えていたものが吐き出されるように、嗚咽《おえつ》がひとつ洩れた。

一度それを許してしまうと、彼自身、もう感情を自制することができなくなってしまったらしく、後は周囲を憚《はばか》ることなく、鼻を啜《すす》りあげて泣きさざめいた。

見かねた久作が、今度は慰める立場にまわり、料理長の肩にそっと手を置いた。

「親爺《おやじ》さん」

涙声で料理長が言った。

「おれはな……おれは、田島って野郎が好きだったよ」

久作が黙って頷《うなず》く。

「そりゃ喧嘩《けんか》や口論もしたさ。おれより十《とお》近くも年下のくせしやがって、えらく生意気なところもあったからな。危うく殴り合いになりそうだったこともある。うちの従業員だって、誰彼なく怒鳴りつけるようなストレートな男だったから、少々の誤解もあったけど、ほんとうに嫌っている人間は山にはひとりもいなかったよ。それに、こいつは梓平と山のために、それこそ身を粉にして働いた。こいつに命を救ってもらった登山者だって、ひとりやふたりじゃないはずだ。

でも、この男は——井坂先生もそうだったが——そのために自分の時間や若さや欲望や、そういう大切なものを犠牲にしていたと思うんだよ。そりゃ仕事だから仕方がないと、人は言うかもしれない。だがな、この山で分隊長のような仕事に従事するということは、仕事である以上の、もっと重い犠牲を強いられるものなんだ」

料理長は激した気持ちを宥《なだ》めるように、深く息を吸い込んだ。

「まったく神様も惨《むご》いことをするな。こんなにいい男が、こんなに若いヤツが、どうして死ななきゃいけないんだ……」

料理長の言葉に、部屋にいる者すべてが頭を垂れた。窓硝子《ガラス》を叩《たた》きつける雨音だけが部屋に満ちた。

「わしは確信している」

やがて久作が静かに言った。

「あんたが言うその神をも凌駕《りょうが》する悪魔が、この山を跳梁跋扈《ちょうりょうばっこ》しているとな」

「……」

「田島も、そしてあの若者たちも、おそらくその悪魔に殺されたんだ」

「殺されたって……」

比喩《ひゆ》では片づけられない久作の物言いに、料理長は臆《おく》したような視線を返した。

「分隊長は事故で死んだんじゃないのかい」

「あんただって知ってるだろう。こいつはたしかに不器用なところもあったが、山にかけては一廉《ひとかど》の男だった。ひどい悪天候かもしれないが、たかがキャンプ場との往復で命を落とすような、やわな男じゃない」

「悪魔って……。それはいったい何のことだい」

料理長の力ない問いに答えたのは、久作ではなく葉子だった。

「あの女よ！　あの女の亡霊に、田島さんやユウちゃんは殺されたのよ」

またぞろ激情に駆られたかに見えた葉子を、英夫たちが宥めようとするのを、葉子自身が手で制した。

「大丈夫。私は冷静よ」

葉子はことさら声を抑え、毅然《きぜん》と言い放った。

「皆さんにもお話しした通り、私は恐ろしい体験をしました。田島さんは何の疑いも持たずに、信じて下さいました。いえ、今ではここにいる方全員が……。久作さんをはじめ、皆さんが信じてくれていると、私は思っています。この山には、常識では推し量れない〝何か〟がいるんです。久作さんがおっしゃったような悪魔が、人間を狙っているんです」

「信じるよ」

英夫が言う。

「葉子が言っていることを、おれは信じる。でも、どうしたらいいんだ。亡霊だか悪魔だか知らないが、そんなものを相手にいったい、おれたちに何ができる」

「あいつらは、このホテルにやってきているわ」

葉子は憑《つ》かれたように言い募る。

「今度はこのホテルの人間が、殺されるのよ」

事情を知らない料理長だけが、葉子のただならぬ言葉に気色ばんだ。

「おい、あんたたちはいったい何を言っている？　頼むから、おれにもわかるように話してくれ」

「折を見てちゃんと話す」と、久作が一同を睨《ね》めまわした。

「いいか、今のわしたちにできることはただひとつ。我が身を自分で守ることだ。山にいる者が結束して、これ以上の悲劇を出さないように、それぞれが仲間を守ることだ。わしが思うに、これは人間がどうあがいたって、何とかできるという相手じゃない。何がそいつの気分を損ねているのかは知らんが、とにかくヤツの気持ちが——そんなものがあるとして——鎮《しず》まるのを待つよりほかない」

「鎮まるんだろうか、ほんとうに」

良介が独りごちるように言う。

「そう信じるだけだ」

言いながらも久作は、眉宇《びう》を曇らせた。

「しかし、この山には今、優に千人を超える人間が閉じ込められているはずだ。山の異変をわしたちのように理解している者は、ほとんどいない。彼らまで守りきれるかどうか……」

その時、救護室のドアが乱暴に開けられ、若い男性従業員がつんのめるように駆け込んできた。

「支配人、やっぱりここにいたんですね」

蒼白《そうはく》な顔で彼は言った。

「どうしたんだ」

支配人の問いに、従業員はわなわなと唇を震わすばかりだった。

「おい、いったい何があったんだ」

支配人が語気を荒らげる。

「言っても、信じてもらえないと思います。とにかく……、とにかく中庭まできてください」

従業員は、ようやくそれだけを言った。救護室を飛び出した支配人の後を、久作たちも足早に追う。一同は薄暗いリノタイルの廊下を走り、人気のない冷ややかなロビーを抜け、中庭に臨む喫茶室に、駆け込んだ。横殴りの雨をまともに受ける、喫茶室の窓硝子は、噴水を照らす水銀灯の仄白《ほのじろ》い光を、眩《まばゆ》く滲《にじ》ませるばかりで視界がきかず、外を見通すことはできなかった。

支配人がテラスに繋《つな》がる引き戸のノブに手を添えた時、従業員が叫ぶように言った。

「支配人、そっと開けてください。そっと」

一瞬、躊躇《ちゅうちょ》した支配人だったが、やがて意を決して静かに扉を引き、わずかばかりの隙間を作った。

凄《すさ》まじい風と雨が吹き込み、あっと言う間に支配人の躰《からだ》をびしょ濡《ぬ》れにした。ただでさえ雨に視界を遮られている上に、水銀灯の灯《あか》りが眩《まぶ》しすぎ正常な視力を奪われた支配人には、最初はそれが闇そのものの蠢《うごめ》きに映った。

闇が意志を持って息づいている。

そんなふうに見えたのだ。それらが中庭を埋め尽くす夥《おびただ》しい数の動物たちの影であると気づくのに、数秒を要した。はっきりと影の正体を見極めた時、支配人の口から「これは……」と腑《ふ》抜《ぬ》けた声が洩《も》れ、彼は幽鬼のようなおぼつかない足取りで、テラスに踏み出した。

まったく呆《あき》れるほどの数だった。

シカ、カモシカ、サル、キツネ、タヌキ……。ありとあらゆる山の獣たちが身を寄せ合い、ひしめき合っている。はっきりとシルエットを浮かべる大型動物以外にも、ネズミなどの小動物が群れ蠢《うごめ》いているに違いなく、地面が脈動しているように見える。文字通り立錐《りっすい》の余地もない。

彼らはなぜかひとつの意志に操られるように種を超越して集結し、たしかに今、人間の領域《テリトリー》をわがもの顔に、占拠していた。唸《うな》り声を発して小競り合いを演じているもの、哲学者の趣でじっと風雨に耐えて思慮深げに眼を閉じているもの、そしてまた無邪気に群れ遊ぶもの——彼らは滝のような雨を一向に気にするでもなく、大胆に自らを人間の眼の前に晒《さら》している。時折、獣たちの虹彩《こうさい》が水銀灯やホテルの建物から洩れる灯りを鋭く反射し、何百という不気味な光が一斉に人間たちを見据える。おまえたちの方こそが闖入《ちんにゅう》者だと糾弾するかのように。支配人は怯《ひる》んだが、どういうわけか獣たちは中庭とテラスを仕切る木製の手摺《てすり》を踏み越えて、こちら側に近寄ってくることはなかった。まるで、そこから先は、自分たちの世界ではないと自覚しているようだ。

テラスに進み出た久作たちもまた、眼にした光景に息を呑《の》んだ。

「こんな馬鹿な……」

そう呟《つぶや》いたのは誠だ。

「数が増えました」

支配人に急を告げた従業員は、驚きと怯《おび》えを隠さない。

「さっき私が見た時よりずっと……。そんなに時間は経っていないのに」

「これは……。これはどういうことでしょうね、久作さん」

支配人の問いに、久作は沈黙を返すよりほかなかった。いったい誰がこの状況に、合理的な解釈など示すことができようか。久作は痛いほど顔を叩きつける雨に表情を歪《ゆが》ませ、瞬《まばた》きひとつせずに中庭の情景を凝視した。

これははたして、現実か。幻ではないのか。

いや、自分の眼の前にたしかに獣たちはいる。生きて呼吸をし、群れ蠢いている。しかし、なぜこんな場所に？　どうして種の区別なく集まっている？　しかも、こんな天候の中で。野生動物が、雨に濡れることを好むはずがない。

金属製の何かが投げうたれるような、耳障りな音が響いた。

音の方向を見やった一同は、眼を疑った。中庭の少し奥まった場所に、大型のツキノワグマがいる。青銅製のガーデンテーブルと椅子をひっくり返したクマは、自分で立てたその音に驚いて右往左往したあげく、巨体を揺すってシラカバの木立の中に駆け込み、姿を消した。ユーモラスな動きだったが、もとより誰も笑うはずはなかった。

「中に戻りましょう」

従業員が怯えをあらわにした。

「クマだっているんです。危険ですよ」

その時、久作はあの異臭を嗅《か》いだように思い、反射的に掌で鼻を塞《ふさ》いだ。

ある予感に駆られ、視線を移動した先に、やはりそれはいた。

噴水を囲むレンガの花壇に、あの少女が立っていたのだ。湖で見た眼のない少女だ。花壇の上にしっかと足を降ろし、立っているという様子ではなく、浮遊しているように揺らめいて見える。水銀灯の灯りをまともに映して、その姿はことさら白く、茫昧《ぼうまい》としている。そのくせ、否それだからこそ、かえって穿《うが》たれた眼窩《がんか》の暗がりだけがひときわ、見る者の眼を惹《ひ》いた。

底知れない闇に見つめられている、と久作は思った。

「見えるか、誠」

傍らに歩み寄っていた誠に、久作が訊《たず》ねた。

「……うん」

誠が吐息のように答えた。

「支配人、あんたには見えるか」

「ええ」

消え入りそうな、微《かす》かな返答だった。

「あれだ。あれがこの山を跋扈《ばっこ》している悪魔に違いないぞ」

久作たちの背後で、小さな悲鳴があがった。駆けつけた葉子が、やはり少女の姿を認めたのだ。葉子を守るように抱きすくめたのは、英夫だ。背後から良介と料理長《シェフ》、それに磯崎も、戸外の異様な光景に眺め入っている。

「親爺《おやじ》さん」

誠が別の方角を指差した。

「あれは何？」

ツキノワグマが姿を消した木立から、遠からぬ場所にそれはあった。建物の影だ。古臭い掘っ建て小屋のような建物が、中庭の片隅に忽然《こつぜん》と出現していた。

「久作さん、私たちは一緒に幻覚を見ているんですか」と支配人。

「どうしてあんなものがここにあるんです」

「わかるわけがない」

久作は微かな眩暈《めまい》に襲われながらも、眼を凝らして見た。

「どうやら炭焼小屋のように見えるが……」

と、小屋らしき建物の傍らにまた、ひとつ違う人影を久作は認めた。

突風に引きちぎられんばかりに梢《こずえ》を揺らすシラカバの大木の袂《たもと》に、女が立っている。

風体、身なりこそ花壇の少女のような異様さはないものの、不気味に群れ蠢く動物たちを意に介するでもなく風雨の中に佇《たたず》む様は、尋常とは言えない。女にはまるで、生気が感じられなかった。夢遊病者のような頼りなさだ。

「あの女よ！」

英夫の腕の中で、葉子が叫ぶ。

「あの女も化け物なのよ」

「いや」

支配人が頭《かぶり》を振った。

「あれは梶間さんの奥様です」

久作も合点がいった。たしかにあれは、昨夜の火事騒ぎの時にロビーで梶間と一緒にいた女だ。そう思った途端、ずっと頭の隅にわだかまっていたものが瞬時にほどけていた。

キャンプ場が雹《ひょう》に見舞われた時も、あの女はいた！

そう、たしかにあの時も、自分はこの眼で少女と一緒にいる梶間の妻を目撃したのだ。

「どうしてあの人が……」

「躰の具合がよくないはずなのに」

「支配人、梶間という人の部屋は？」

久作が訊ねる。

「二十六号室ですが」

「誠！」

　久作が叫んで、誠の肩を激しく押しやった。

「すぐに二十六号室に行って梶間さんを呼んでくるんだ。早く！」

　誠が駆け出す。入れ違いに、磯崎がふらふらとテラスへ進み出た。豊かな白髪が風雨になぶられ、磯崎の姿は痛々しいほどか弱い老人のそれに、変貌《へんぼう》していた。

「磯崎さん、いけません。濡《ぬ》れますよ」

　支配人が窘《たしな》めたが、聞く耳を持たない。引き寄せられるようにテラスの縁《へり》にまで歩み寄り、よろめきながら手摺《てすり》を摑《つか》んだ。久作と支配人が同時に、両脇から磯崎を支えた。

　磯崎は、花壇の少女を喰《く》い入るように見つめる。

「どうしたんです、磯崎さん」と久作。

「……」

　磯崎が何かを口ごもった。

「何です？」

「ニガ　チョンマンロ　クッテーエ　アイィニャ」

　絞り出すような声で磯崎は言い、同じことを今度はあらん限りの大声で怒鳴った。

「ニガ　チョンマンロ　イェンナレ　ナンナン　クッテーエ　アイィニャ（君はほんとうに昔に逢《あ》ったあの時の少女なのか）」

「何を言ってるんです、磯崎さん」

久作の声を無視し、磯崎は少女に向かって叫びつづけた。

「ほかの誰も疵《きず》つけてはいけない！」

磯崎の声は裏返り、微かに震えている。

「お願いだ。もう誰も……」

その時、花壇の少女は明らかに磯崎の声に反応を見せた。

滑るように前進し、久作たちが立つテラスのすぐ間近までやってきた。支配人が思わずうろたえて腰を引き、尻餅《しりもち》をついてしまうほど唐突で、現実離れした動作だった。

少女の動きに刺激されたのか、にわかに獣たちが落ち着きを失った。劈《つんざ》くようなサルの威嚇の声に呼応するように、彼らはこぞって吠《ほ》え声をあげた。獣の不気味な大合唱の中で巨大な猛禽《もうきん》が羽ばたき、久作のすぐ眼の前を掠《かす》めすぎる。

支配人は怯え、腰を抜かしたままの格好でじりじりと後退《あとずさ》りした。

明らかに少女は宙に浮いていた。

穿たれた眼窩がテラスを、そして磯崎を、中空から見おろしていた。

闇に睨《にら》みつけられた磯崎は、ごくりと息を呑み、掠れた声で「お願いだ、もう誰も疵つけないで欲しい」と言ったかと思うと、いきなりその場に跪《ひざまず》き、「ヨンソヘ　ジュゲンニ（許してくれ）」と韓国語らしきものを叫びながら、少女に向かって手を合わせ懇願した。

「アムド　コンドゥルジー　マラダオ。チュゴヤ　テュル　サラムン　タロ　ナダ（誰も疵つけないでくれ。殺されるべきは私なんだ）」

その刹那《せつな》、久作は見た。

眼のない少女の相貌《そうぼう》に怒気らしき険悪な翳《かげ》が走り、形容しがたいほど醜く歪《ゆが》む様を。

同時に地響きとも獣の咆哮《ほうこう》ともつかぬ異様な音が、響き渡った。まるで地獄に墜《お》ちた亡者どもがこぞって呻《うめ》き、泣き叫ぶような陰鬱《いんうつ》な大音響だった。

耳にした途端、居合わせた人間たちの躰《からだ》は、凄《すさ》まじい衝撃波に晒《さら》されて後方に吹き飛んでいた。

支配人と磯崎はやはり、背後で弾《はじ》け飛んだ英夫たちと重なるように転がり、調理場の外壁に突き当たった。

久作の躰は窓硝子を突き破り、喫茶室の床に投げ出された。

テーブルの脚にしたたか頭を打ちつけた久作は、そのまま気を失った。

ホテル中に湧き起こった悲鳴や怒声を、幻聴のように遠く聞きながら。

2

建物の東側、つまり中庭に面した湖に臨む部屋は、一階から最上階まで例外なくすべての窓硝子《ガラス》がひび割れ、砕け、激しい風雨が吹き込んだ。

まだ仄暗《ほのぐら》い早朝のホテルを襲った衝撃——もっとも客のほとんどは、それを強風のせいだと考えていたが——に、ホテルは文字通り蜂の巣をつつくような騒ぎとなり、昨夜の火災騒動以上の怒声や、悲鳴に包まれた。

被害に遭った部屋の宿泊客は、誰に導かれるということもなく自然にロビーやレストランに避難した。従業員は事態の収拾に大わらわとなり、板切れやらシーツやらビニールやら、思いつく限りの材料をどこからか見つけ出してきては、総動員で客室の窓の修復作業に当たった。

濡れた寝具を取り換え、部屋のクリーニングを行い、この異常事態に不安と不満をあらわにする客たちを宥《なだ》め、何とか体裁を整えた部屋に引き取ってもらうため、懇願に喉《のど》を嗄《か》らし、どう手を尽くしても修復不可能な部屋の客には、被害のなかった西側の空き部屋をあてがった。ホテルの徹底した社員教育の賜物か、危機に直面した人間の逆説的な習性なのか、見習いのベルボーイや夏期休暇中のアルバイト学生に至るまで、従業員たちは誰に命じられるでもなく、秩序だった無駄のない動きを発揮し、濡れ鼠になりながら一丸となって数々の作業をこなした。

だからこそ、ホテルの惨状を鑑《かんが》みれば短すぎる時間で事態は鎮静し、三時間後にはホテルは嘘のような静寂を取り戻していた。

宿泊客の中に負傷者が存外少なかったことが、せめてもの救いだった。十分な殺傷力を持つ勢いで、硝子が砕け散ったはずだが、時間帯が幸いした。ほとんどの客が就寝中で、あるいは起きていたとしてもベッドに身を横たえていた者が大半だったので、硝子片をまともに浴びることはなかったのだ。負傷者は、テラスに出て、あの不気味な動物たちと少女を目撃した者にのみ出ていた。

最も深刻な怪我を負ったのが良介だった。

あの時、一番後方に立っていた彼は、ひとかたまりになって撥《は》ね飛ばされた磯崎や支配人たちの躰を、まともに受け止めて外壁に激突した。脳震盪《のうしんとう》を起こし、どうやら鎖骨も折れたらしい。逆に六人はおたがいの躰がクッション代わりとなり、幸い無傷か、さもなくば打撲程度の軽傷ですんでいた。

良介は、一時は呼吸困難に陥って皆を心配させたが、今は自室で葉子と英夫に見守られて休んでいる。もうひとりの怪我人は久作だった。硝子を突き破った彼は破片でざっくりと背中を切り、頭もかなり強く打った。頭の方は瘤《こぶ》ができたくらいですんだものの、背中の裂傷は深く、なかなか止血しなかった。

騒動の余韻が残るレストランの片隅のテーブルに、磯崎、久作、隆一、誠の四人が毛布を被《かぶ》って震えている佳代子を、囲むように座っていた。

レストランには五人以外にも何人かの客がおり、誰もが生気を欠いた虚《うつ》ろな表情に覆われていた。平生であれば様々な表情の湖を映す東側の窓は、工事用の青いビニールシートに覆われ、今は強風を孕《はら》んで膨らみ、パタパタと耳障りな音を立てている。シートの隙間からは、雨が吹き込んで床を濡らしていた。

落雷以後、クーラーは停止したままだが、それでも誰もが肌寒さを覚えていた。疲労からついつい背もたれに背を預けた久作が、激痛に呻き、顔をしかめた。

「大丈夫？」

誠が気遣った。久作は「平気だ」と強がり、隆一を見やった。

「部屋の方はどうなった」

「水浸しでひどい有様でしたが、ホテルの人が綺麗《きれい》にしてくれました」

「そいつはよかった」

久作は支配人が差し入れてくれた熱いレモネードを佳代子の方に押しやった。

「あまり顔色がよくないようだ。とにかく奥さん、冷めないうちにこれを呑《の》んで躰をあたためなさい」

佳代子は震える手で、レモネードのカップを口に運んだ。彼女が一口呑んで落ち着くのを見計らって久作が再び声をかけた。

「気分はどうだね」

「いいとは言えません」と、佳代子。

「うん。そんな時に大変申し訳ないが、少し話を聞かせてくれるかな」

佳代子は微《かす》かに首肯した。

「ここにいる一同は数日来、不思議な体験をしている」

佳代子は視線をふと擡《もた》げた。

「その間、ご亭主の話だと、あんたはずっと具合が悪くてほとんど部屋で臥《ふせ》っていた。そうだね？」

その問いに佳代子は明らかに戸惑った表情を浮かべ、黙りこくった。

「どうした佳代子」と、隆一。

佳代子は答えない。遠い眼をして見えざる何かを見つめているような表情をしている。

「その不思議な体験のひとつにあんたのことがある」

久作は構わずにつづけた。

「昨日の火事騒ぎの後、わしはロビーでご亭主と一緒のあんたを見かけたが、その時にどうも心に引っかかるものがあった。初めて見る顔のはずなのに、何となく見覚えがあるような。よくよく考えてみたが、結局は思い出せなかった。そして、今朝方のあの騒ぎだ。その時になってようやく思い出したんだ。わしは昨日の早朝、キャンプ場であんたとそっくりの女性を見た」

虚《うつ》ろだった佳代子の視線に力が蘇《よみがえ》り、その視線が久作をまっすぐ捉《とら》えた。

「そして、こちらの人もあんたらしき女性を山で見かけている」

久作がさっきから黙っている磯崎に話の水を向けた。

「そうですな、磯崎さん」

「……ええ」

磯崎の言葉には相変わらず力がない。テラスでの挙動もおかしかったし、この老紳士はやはり何かを思い悩んでいる。久作は確信したが、詮索《せんさく》は後まわしにした。

「その女性を見かけたのは、湿原近くの池の畔《ほとり》だとおっしゃった」

「そうです」

磯崎は沈んだ視線を佳代子に運んだ。

「私は体調が万全ではありませんでしたから、自分の記憶にも確信が持てなかった。だから、しかし、あそこで倒れる前に、たしかに私は奥さんを見たような気がしたのです。だから、三村さんに背負われてここに運ばれている間も、私は梶間さんの背中だと思い込んでいた。昨日の話の成り行きから言って、そんなことはあるはずがないのに、あなた方ご夫妻に助けられたのだと信じていました」

「奥さん」

久作が佳代子を見据えた。

「その池というのは、ここから三キロほども先にある。体調を崩していたあんたが、そんなところまで出かけて行ったとは思えないが、あんたに瓜《うり》ふたつの女性が山をうろついているという話は、わしにはもっと信じられない」

なぜか佳代子は泣き出すのを堪えるような必死の顔で、唇を嚙《か》んだ。

「実を言うとな、佳代子」

隆一が口を挟んだ。

「おれは昨日から同じようなことを、何人かの人の口から聞かされている。磯崎さん、ホテルの支配人、それに怪我をしてホテルに運び込まれた女の子も、一昨日《おととい》の晩に河原の土手でおまえを見たと言って騒いでいる。奇妙な話だなとは思っていた。でも、おまえは部屋にいたはずだから、よく似た人間が近くにいるらしいくらいに考えて、気にかけてもいなかった。でも、いくら何だって、こいつは変だ」

「もちろん、それだけならわしたちの錯覚だということだって考えられないわけじゃない。似た人間を目撃した可能性もゼロとは言い切れなかっただろう」

久作は穏やかに言った。

「だがな、さっきのは違う。あれは錯覚なんかじゃない。わしらはたしかにあんたの姿を見た。中庭で、この世のものとは思えない少女と一緒にいるところを。ところが、その時間、やはりあんたは部屋で眠っていたという。ご亭主もそれを証言している。これはどういうことだろうか」

思いのほか強い視線を、佳代子は久作に向けた。

「皆さんがおっしゃっていることの意味を、さっきから私なりに考えていました」

佳代子の紫色に変色した唇から、消え入りそうな声が洩《も》れた。

「思い当たることはあるんです。でも、自分でも理屈がよくわからないし、喋《しゃべ》っても信じていただけるかどうか」

話を促すように、隆一が毛布の上から彼女の肩に手を乗せた。

「私は気分が優れず、部屋に籠《こも》りきりでした。それはたしかです。ずっとうつらうつらしていました。それなのに、外に出かけていたような記憶もあるんです。魂というのか、意識というのか、とにかく自分の視界だけが外に出て宙を翔《と》んでいる気がしていました」

佳代子の言葉に反応して、一同が眼線をぶつけ合った。

「若い頃から私は、金縛りのような不気味な体験をたびたびしていたんですけど、この山にきてからのそれは、ちょっと今までのものとは違うというか……。最初ははかない夢のようでした。何が起こったのか、何を見たのか、自分でもよく覚えていません。同じような経験を何回か重ねていくうちにだんだんとイメージを捉《とら》えられるようになってきました。でも、それは映画の画面のようにはっきりと眼に映るわけではなく、どう言えばいいんでしょう……、気配なんです。近くに起きていることを、気配のように感じるんです」

「気配？」と久作。

「ええ、そうとしか私には言えません。どこだかわからないモノトーンの不思議な世界があって、私の視界はとても狭くて全体が見渡せません。時々、眼に映るものと言えば、正体のはっきりしない、支離滅裂なものばかりです。でも、キャンプ場とか河原とか池とか……、久作さんがおっしゃったような場所に、自分がいたというおぼろげな記憶があるんです」

「……幽体離脱」

誠の呟《つぶや》きに、佳代子を含む全員が視線を彼に集中させた。

「幽体離脱？」と、久作。

「いや、僕らはこの人の姿をはっきりと見ているわけですから、あるいは生霊《ドッペルゲンガー》と言うべきかもしれません。そんな話を聞いたことがあります。生きている人の幽体が自分の躰《からだ》を脱《ぬ》け出て、勝手にさまようんです」

「どうしてまたそんなことに……」と久作は言いかけたが、すぐに「いや、詮索《せんさく》は後だ。奥さん、話をつづけてくれるかな」と、佳代子を促した。

「はい。そして、ひときわ存在感のある気配がいつも私のすぐ近くにあって、しかも、時間を追うごとに――いえ、私の意識には時間の観念なんてないんですけど、時々、現実の自分に引き戻されることがあって、時間が経ったことを知るんです――その気配が次第に濃密になってきました。そして、最初は曖昧《あいまい》だった気配が、やがてはっきりと女の子だということがわかったんです。私はその子が、自分の娘だと思いました。死んでしまった娘が還《かえ》ってきたんだと、信じたんです」

「佳代子……」

隆一が窘めるように喋《しゃべ》りかけたのを、久作が黙っていろと手で制した。

「姿はよく見えないんです」

佳代子はつづけた。

「狭い視界の隅を掠《かす》めるように時々、眼に映るんですけど、はっきりとは見えません。

でも、私は娘だと信じて疑いませんでした。娘が——雅子が近くにいる。そう思うと、今まで味わったこともないような、幸福感に包まれました。

いざ現実に戻ってみると、その体験がとても怖いことに思えるのに、一方で雅子に逢《あ》いたいばっかりに、〝翔《と》ぶ〟ことを望んでいたんだと思います。雅子の気配を探して歩いたり、あの子が近くにいることを感じている時だけは、私自身がとても満ち足りて穏やかでいられるんです。ところが、そのうちに私はその子が雅子なんかじゃないと、気づきました。異国の子です。けれど、なぜかこの山に郷愁を感じていて遊びたがっている。自然と戯れることが大好きな子で、私は自分の娘に対してそうだったように、微笑ましく見ながら、悪戯《いたずら》をしないだろうか、怪我をしないだろうかとハラハラしているんです。

その子は遊んでいるうちは機嫌がいいんですが、ふいに激情に駆られたり、ひどく苦しんだり悲しんだりすることがあって、私も雅子じゃないことはわかっているのに、放っておけない気分になりました」

「その子はいったい誰なんだ」と、隆一。

「わからないわ。齢《とし》は雅子と同じくらいかしら。もっと幼いような気もするけど」

「異国の子だとか、苦しんでいるというのはどうしてわかるんだ」

久作の問いに佳代子は困惑の表情を隠さない。

「それもどう説明していいか……」

佳代子は苦しい胸のうちを吐露するように、言葉を吐いた。

「適当なことを言っていると、お思いでしょうけど」

「そんなことは思っていない」

久作が言う。

「奥さん、他人がどう思うかなんて気にしないで、ありのままを喋ってくれればいい。ここにいる者は全員、不可思議な話にはすこぶる寛容になっているから」

「……とにかく、私にはわかるんです。女の子がその時々で苦しんだり、喜んだり、悲しんでいるということが」

「喜んだりもしているのか」と、久作。

「ええ。姿ははっきりと見えないのに、気持ちだけが風のようにこっちに伝わってくるんです。あの子が表現する感情はとても単純ですけど、どれもこれも極端なんです。怒ると手がつけられないくらい――もちろん最初から、私には手の施しようなんてないんですが――激しいし、悲しむ時もそう。私自身が死んでしまいたくなるくらいの悲しみが伝わってきます。喜ぶ時はそれこそ、幼い子供が遊び惚《ほう》けているみたいな無邪気な感じがするし……」

「女の子は、奥さんのことは認識しているのかな」と、久作。

「ええ。わかっていると思います」

「その子とコミュニケーションは取りましたか」

そう訊《たず》ねたのは、誠だ。

「私の方からは、何度も何度も話しかけました。でも、聞こえているかどうか。向こうも何かを喋っているようですけど、切れ切れに聞こえてくる言葉が異国語のようで私には理解できません。ただ、例の風みたいな感情を鮮やかに感じるだけです。私個人に対しては悪意は持っていないようで、母親にそうするように、甘えたりダダをこねているという印象を受けました」

「あんたを母親だと思っているのかな」

「どうでしょう。近しい人間だとは思っているみたいです」

「わしらに見えるその少女は、なぜか眼がないんだ。どうしてなのかあんたにはわかるかね」

「眼がない？」

久作は頷《うなず》いた。

「すると、あんたに見える少女には、そんな異常はないのかな」

「ええ。でも、それも思い当たる節はあります。あの子の苦しみの源泉はそれなんです。眼が痛い。眼が見えない。それを執拗《しつよう》に訴えかけてきます。でも、そのくせあの子は行きたい場所に平気で行くし、私には眼が不自由な子という気がしません」

「その子は何をしたがっているんですか」と、誠。

「最初は遊びたいだけだと思ってましたけど……」

「けど？」

「それにしては、怒りや苦しみが常軌を逸しているような気がします。でも、あの子の感情はめまぐるしく変わって、安定するということがないんです。さっきも言いましたけど、とても機嫌がいい時もあるし、私が恐ろしくなるくらい殺気を帯びることもある。論理性もないし、次に何をしようとしているのか、まったく予測がつきません」

そこで佳代子はふと何かを思い出したらしく、痙攣《けいれん》のように躰を硬直させた。

「そうです。あの子は誰かを疵《きず》つけました。テントがたくさん見えました。やっぱりキャンプ場のようなところです。早く、早くあの人を……」

いても立ってもいられないほど佳代子は落ち着きを失い、腰を浮かしかけた。

「落ち着いて、奥さん」

久作が、佳代子を押しとどめた。

「もう遅い。もう遅いんだ、奥さん。その男はたぶんキャンプ場で死んでいたという男のことだろう」

佳代子は、茫然《ぼうぜん》と久作を見た。まるで自分自身が無意識のうちにその男を殺していたことを知らされたかのように。

話が殺伐としたことにおよんだせいか、一座は黙り込んだ。不安を募らせる雨音と風音が大きさを増す。ホテルの建物全体が悲鳴をあげるような軋《きし》み、なぶられている樹々、神経を逆撫《さかな》でするビニールシートのはためき――それらの音に、皆が一様にびくびくと神経質に反応し、険しい眼つきになる。

久作はふうと大きく息をひとつ吐き、天井を見あげ、思索に耽《ふけ》るように固く眼を閉じた。そして、再び眼を開けた時には救いを求めるように、誠の顔をまっすぐ見つめた。

（どう思う？）

久作の眼はそう言っていた。わしの錆《さ》びついた頭では理解に苦しむ。おまえは、おまえの若い脳味噌《のうみそ》はどう考える。たしかにそう問うていた。

「僕はこう思います」

久作の意を察して、誠が言葉を発した。

「梶間さんの奥さんと——いや正確には奥さんの意識ですが——あの少女は、やはり交感し合っている。おたがいに同じ次元の住人だということを、理解し合っているんだと思うんです。なぜ奥さんの意識がそうなってしまうのかはわかりませんが、意識がひとり歩きした時に初めて少女のことを感じるし、少女の方でも奥さんを認識する」

「同じ次元？」

隆一が言う。

「それは、もしかしたら霊魂ということかい、誠君」

「たぶん」

そう言った後、誠はふと戸惑うように一同を見渡した。自分が述べようとしている見解を、一連の謎の解明の端緒にしようとでもいう期待感めいたものが場に満ちているのを嗅《か》ぎ取ったからだ。

「あの……。僕はオカルトとか、怪奇現象と呼ばれるものを否定はしませんけど、格別興味を持って調べているわけでもありませんから」

弁明するように、誠は言った。

「山小屋に集まる人には、そのての話が好きな人がたくさんいるので、つき合っているうちに聞きかじった話ばかりです。そのつもりで聞いていただけますか」

「ああ」と、久作。

「幽体離脱……。幽体投出とか、幽姿出現とか様々な言われ方をされていますが、そういうものは、世の中で大まじめに論じられているものなんです。生霊というのも同じです。生霊も、エーテル複体という別のそれらしき呼び名があって、細かい定義はあるのかもしれませんが、いちいち説明できるほど僕に知識はありません。要するに肉体から離れた幽体が、外在化する現象のことを指していると思って下さい」

「幽体？　それは魂と同じ意味なんだな」と、久作。

「そう理解してもらっていいと思います。僕たちはそういう話を聞くと、すぐに死者の霊、つまり幽霊とか亡霊とかいう言葉を思い浮かべますけど、この世に現実に生きている人が第三者によってまったく別の場所で目撃されたり、本人も意識だけが別の場所に移動していたことを、自覚している場合があるんだそうです。梶間さんの奥さんにも、そういうことが起きたんじゃないかと……」

「どうしてそんなことが起きる」

　久作が訊ねた。

「いろいろなケースがあるみたいです。ただ単に眠っている時、手術か何かで麻酔を打たれて不自然な眠りを強いられた時、病気で臥《ふせ》っている時、ひどく思いつめた心配事がある時、特定の場所に執着を残している時、あるいは……」

「あるいは？」

「自分が置かれている現状に、強い不満がある時」

　期せずして梶間夫妻がそろって眉《まゆ》をひそめるのを眼の当たりにし、誠は彼らを不快にさせる言葉を口にしてしまったことに気づいた。まぎらわすように、誠は早口でつづけた。

「ここからは僕の推察ですけど、同じ幽体というレベルで奥さんと少女はおたがいの存在を認識し合っている。現実の世界で言うところの〝認識〟とか〝コミュニケーション〟とはいささか手段が異なるかもしれないけど、たしかに認め合い、慰め合っているという気がします。もしかしたら同じような存在を感知して、双方が惹《ひ》き合ったのかも」

「少女も生霊なのか」

「もちろん推察の域を出ませんけど、その子はおそらくもうこの世には生きていないと思いますね」

「なぜ」

「例のトンボや写真に写っていた橋の件が、引っかかるんです。群れで出現する動物を含め、一連の怪異現象と少女は大いに関係していると僕は思いますけど、あのトンボと橋は明らかに特定の年代を指し示している」

「昭和十一年……」

久作が呟《つぶや》く。

「ええ」

と、誠が頷いた。

「たぶん、その時代に生きていた少女じゃないかと」

「そうか」

久作がめずらしく勢い込んで言った。

「中庭で見たあの小屋。あれもその時代のものなんだ。たしかそんな話を聞いたことがある。ホテルが建つ前、ここは材木商の集積所で、そこには炭焼小屋があった」

「すると、僕たちは揃いも揃って〝過去の光景〟を見たということですね」

「……うーん」

話の意外な展開に久作は唸《うな》り、皆は息を呑《の》んだ。

「それにしても、あの動物たちはいったい、何なんだ」と、久作。

「さっき奥さんが気になることを言いました」

誠は佳代子を見た。

「少女は自然と戯れることが好きだって」

佳代子が頷《うなず》く。

「ということは、きっと動物とか鳥とか昆虫とかが好きだったんでしょう。彼女が生きている間に好きだったもの、興味を持って見ていたものが、今、この山で現実のものになっているんじゃないかと……」

「あの雹《ひょう》は？　やはり、あれも少女と関係があるのか」

「さあ、それについては何とも……」

誠は、頸《くび》を傾げた。

「もしかしたらそれも少女がかつて目撃し、記憶の中にあったものかもしれませんね」

「誠、おまえは実際に見ていないから想像がつかないだろうが、あれはいくら何だって現実にはあり得ないものだぞ。どんな時代だろうと、あんな雹が降ったなんて、わしには考えられないが」

「もしほんとうに怪異現象と少女が関係しているのだとしたら――もっとも、それは疑いようのないことだと思いますが――、彼女の存在によって、現象がデフォルメされているんじゃないでしょうか。こういう言葉が適当かどうかはわからないけど」

「デフォルメだと？」

「必ずしも、実際の自然現象や彼女が見た通りのものが表出するのではなくて、イメージが増幅されたり、歪《ゆが》められたりしている。そんな気がするんです。動物たちだってそうじゃないですか。もの凄《すご》い数の群れを作っていたり、夏の最中なのに冬毛をまとっていたり、ひどく凶暴になったり……」

「実際には普通の雹だったが、それを巨大化して見せたり……とか」

「ええ、そういうことです。もちろん実際のところは僕にはわかりませんけど」

久作は正直、誠の口ぶりに舌を巻いていた。

誠自身が注釈をつけたように、この青年がオカルトめいた話にことさら興味を抱いているとは思えない。二年以上のつき合いで、誠の興味のベクトルや考え方は、ある程度察しているつもりでいた。誠という青年はその年齢に比して、いささか夢が足りないのではないかと思うほど、現実に即したものの考え方をする。だが、好奇心、探求心は久作が思っている以上に、貪欲《どんよく》かつ柔軟なものらしい。読書好きの誠が読み捨てた書物を、何となく気になって手にしてみることがある久作は、一方でたしかに誠の関心の対象が、種々雑多にわたっていたことも知っている。

この青年は何かを知りたがっている。

世の中のこと、人間のこと、そして、でき得ることなら森羅万象の意味に至るまで、あらゆることを知り、理解したいと願っている。まるで渇きの中で水を欲するように。そのひたむきさは、山小屋の囲炉裏端のよもやま話にも向けられるのだろう。そうやって生霊だの幽体だのといった言葉も、偏見なく知識の抽斗《ひきだし》に取り込んでいる。

若いということは凄いことだ。若者のこのひたむきさを、この情熱をうらぶれた山小屋の中に燻《くすぶ》らせておいていいものか。確実に成長を遂げている誠の顔を、もっと広い世界へ向けさせてやれないものか……。

「親爺《おやじ》さん、どうしたの」

ついつい別の想念に耽《ふけ》っていた久作は、誠の言葉で我に返った。

「いや、何でもない」

取り繕うように、久作は言葉を繋《つな》いだ。

「ところで奥さん、今朝方のあの騒ぎ、あれもあんたはその不思議な状態で体験したんだね」

「ええ」

「少女はどうして、あんなことをしでかしたんだ」

「わかりません。でも、それまで感じたことがないような、凄い怒りと憎しみを感じました。というか、時間を追うごとにあの子は凶暴な感情だけをあらわにして、その分、子供らしい無邪気さや機嫌のよさが影を潜めていくような気がします。さっき、あの子が泣いた時……」

「泣く？」

「そうです。慟哭《どうこく》と言ってもいいでしょう。あんなに苦しそうな、悲しそうな、身につまされる泣き声を私は聞いたことがありません。あの子が泣いた時、私はたしかに今までにない激しい感情の風に吹き飛ばされました。吹き飛ばされながらものが壊れる音を耳にしたんですが、それがホテルの窓硝子が砕け散った音だったんですね。あの子は私にだけは危害を加えたことがなかったのに、あの時はたしかに、私の存在なんか忘れてしまうほどの激情に駆られていました」

寒さのせいか、それとも異界に棲《す》む少女との交流の記憶に感情が昂《たか》ぶったのか、佳代子は身震いし、鼻を啜《すす》りあげた。久作は、その様子を気の毒そうに見やって言った。

「疲れているところを申し訳ないんだが」と懐から、例の写真を取り出した。

「あんたのその不思議な体験の中に、この男は登場しないだろうか」

テーブルに置かれた写真を佳代子はしばらく見つめていたが、「知りません」と頭を振った。

「そうか。奥さん、ずいぶん無理をさせてしまったな。すまなかった。あんたはほんとうに疲れているようだ。さあ、部屋に戻って休みなさい」

「いえ、大丈夫です」と、佳代子。

「ここにいたいんです。ベッドに横たわると、また自分がどこかに翔《と》んで行ってしまう気がして」

「わかった。じゃあ、せいぜい躰《からだ》をあたためるんだな」

久作はウェイターを呼んでレモネードのおかわりを注文した。それからおもむろに誠を見て、「さて、わしたちはこれからどうすればいい」と言った。

「わかりません」

誠は眼を伏せた。

「文字通り、嵐がすぎ去るのを待つより仕方ないか……」

「これが映画か何かなら、霊媒師でも登場してきて少女の霊を鎮めてくれるんでしょうけど。それより、僕は梶間さんの奥さんのことが心配です」

「どういうことだい、誠君」

隆一が眉根《まゆね》を寄せた。

「普通の状態じゃありませんからね。これ以上、あの子と関係を持つと、奥さんが危険な状況に陥ってしまう……、そんな予感がします。お見受けするに、奥さんの体力的な消耗はかなり深刻なようですし。縁起でもないことを言って申し訳ありませんが」

「いや……」

そうすれば妻を守れるとでもいうように、隆一は佳代子の細い肩を抱き寄せた。されるがままに佳代子は隆一の躰に凭《もた》れたが、夫への信頼の表れというより、ただ放心しているだけに見えた。

再びテーブルを支配することになった沈黙の中で、久作は昨日から磯崎の顔に取り憑《つ》いて離れない虚《うつ》ろな表情を、また眼にした。磯崎は腕組みし、そうかと言って思案に耽っているというふうでもなく、テーブルの上の虚空に力ない視線を泳がせている。

この人はいったいどうしたのだ。深刻な心配事を抱えているのか、それともやはり体調が芳しくなくて気もそぞろなのか。やがて磯崎も自分に注がれている視線を感じたらしく、久作を見つめ返した。そして、ふいに寂しげな笑みを浮かべた。

「久作さん……」

呟《つぶや》いた磯崎は、なぜか久作の手を取り、存外強い力で握り締めた。

「どうしました、磯崎さん」

磯崎の眼の中に、たしかに涙が作る光の揺らめきを見たように、久作は思った。それは磯崎の眼球を湿らせただけで、ついに瞼《まぶた》からこぼれ落ちることはなかったが、すっかり久作の方がうろたえ、思わず掌を握り返した。磯崎は気を取り直すように息を吐き、おもむろに一同を見渡した。

「久作さん、そして、皆さん……、お話ししなければならないことがあります」

「何でしょう」と久作。

「私はどうもこの山で起きている不思議なできごとと大いに関係しているようです」

「どういうことですか」

隆一が身を乗り出した。

「私はその写真の男を知っているんです」と、磯崎は言った。

「そして、おそらくはあの少女のことも……」

全員が息を呑《の》んだ。

「皆さんが抱いている疑問のすべてとは言わないが、ほとんどを説明できるかもしれません。何しろ私は今回のこの悲劇を引き起こした当事者のひとりなんですから」

磯崎は握っていた久作の掌を、静かにほどいて居住まいを正した。

「気づいてはいたんです。私の老いぼれた頭では到底理解しがたいことだし、誠君のように理路整然と事態を考察したわけではないが、かなり前から気づいてはいたんです。ただ、八十年近くも生きてきた私の常識が、それに同意することをなかなか許さなかった。しかし、私はようやくすべてを認める気になりました」

ウェイターがレモネードを運んできた。しかし、佳代子はそれに口をつけようとはしなかった。全員が、磯崎の顔を喰《く》い入るように見つめた。

「すべてをお話しします。この老いぼれの半生をお話ししなくてはならないかもしれない。長くなるが、どうか堪えてやって下さい」

磯崎はそう言って遠い眼をした。

3

「自分から喋《しゃべ》ると言っておいて、さて何から話せばいいのやら……。私の人生など塵《ちり》や埃《ほこり》ほどの意味もないものだが、さすがに八十にもなろうかという身だから、つまらないことでも寄せ集めてみると膨大になるし、少しは感慨のようなものもある。こうして昔のことを皆さんにお話ししようと身構えてみると、様々なことが散り散りに、だが奇妙に鮮やかに蘇《よみがえ》ってきて、少し戸惑っているのですよ。

まずは写真のあの男のことから、話さなければならないでしょうな。

その前に久作さん、私はあなたに謝らなければならない。実は、あなたは一度だけあの男に逢《あ》っている。いや、逢っているという言い方は、正しくないな。あなたはあの男の骸《むくろ》を、見ているのですよ。

半世紀近くも昔の話です。昭和二十九年の春――麓《ふもと》の感覚なら、もう初夏と言ってもよい季節でしたが――に、桂沢《かつらざわ》で起きた、転落事故を覚えておいでですかな。

あなたと初めてお逢いしたのは、あの時でした。登攀《とうはん》中のふたり組の男のうち、ひとりが桂沢の雪渓に落ちて、死亡した。死んだのは私の知人だった男で、もうひとりはほかならぬこの私、その後もだらだらと生き長らえ、こうして皆さんの前に老醜を晒《さら》している私自身です。

久作さん、実を言うと、あれは転落死なんかじゃなかった。

私が、この手であの男を殺したのですよ。

男とは、旧《ふる》い知り合いだった。腐れ縁だったと言ってもいい。

ある事情があって私は、男を亡き者にする決心をし、言葉巧みに山へ誘い出して、渓《たに》に突き落としたのです。あの時、私は、男が死んだことに関しては、まったく同情や哀れみなど感じなかった。

決して衝動的な兇行《きょうこう》というわけではありませんでしたから、後でうろたえたり、自分がやったことを後悔するということもなかった。ある種、確信犯です。ですから私は、犯行を隠しだてするつもりはなかったし、山を降りたらその足で自首する覚悟でいた。ところが意に反して、あの件は転落事故という方向へ収束していったのです。

男を突き落とした後、私は下山してきたひとりの登山者に出逢《であ》いました。自分では至極冷静でいるつもりだったが、その実、桂沢の崖《がけ》の上に立ち尽くす私の姿は、いかにも茫然《ぼうぜん》とした、心許《こころもと》ない風情に映ったのでしょうね、登山者が心配げに、何かあったんですか、と話しかけてきた。

たった今、友人がここから転落したと私は告げましたが、自分が殺したのだとは言わなかった。驚かせてしまうと思ったからです。霧深い山で、そうでなくとも今までひどく心細い思いをして歩いてきただろうに、いきなり殺人者に出くわしたとなったら気の毒でしたから。

若い登山者は私の言葉を聞くと、血相を変え、私をその場に残して、飛ぶように救援を呼びに行ってくれたのです。

人間とはいかにも弱いものです。告白の最初の機会を逸した私は、自首どころか、もしかしたらこのまま事故だということでシラを切り通せるのではないかと、救援隊を待つ間に、すでにそういう考えに囚《とら》われていました。

そして、その通りになった。駆けつけてくれた人の中に疑義を差し挟む人はいませんでした。私の言動にはずいぶん不自然なところがあったと思うのに、周囲は私を疑《うたぐ》るどころか気の毒がり、慰めてくれる始末。そこが、普段から滑落事故の多発地帯であったこと、たまたまひどい濃霧で、風も強かったこと……。

男の死を事故に見せる様々な偶然が重なったということもあろうが、おそらく私が社会的な成功者として世間の眼に映っていたことが、一番影響していたのでしょうな。

私はその上に胡座《あぐら》をかき、口を噤《つぐ》んだ。

岳友を失くした悲運の山男を演じつづけることになったのです。

だがそんな私でも、後になってあれは殺人だった、自分が殺したのだと人前で叫びそうになった瞬間が一度だけある。

男の遺体収容に立ち会った時です。

ヘリコプターなんぞ夢のまた夢、山岳救助隊も産声すらあげていない時代です。遺体を収容してくれたのは久作さん、あなただった。あなたはとても若く、強靭《きょうじん》な肉体を持ち、寡黙で、そしてなぜかひどく寂しそうな眼をしていましたな。かなりのベテランでも躊躇《ちゅうちょ》するような深い渓へ、自ら志願して降りて行った。それはそれは見事な技術だった。

私は時と場所もわきまえず、ほれぼれとあなたの姿に見入ったものです。

だが、男の――言い忘れていました、あの男の名前は浅野啓三《あさのけいぞう》と言います――浅野の遺体が引き揚げられ、あなたが地の底から戻ってきた時、私は罪を吐露しそうになった。

実際、喉《のど》まで出かかったくらいです。浅野の死に顔を見たからというわけではない。

さっきも言いましたが、私は男の死そのものについては何の感慨も持ち合わせず、死体を見てもそれは変わらなかった。

憎しみ、哀惜、悔恨、動揺、狼狽《ろうばい》、恐怖……。

かつて抱いていた私の感情は、浅野の躰《からだ》と一緒に死んでしまったかのようでした。じゃあ、どうして私の気持ちが微《かす》かに揺らいだのか。

私はあなたの姿に感動したのですよ、久作さん。

あなたは息も乱さず、顔色ひとつ変えるでもなく、仕事をひとつやり終えた男の凄味《すごみ》と清々《すがすが》しさをまとって戻ってきた。だが、私はあなたの袖口《そでぐち》が破れ、腕にひどい裂傷を負っているのを、たしかに見た。周囲にはたくさん人がいたが、おそらく気づいたのは私だけでしょうな。あなたは戻ってくると、さっと裏にまわって傷口に手拭《てぬぐ》いをひと巻きし、何ごともなかったように、また人の輪に加わった。

私はあなたの一挙手一投足に、眼を奪われていたから気づいたのですよ。そして、私は思った。この人に嘘をつくのか、この人の立派な仕事を汚すのかとね。自分が殺した男の遺体を、文字通りあなたは、命懸けで拾ってきてくれた。

田島さんがなさっていたこともそうだが、世の中にはほとんど報われない、しかし、誇るに足る立派な仕事があり、それに携わる無名の人たちがたくさんいる。私は虚飾に満ちた事業家で、自分がしてきたことは対極にあると思っているが、だからこそそういう仕事を、そういう人たちを尊敬してもいる。

久作さん、あなたがやり遂げた仕事に、殺人者である私の心は掻《か》き乱されたのです。だが、結局、罪を告白することはなかった。

私は、久作さんとの初めての出逢いを汚した。あなたはそうとは知らず、念願だった山小屋を建ててからも、変わらぬ献身と誠意で、私を迎えてくれた。嘘と非道を許して下さいとはとても言えないが、とにかくまずはあなたに謝っておきたかった。

ほんとうに申し訳ない。この通りです。

浅野とのことを話しましょうな。なぜ私が彼を殺す決心をしたのか。

彼とは十代の頃からの知り合いで、青春の一時期は、親友と言っても差し支えないつき合いをしていた。

ある事件があって彼の本性を知るまではね。その事件のことは後で話しましょう。

事件を契機に、疎遠になっていた彼と再会したのは、昭和二十七年のことです。私は事業でそこそこの成功を収め、こうして自分の人生を振り返ってみると、最も充実した日々を送っている時期でした。もっとも、そうなるまでの道程《みちのり》は、口にすることも憚《はばか》られるほど恥多く、醜いものだったが。復員してからの私は、それこそ寝食を忘れて働いた。戦前に父を亡くし、母と弟たち、それに家内や娘たちを養うために、お金になることなら何でもやりましたよ。世の中で禁じられている商いには、すべて手を出したと言ってもいい。米は言うにおよばず、闇で扱われているものはすべて商品でした。何が本業かわからないほど、私は金の生《な》る樹の匂いがする方へする方へ、無節操に忙しく動きまわっていました。やはり自由販売が禁じられていた酒を調達して、大儲《おおもう》けしたこともあったし、不動産ブローカーを気取っていたこともある。ひどく悪質な、ね。

それに……。

いや、止めましょうな、こんな話は。

言い出したらキリがない。聞かされる方だって不愉快になるだけでしょうから。いずれにしても、そういう種類の闇商いが、お金を生む時代ではあったのです。うさん臭い連中ともつき合ったし、人こそ殺さなかったが、それ以外の悪事にはほとんど関与した。まったくどうして人間があんなに狂えるのかと思えるほど、あの頃の私は狂っていました。

戦争はいやだが、あの時代はよかった、そんなことを言う人がいますな。

私は、真っ平御免です。御免蒙《こうむ》る。あんな時代には二度と戻りたくない。

昔の自分や、つき合った連中のことを思い出すだけでも、反吐《へど》が出そうです。あの頃の私は毎朝毎朝、眼を醒《さ》ます度に自分が汚れ、醜くなってゆくのを感じたが、どうすることもできなかった。立ち止まったら死ぬ、そんな強迫観念に囚われていたのです。

私は悪事で生き長らえ、家族を養った。まとまったお金を作り、ようやく正業を持ちました。小さな雑貨屋です。それが足がかりでした。

事業は生き物とはよく言ったもので、それからはとんとん拍子に、私の思惑など置いてけぼりにして店は勝手に繁盛し、やがてスーパーマーケットやデパートになった。人に勧められて手を染めた交通事業も成功し、バスやタクシーまで走らせることになり、資金にものを言わせてはじめたほかの事業も、気味が悪くなるくらいにうまく転がった。私は、酔っていましたよ、正直言ってね。自分の成功に、世の中の規範をことごとく無視して生きてきた私が、これほど恵まれたことに、高笑いをしていたものです。

そんな時でした、浅野が現れたのは。

私の成功を、どこかで聞きつけたのでしょうな、約束もなく、ひょっこり姿を見せた。あの男は、戦争に魂まで吸い取られた亡霊のようでした。復員してからは私と同じように、いろいろな悪事に手を出したらしいが、ことごとく裏目に出たらしい。私に対する妬《ねた》みや虚栄もあったのか、あまり多くは語りませんでしたが、どうやら明日の糧にも窮しているということくらいは、風貌《ふうぼう》からすぐにわかりましたよ。

有り体に言って彼は、たかりにきたのですな。私は腐れ縁をきっぱり絶とうと決心していた矢先だったから、浅野を冷たくあしらい、撥《は》ねつけました。

すると、あの男は、昔のある事件のことをちらつかせた。

私も関与したことを、公表するとか何とか言ってね。

脅しに屈したとは、今でも思っていない。むしろ哀れみが頭を擡《もた》げ、一緒に更生しようと、成功しようと夢を見たんです。私は金を払う代わりに、浅野を事業に引っ張り込み、名ばかりではあったが、彼を役員にし、ブラブラされても困るので、店をひとつ任せた。

かなりの冒険だったが、もともと頭は悪くない男でしたから、如才なくやってくれるのではないかという、一縷《いちる》の希望もありました。彼もこちらの意を汲《く》み、一度は生まれ変わる決心をしてくれたのだと私は信じています。

最初はまったく問題はなかった。浅野は存外うまく人を使い、店を切り盛りしているように見えました。だが、当然のごとく商売にはまったくの素人である浅野と、私の間に、やがて齟齬《そご》が生じ、口論が絶えなくなった。苛立《いらだ》ちや欲求不満、そしておそらくはずっと燻《くすぶ》っていた私への妬《ねた》みなどを、浅野はあの男独特の屈折した形で、ぶつけてきた。浅野は店を喰《く》いものにし、金を横領し、それを隠すでもなく、私への当てつけのように、ことさら悪事を重ねはじめたのです。

もちろん、私とて黙ってはいなかった。ひどく彼をなじりました。すると、浅野がもともと隠し持っていた陰湿さが、顕著になりはじめた。またぞろ昔のことを持ち出し、おまえなんぞ社会的に葬り去ってやると言い出したのです。腹を括《くく》り、公表するなら勝手にしろと言ってやった。私の開き直りに一度は怯《ひる》んだように見えた浅野だったが、ある日、とんでもないことをしでかしました。

浅野は……、あの男は、私の娘を強姦《ごうかん》したのです。

娘はまだ十二歳だった。ほんの子供です。その子供を、あろうことか私の店の中で……。

浅野には病んだ性癖があった。子供にしかそういう興味を持てない男だったのです。実は、そういう問題を過去にも起こしてはいたのですが、表沙汰《おもてざた》にはなっていなかった。そうやって責任を問われることなく、罪を罪とも思わないでまんまと逃れてきた男が、最も恐れていた形で本性を剝《む》き出しにし、私を苦しめるだけのために、また悪鬼になったのです。遅かれ早かれ私の耳に入ることとなんて、あの男は何とも思っていなかった。

かなり日にちが経ってから、娘の口から事実を知らされました。

当時としては早熟だった私の娘は、すでに初潮を迎えていましたが、月のものがまったくこなくなっていた。結果的に妊娠していたわけではなかったが、精神的なダメージで、躰《からだ》の機能までおかしくなってしまったのですな。妻から娘の躰と精神の不調を知らされた私は、ことの真相を予感しながら娘を問いつめました。予感はしていたが、やはり年端もいかない我が子がおぞましい体験を切れ切れに告白した時には、気が遠くなり、躰の震えが止まらなくなりました。むしろ娘の方が毅然《きぜん》としていたくらいです。

私はまず、自分に腹を立てた。腹が立って腹が立って仕方がなかった。浅野を更生させるなんて思いあがったことを考えた自分にね。次の瞬間にはすでにあの男を殺すことを決心していましたよ。何の葛藤《かっとう》も、迷いも、躊躇《ちゅうちょ》も感じずに。悪魔みたいなあの男を生かしたままでいたら、この先、同じような不幸や悲劇が繰り返されるに決まっている。

そんなことを許してたまるか。今度はこっちが悪鬼になる番だ。私はそう思ったのです。さっきは言葉巧みに誘ったと言いましたが、その実、私の魂胆など浅野は見抜いていたと思いますな、きっと。どこか鋭い感覚のある男でしたし、私自身、浅野への憎しみをことさら隠そうとはしていませんでしたから。

私はこんなような意味のことを、浅野に言ったと記憶しています。

――あなたを許すわけにはいかない。きっちり袂《たもと》を分かちたい。しかし、今回もまた表沙汰《おもてざた》にはしないし、訴え出るつもりもまったくない。それなりの退職金を払うから出て行ってくれ。二度と、私の前に姿を見せないでくれ。だが、あなたと私は、かつて心を許し合う友達だった。だから言わせてもらうが、私たちの身の上に降りかかった不幸はやはり、あのことに端を発しているのだと思う。私たちは、呪われているのだ。もう一度、一緒にあの山に登って祈ろう。祈って、許しを乞《こ》おう。こんな思いをするのはもう御免だ。もちろん、祈ったところで許されるわけはないが、それを機に、今度こそお互いに生まれ変わって、残された人生を慎《つつ》ましく生きよう……。

浅野は存外たやすく、承知しました。

そして、私たちは一緒に山へ出かけた。

麓《ふもと》では初夏の色合いが濃くなり、山では遅い春が一気に押し寄せてくる季節だった。梓平ではミネザクラが可憐《かれん》な花をつけ、ニリンソウが白い絨毯《じゅうたん》のように咲き誇っていた。実際、あれは天国の風景でしたな。ただひとつ、不吉な予兆と言えば、朝方は霧深くて遠くで雷鳴が聞こえていたことです。

重苦しい音が今でも胸の底にわだかまり、鳴り響いている気がします。

私と浅野は、梓平から桂沢を目指しました。あの時の浅野は始終、微笑みをたたえて、何だかとても健やかないい顔をしていた。何かを悟ったようなね。山の自然の美しさが私にそう思わせたのかもしれないが、ともかく人の道を踏み外した男には、到底思えなかった。

桂沢まで登ろうと言い出したのも、浅野でした。もともと私はそんなに上まで行くつもりはなかったのです。さっきも言いましたが、浅野はきっと私の企《たくら》みを看破していたに違いない。その上で、ついてきたように思えて仕方がないのです。

誤解を恐れずに言えば、私に殺されたがっていたのではないかとさえ、思う。弁明や詭弁《きべん》と受け取って欲しくはないのだが、そう見えたのですよ。浅野自身、踏み迷った人生と、呪われた性癖に疲れきり、誰かに決着をつけてもらいたかったのではないか。

皆さんはたとえ何があったにせよ、かつて友人だった男を手にかけたのだから、当然、某《なにがし》かの感情の渦が胸中にあっただろうと、お思いでしょうな。

ところが、そんなものはありはしない。山を登るほどに天候が悪化し、また霧が出てきた。さまよっているうちに私は、黄泉《よみ》の国に迷い込んでしまったような、夢のような気分に陥ってしまいました。ついに桂沢で彼の背を押した時も、私を支配していたのは憎しみでもなければ怒りでもない。同情や哀れみともまた違う。真っ白い諦念《ていねん》。透明な凪《な》いだ感情。自分でも説明のつかない、そんな気持ちでした。

今ふと思ったのですが、浅野も同じだったのではないか。あの時の浅野と私の唯一の繋《つな》がりは、その真っ白い〝無〟の感情だったのではないか、そんな気がしてなりません。最初、田島さんにあの写真を見せられた時、浅野が成仏できずに戻ってきたのだと私は思いました。だが、あの写真の浅野はいかにも若い。若すぎる。

最後に一緒に山へ登った時の浅野の澄んだ顔の印象が、あまりにも鮮明に残っています。あんな顔で死んだ男が化けて出るはずがない。おまえが殺したくせに何だと言われればそれまでですが、自分勝手を承知で言わせてもらえれば、私の罪は罪として、浅野はたしかに冥土《めいど》に旅立ったのだと思います。

浅野が叫び声をあげるでもなく、まっさかさまに渓底《たにぞこ》に落ちた時、ちょうど足許《あしもと》からチョウが翔《と》び立ったのです。ひどい霧だったからはっきりとは見えませんでした。ミヤマモンキチョウなのかキアゲハなのか、ともかく黄色いチョウでした。

ご存じないかもしれないが、これはとても不思議なことなのです。チョウというのは、特に高山チョウと呼ばれるものは、霧どころか、太陽が雲に隠れただけでどこかに身を潜めてしまう昆虫ですから、そんな天気で翔《と》ぶはずがない。お伽咄《とぎばなし》じみて聞こえるかもしれないが、私はたしかにあのチョウが、浅野だと思った。浮き世と訣別《けつべつ》した浅野が、ようやく自由になったのだと考えました。チョウに、ひどく因縁めいたものを感じたのですよ。

浅野と私は、旧制中学で同窓でした。戦前の、まだのどかな時代に、私たちは青春期を送りました。その上、ふたりとも当時としては、かなり裕福な暮らし向きの家に育った。私の母の実家は大きな料亭で、父はそこに婿入りし、しばらくは若旦那《わかだんな》を気取っていましたが、料亭に出入りしていた連中に担がれて、後に政治家として身を立てました。後年、政治という名の魔物に喰《く》い潰《つぶ》されて、家は没落することになるのですが、しかしまあ、十代の頃の私は、お金の苦労など知らずにのほほんと暮らしていたわけです。

浅野の生家というのも、これまた世間によく名の通った病院で、そこの次男坊だった浅野も、やはり貧しさとは無縁のボンボン育ちです。そういう共通項があったせいでしょう、私たちはいつしか、親密につき合うようになりました。

お互いの父親というのが趣味人だったこともあって、ふたりは相当に早いうちから、世間的にはまだ縁遠かった、様々な遊びに興じたものです。

その頃、西洋的なハイカラな遊びの代表格に、〈登山〉〈写真〉〈昆虫採集〉がありました。さすがに登山は、子供だけでは危ないというので親の許しをもらえなかったが、私たちはほかのふたつには手を染めた。父が当時にはめずらしい、高価なカメラを持っていたし、ドイツ箱と呼んでいた、立派な木枠の箱に収められた美しいチョウの標本なんかも浅野の家の物置にはあって、子供のくせに高価な道具には事欠かず、そんな遊びに耽《ふけ》ることができたのです。

特に熱中したのは、子供らしく昆虫採集でした。浅野も私もチョウが好きで、暇さえあれば、あちこちの山や野に出かけたものです。それこそ双子の兄弟のように、私たちはいつも一緒でした。そうやって中学時代という牧歌の季節は夢のように流れた……。今、思えば、私が高校に進学し、肺を患った浅野が受験を見送って浪人の身となった十七の時、すでにふたりの関係には決定的な変化が兆し、不幸の芽が芽吹いていたのかもしれません。

境遇が変わると、私たちはしばらく疎遠になりました。私は高校で知り合った新しい仲間とつき合うことが素晴らしく刺激的で愉《たの》しかったし、昆虫採集は卒業して、興味は完全に登山の方に移っていました。実際、私は頻繁に山登りをしていました。友人と一緒の時もあったし、たったひとりで出かけることもあった。登りつめるという一種求道的な行為が、青年期特有の孤独な心情に合っていたのでしょうな。

この梓平にも、よく通ったものです。高校卒業と同時に父親がこの世を去るまで、登山熱はつづくのですが、一方でもちろん、浅野のことがずっと気にかかってはいた。しかし、彼からは連絡がまったくない。引け目を感じているのかもしれないと思い、ある時、私の方から彼の家に、赴きました。ところが、逢《あ》わなかったほんの数ヶ月の間に、彼は別人かと思うほど、容貌《ようぼう》や雰囲気が変わっていました。極端な変貌《へんぼう》は、病気のせいばかりとは思えない。躰《からだ》よりはむしろ心を病んでいたのだと思います。

受験に備えている様子もなく、ただ虚《うつ》ろに時間を見送っているようでした。浅野を励ますつもりで、私は彼が常々願っていたはずの梓平行きを、提案しました。めずらしい高山チョウがたくさん棲息《せいそく》しているから、中学時代にはいつもふたりで行きたいと話し合っていたのです。

期待していたような快闊《かいかつ》な反応こそありませんでしたが、浅野も同意しました。

そして、私たちは秋口になって梓平を訪れた。

チョウの採集にはいささか遅い季節だったが、その分、人の賑《にぎ》わいもなく、梓平はまるで、私たちふたりだけのために存在しているようでしたな。私たちは昔に還《かえ》ったように捕虫網を振りまわし、色鮮やかなチョウたちと戯れて遊びました。

そして、ふたりが遊び疲れて河原の石に腰かけ、握り飯を頰張っていた時に、あの少女が現れたのです。

今となっては、悪魔が遣わしたとしか思えない少女の出現です。

彼女は私たちのことには気づかず——あるいは気づいていたのかもしれないが——裸になって、川で水浴びをはじめました。

無防備なその姿は見まがうことなく、子供のそれでしたが、しかし、性のことにはからきし晩生《おくて》だった私から見ても、彼女には大人になりきれていない者ゆえの、そして、これは後になってわかったことですが、尋常な精神を授けられなかった者ゆえの、危うげなエロティシズムがたしかに漂っていました。

私は、少女を見る浅野の憑《つ》かれたような眼つきが意味するものを、察するべきでした。

しかし、私はあまりに無知だった。性が時として人を狂わすことに思い至りませんでした。

私は照れ隠しに、まるでギリシャ神話の世界みたいじゃないか、といかにも感傷的な高校生を気取った台詞《せりふ》を吐いて、眼にしている光景の異様さと気まずさをやりすごそうとした。浅野はしばらく押し黙っていましたが、やがてふいに立ちあがり、怒ったように、クジャクチョウを捕まえようと言い出しました。時間がないから手分けして探すぞと、命令口調で私に言ったのです。それが陰湿な企《たくら》みだとは、後になってわかったことで、その時の私は一も二もなく同意し、ふたりは落ち合う時間を決めて、橋の上流と下流に分かれました。

そう、写真に写っている、あの橋のことですよ。

結局、目当てのチョウを捕まえることはできず、約束の時間に少し遅れて橋に戻ってきた時、浅野の姿はありませんでした。待てど暮らせど現れない。とうとう業を煮やして私は、下流に向かって、土手を下りはじめました。

その時です。私が凄《すさ》まじい少女の悲鳴を耳にしたのは。

あんな声を、私は後にも先にも聞いたことがありません。

〈火のつくような〉とは赤ん坊の泣き声を表現する言葉だろうが、まさにそんなふうに、私には聞こえました。

この世のあらゆる苦痛という苦痛を一身に受けてしまったような、悲惨極まりない声でした。悲鳴は炭焼小屋の方から聞こえた。恐る恐る小屋に近づいて中をうかがうと、土間に裸の少女が横たわり、なぜか顔を掻《か》きむしって苦しみ悶《もだ》えていた。惚《ほう》けた表情の浅野が、震えながら見おろしていました。さすがの私にも、浅野がやったことの半分は察しがついた。年端もいかないその少女を、浅野が凌辱《りょうじょく》したであろうことは。

しかし、後の半分は、想像を絶するようなことでした。少女の苦しみ方が尋常ではなかったので、私は浅野に、何をしたんだと問いつめました。すると浅野は、そいつの眼が怖かったんだ、と狂ったように言い募りました。

あろうことか浅野は、少女の眼に毒を注《さ》し込んだのです。おそらく酸の一種だろうと思います。そもそも昆虫採集には虫を即座に殺してしまうための毒壺《つぼ》がつきもので、当時は青酸カリのような劇薬を、子供でも平気で持ち歩くことができた。しかし、私たちが専門にしていたチョウくらいの昆虫であれば、そんなものは不要です。腹を少し押すだけで簡単に死んでしまいますから。

ところが、生家が病院だった浅野は、ちょくちょく怪しげな薬を持ち出してきては嬉々《きき》として虫を殺すことがあった。そのことが、すでにあの男の歪《ゆが》んだ心を象徴していたはずなのに、私はそれにも気づかなかった。他愛ない子供の悪戯《いたずら》だと考えていたのです。

もちろん今度は、悪戯で済ますことはできない。浅野は、劇薬を人の眼に入れた。浅野の残酷さに心底、恐怖を感じました。例えば……例えばですよ、浅野が少女に抵抗されて、あるいは自分がしでかしたことに恐怖し、錯乱して彼女を殺してしまったのだとする。その方がまだ私には理解できる。眼を潰《つぶ》すという行為には、ある意味では殺すことよりも歪んだ狂気を感じる。おぞましい意志を感じる。要するに浅野は、少女の視力さえ奪ってしまえば、後々、自分の非道を告発されることがない、犯人はお前だと指差されることがないと考えたのでしょう。

当時、偏見は、世の中に満ちていました。恐怖に身を竦《すく》めていた私は、どうにか正気を取り戻し、泣き叫ぶ少女を川に連れて行って、眼を洗わせた。

少女は激しく、泣き叫ぶだけです。声に恐怖した私自身も、泣き喚《わめ》きながら少女の顔を何度も何度も水に浸《つ》けました。しかし、酸で焼け爛《ただ》れた少女の眼は、とうとう視力を取り戻すことはありませんでした……。

少女は山の中腹にあった、強制労働者集落の子供でした。

片言の言葉から察した浅野と私は、少女を集落近くに捨て置いて、麓《ふもと》に逃げ帰りました。二日後に、少女が死んだことを知った。事故と報じられたが、実質的には私たちが彼女を殺したのだと思っています。

まだ十三歳の子供でした。いささか精神に遅滞があり、放浪癖もあったらしく、山で遊ぶことがことのほか好きだったという。ちょくちょく大人の眼を盗んで、当時は大の男でも難渋したこの梓平までの道程《みちのり》を、たったひとりで歩いてきたそうです。

あの日、私たちに捨てられた後、少女はすぐに集落の人間に保護されたらしいが、そのことは結局、彼女を救いはしなかった。

天国のような梓平と山の美しい自然は、もう瞳《ひとみ》には永遠に映らない。底知れない絶望が、少女を襲っていたはずです。それでも彼女は、再び山に出かけようとした。愛した山には辿《たど》り着けるはずもなく、家のほんの軒先で、馬が牽《ひ》く荷車の下敷きになってしまった。

少女の死を知った時、私は奈落《ならく》に突き落とされる思いがしました。もちろん少女が突き落とされた奈落とは、比べるべくもないが……。

しかし、浅野と私が背負った十字架は、それだけではありません。

少女への仕打ちだけでも人非人、極悪非道の謗《そし》りは免れないが、私たちがしでかしたことの波紋は、想像よりもはるかに大きく広がった。まず、少女が語った拙《つたな》い言葉から真相を察した集落の人たちが、見えざる犯人を、そして日本人を糾弾しはじめた。

少女という無垢《むく》な存在は、虐げられていた彼らのシンボルとなり、心の拠《よ》りどころとなったのでしょう。糾弾の声は日増しに高まり、過激になり、やがて暴動にまで発展しました。当時、まだ掘削中だった窪ヶ峰隧道《ずいどう》など、いくつかの作業現場で彼らは一斉に蜂起《ほうき》し、朝鮮人にも日本人にも大勢の死傷者が出た。

今となっては覚えている人はほとんどいないでしょうが、地方の小都市にとっては決して無視できる小さな事件ではなかった。

大仰ではなく、私と浅野は、日本の忌まわしい歴史のひとつの、悲劇的な事件を招いてしまったのです。さすがに、日本人の中にも彼らに同情的な意見を述べる人がいた。どこからともなく、自浄という名の犯人捜しの気運が高まった。

私は、吹き荒れる嵐が静まるのを待つような心境で、身を縮めて日々をすごしました。浅野と私は、不思議と逢《あ》うことはありませんでした。浅野にすれば、世間の風に怯《おび》えた私が名乗り出やしないか、気が気ではなかったと思うのに、連絡ひとつよこさない。もしかしたら顔を合わせることで、むしろ忌まわしい記憶が、少女の悲鳴が脳裡《のうり》に蘇《よみがえ》ることを浅野は恐れていたのかもしれません。

あるいは、もう何も考えられないほど、あの男の心と頭は蝕《むしば》まれていたか……。

そうこうしているうちに、再び私たちが予期せぬ方向へ筋書きは流れはじめた。

少女が遺《のこ》した証言が不完全だったこともあって、世間はまったく違う犯人像を作りあげてしまったのです。当時、北アルプス山中には、獣や魚を獲《と》ることを生業《なりわい》としている人たちが少なからずいました。彼らの中には相当な人格者もいたのに、世間の偏見はやはり強く、あからさまに彼らを〈山賊〉と呼んで蔑《さげす》む輩《やから》もいた。

少女を死に追いやった犯人は、彼らの仲間に違いない、そんな憶測が飛び交いはじめたのです。犯人だと名指しされた人には例えば、為造《いぞう》さん、喜八《きはち》さん、義光《よしみつ》さんといった、久作さんの恩師や、先輩に当たる人もいた。私たちは、彼らまで辱めた。弁明の術《すべ》を持たない彼らは、いよいよ山奥に籠《こも》って、世間とは縁遠くなりました。限りなく黒に近い灰色という汚名を背負ったまま、生涯を終えた。為造さんたちにかけられた謂《いわ》れなき嫌疑については、久作さんもよくご存じだと思います。

私と浅野は、取り返しのつかない、二重三重の偏見と悲劇を生んでしまった。私は……私という男は、これだけの人たちを不幸にしながら、自分だけはおめおめと生き長らえてきたのです。

浅野を桂沢に突き落としてからしばらくして、世間に対してもある程度、自分の力を行使できる立場になった私は、あらゆる手立てを尽くして、少女が葬られたはずの場所を探し出そうとしたことがあります。墓があるのなら、せめてその前に跪《ひざまず》いて、手を合わせたいと思った。そんなことをしたって私が許されるはずはないし、たしかに自己満足にすぎません。しかし、そうしなければ、とてもじゃないが、このまま人生を終えられないと考えた。——墓は結局、見つかりませんでした。

それどころか、暴動が起きた時期を境に、集落の共同墓地が、忽然《こつぜん》と消え失《う》せてしまったのです。いや、形としての墓地はそれからもしばらくは存在していた。しかし、そこには骨のひとかけらも、毛髪一本たりとも、残ってはいなかったのです。彼らは墓を掘り返して、別の場所に移してしまったのです。梓平を抱くこの山のどこかであることは、想像がつく。日本人と同じ土に還《かえ》ることを潔しとしなかった彼らは、祖国に戻れないのならせめて、汚れのない人跡未踏の霊峰に同胞を葬りたいと考えたのでしょうな、おそらく。しかし、それがどこなのか、正確な場所は誰にもわからない。

やがて戦争という狂気に日本が呑《の》み込まれることになり、形だけの共同墓地すらも消え失せ、うやむやのうちにすべては闇にまぎれてしまった……。

それから私は、梓平に通いつづけるようになりました。ほんとうはすべてを忘れたかった。だから、二度と梓平の土は踏みたくないという思いもあったのです。しかし、それを自分に許すわけにはいかない。許していいわけがない。いつかは罰が当たる。この山が罰を与えてくれる。そう思って、今日まで生きてきました。

実を言うと、数年前に眼を患った時、〈ああ、とうとう私も裁かれる日がきた〉と、考えたものでした。光と希望を暴力的に奪われた少女の苦しみがようやく、自分の身の上にも降り掛かったのだ、と。だが、したことを償える懲らしめとはとても言えない。それどころか、私は長い人生を十分すぎるほどに生き、何の関係もない若い人たちの尊い命が無残に奪われてしまった。

私は……、私は、また罪を重ねてしまった。

いったい、彼らに何と言って詫《わ》びればいいのか……。

私も、誠君と同意見です。今、この山で起きていることは、少女の浮かばれない魂がしていることだと思うのです。彼女の怒りと悲しみと、そしておそらくは天真爛漫《らんまん》に遊んでいた他愛ない稚気が、悲劇をもたらしているのではないでしょうか。

何十年も静かに眠《ねむ》っていたものが、どうして今頃になって人の眼に触れることになったのか、私にはわかりません。しかしその昔、少女を無邪気に遊ばせていたこの山が、この美しい山が壊れつつあることが、もしかしたら遠因になっているのかもしれません。

少女がかつて眼にしたもの、愛していたものが、この山では確実に失われつつある。彼女は、そのことを嘆いているのかもしれません。

実際、当時の梓平は鳥や獣たちが群れ遊ぶ、まさしく雲の上の楽園でした。そこに遊ぶ少女の姿は、妖精《ようせい》そのものに見えました。山と森の祝福を受けた妖精です。私と浅野はそんな少女を踏み躙《にじ》り、同時にこの山のことも踏み躙ったに違いありません……」

4

磯崎は一気に喋《しゃべ》り終えた。

長い告白は相当な精神的、体力的消耗を老体に強いたようで、磯崎は息切れしたように大きく息をついて眼を閉じ、がっくりと肩を落とした。閉じられた瞼《まぶた》が小刻みに震え、衣服を通しても、老人の薄い胸板が空気を取り込もうとして、せわしなく上下している様が見て取れる。

やがて息が整うと、磯崎は逆に背筋を伸ばし、眼をかっと見開いた。それはまるで忌まわしい過去を眼力で焼き尽くそうとでもいうような所行に見えた。

磯崎が黙り込むと、レストランには再び雨と風の音だけが満ちた。同じテーブルについている者すべてが一様に押し黙り、澱《よど》んだ時間の中に重く躰《からだ》を沈めた。ウェイターが水差しを持ってテーブルを訪れ、各自のコップに水を注いでまわったが、場の異様な雰囲気に気圧《けお》されたのか、言葉をかけるでもなく、愛想笑いを浮かべるでもなく、不審げな視線だけを残して、すごすごと立ち去った。

重苦しい沈黙を破ったのは、佳代子だった。

「……残酷なお話だわ」

彼女はそう呟《つぶや》いた。が、その声は沈黙と大差ない虚《うつ》ろな響きをもたらしたにすぎなかった。誰も反応せず、佳代子自身もまたすぐに沈黙に還っていった。

誰もが磯崎の告白にどう対処し、どんな言葉を発すればよいのか考えあぐねていた。

窓を覆った工事用ビニールシートが、また風を孕《はら》んで不穏な音を立てる。そちらにチラと眼をやった誠は、青い膨らみがレストランに集う人間を喰らおうとして牙《きば》を剝《む》く、得体の知れない生き物であるような錯覚を抱いた。

「残酷……」

磯崎が、佳代子の台詞《せりふ》を嚙《か》み締めるように繰り返した。

「そう、残酷極まりないですな、私という男は」

告白は老人の喉《のど》も痛めつけたらしく、声は砂でも吞《の》み下《くだ》したように掠《かす》れていた。

「いえ、そういう意味ではなく」

佳代子は、視線を擡《もた》げた。磯崎の顔をまともに見るという意味においても、佳代子は最初の人間となった。

「磯崎さんもさぞかしお辛《つら》かったでしょう……、そう思ったんです」

佳代子のまなざしに磯崎は一瞬、臆《おく》したような表情を浮かべ、それから微笑にも似た柔和な顔を取り戻した。

「いえ、辛いのは私なんかじゃない。私が不幸にしてしまった大勢の人たちです」

おぞましい過去を吐露した顔は、たしかに辛そうではなかった。むしろ穏やかな夜の海のように凪《な》いでいた。憑《つ》きものが落ちたように。

「特に、あの女の子は……」

「でも、それは磯崎さんのせいじゃありませんわ」

佳代子が怒ったように言い募る。彼女が浅野という悪魔に翻弄《ほんろう》された若き日の磯崎に同情を寄せているのは、夫の隆一にも理解できた。しかし、告白を終えた老爺《ろうや》に必要なのは、慈悲深い沈黙であって、慰めや労《いたわ》りの言葉ではないと考えていた隆一は、妻の態度に少しく戸惑いを覚えた。

「同罪ですよ」と、磯崎は静かに言う。

「私と浅野は同罪だ。いや、むしろ私の方が質《たち》が悪い。何の決着もつけずにこうして生き長らえてしまったのだから」

隆一の心配をよそに、磯崎は鷹揚《おうよう》に対応する。いや、むしろ他人の過去の事情に勝手にいきり立っている佳代子を、穏やかに諭すかのような超然とした雰囲気が、この老人にはある。犯した罪は罪として、やはり磯崎という人物は、およびもつかない懐の深さを持ち合わせていると隆一は思った。

「あまりご自分をお責めにならないで」と、佳代子。

「お言葉はありがたいが、私だけが誰にも裁かれず、良心の呵責《かしやく》もなくおめおめと生きおおせるなんて、そんなことが許されていいはずがありません。実際、あの少女はああやって今も苦しんでいるのだから」

「でも……」

何かを言いかけた佳代子の気勢を殺《そ》ぐように、磯崎がつづける。

「人を人として生かしめる〈命の力〉みたいなものがあるとしましょうか、奥さん。いくら若くて未熟でも、どんなに無知でも、躰を病んでいても、この〈命の力〉さえ健康でしっかりしておれば、人は自《おの》ずと正しい道を選んで歩くはずなんです。私のそれは、肝心な時にいつも決まって、病んでいた。歪《ゆが》んでいた。少女をむざむざ死に追いやったのも、朝鮮の人たちに無益な憎しみを植えつけることになったのも、そして、おそらくは浅野との不幸な関係も、すべては私の歪みが招いたことだという気がするのです。いや、若かりし頃の話だけではない。いい年をして私はまた、性懲りもなく間違いを犯してしまったようだ。誰にも打ち明けたことのなかった秘密を喋《しやべ》って、たしかに胸のつかえが取れたような気がするが、私の勝手につき合わせてしまった結果、現にこうして皆さんを戸惑わせ、動揺させている。

奥さん、どうかお気遣いなく。私は冷酷非道な殺人者です。同情されるような資格はない。非難や糾弾こそがふさわしい男なのです」

「あなたの方こそ気遣いは無用ですよ、磯崎さん」

ずっと黙り込んでいた久作が、ふいに口を開いた。

「人ひとり何十年も生きておれば、大抵のことには驚かなくなる。ここにいる人間は動揺なんかしていません。磯崎さんが背負ってきたものの重さについて考えて、少しばかり感傷的になっているだけです。あなたの胸のつかえが取れた――そのことの方が大事だ。どんなに高い山に登っていても、いつかは荷を降ろす。荷運びを仲間に代わってもらうことだってある。その時がきたんです。気遣いなんか止めて少し休憩《きゅうそく》されるといい」

「久作さん……」

磯崎が、嗚咽《おえつ》を呑み込んだ。そして、ほんとうに山道で休憩する時のように大きく息をついた。

「ありがとう」

「私は、磯崎さんの告白を真摯《しんし》に受け止めたいと思います」と、久作。

「梶間さんの奥さんが言うように、磯崎さんには大いに同情すべきところはあるし、もちろん非難されるべきところもあるでしょう。それら事実は事実として、重くこの胸に受け止めたい。その上で、お聞きしたことの一切を忘れようと思います」

磯崎が驚いたように、久作を見た。

「あなたは決着をつけていないとおっしゃった。たしかに休憩も永遠ではない。いつかはまた、荷物を背負って歩き出さなければならないでしょう。どこへ行き、どう決着をつけるかは磯崎さんの心のままです。私は口を挟めないし、背中も押せない。だから忘れることにします。昭和二十九年、桂沢では、不幸な転落事故が一件あっただけだし、昭和十一年のこととなると、これはもう自分にはまったく無縁の昔話です」

「……」

「もちろん、梶間さんご夫婦や誠には、別の思いや判断があるかもしれない。今日、この場で聞いた話を、わしが自分の墓場まで持ち込むことはたやすいことだ。この先、生きられる時間のことを考えればな。同じことを、若いあんたたちに無理強いすることは酷だろう。だが、それを承知でお願いする。一切を他言無用にして欲しい。自分自身の秘密として、どうか呑み込んで欲しい」

「久作さん、それはいけない。これ以上、皆さんの心に重荷を押しつけることは……」

「あなたの秘密は、私たちひとりひとりにとっての秘密になったのです。荷物を小分けしたのですよ」

久作は言い、あらためて誠を見つめた。

「誠、これまでもずっとそうだったように、わしはまた性懲りもなくおまえに理不尽なことを強いているのかもしれない。だがな、人間なら誰でも他人には言えない後ろめたいことを抱えて生きてゆくものだ。このわしだってそうだ。秘密を抱え、疵《きず》を負い、人は汚れながら生きる。汚れることを恐れちゃいかん。おまえは人間が抱え持つ矛盾を理解した上で、それでもなお人間を愛せる男だ。だから、敢《あ》えて頼む。約束してくれるな」

「はい」

久作は梶間夫妻を見た。

「あんた方も、わしの願いを聞いてくれるかな」

隆一と佳代子はそろって首肯した。重い決意を噛《か》み締めるように。うなだれた磯崎の肩にそっと手を置き、久作は、話を実際的な方向に向けた。

「しかし、われわれには直面している問題がある。それはとても常識では推し量れないできごとで、どうやら磯崎さんの過去と無縁ではなさそうだ。辛いでしょうが、何とか事態を乗り切るための知恵を貸していただきたい」

磯崎はゆっくりと顔をあげ、「私にできることなら何なりと」と、言った。

「こんなことを推察することが、現状を打破する上で意味があるかどうかはわからないが……」

久作は一同を見据えた。

「あれが磯崎さんのおっしゃる娘だとして、どうして今頃になって彼女は、われわれの前に姿を見せることになったのだろうか」

磯崎をはじめ、誰もその問いには答えられない。

「もう一度、ここで話を整理してみませんか」

そう提案したのは、誠だ。やはり誰も何も言わなかったが、それはむしろ肯定の沈黙だった。

「昭和十一年に亡くなった、朝鮮人強制労働者の集落の娘。彼女が眼のない少女だという前提で、話を進めたいと思います」

誠が同意を得るように、一同を見渡した。

「ここ数ヶ月の間――そうですね、山開きしてから間もなくの頃からですから、正確には二ヶ月ちょっとになりますか――、僕は街にいる間も、久作小屋に詰めるようになってからも、山登りをする親しい人たちから、幽霊の目撃談をひっきりなしに聞かされました。中には真偽のほどを訝《いぶか》るような話もあるにはありましたが、概してリアリティのある話ばかりでした。

共通しているのはその幽霊が女で、梓平を中心にした一帯で目撃されていることです。僕が耳にした幽霊の特徴は様々ですが、目撃した時の気象条件や時間帯などもありますから、差異は仕方がないのかもしれません。重要なのは、親爺《おやじ》さんをはじめ僕が信頼している人たちが急に、そのての話を口にするようになったということです。

彼女はたしかに、山開きの頃から出没していたのだと思います。彼女はなぜか、この春に眼醒《めざ》めているんです。何十年もの間、ずっと静かに眠《ねむ》っていたのに。

こんなことを言うのは早計にすぎるかもしれませんが、冬から春にかけてのシーズン、山が雪と氷に閉ざされていた間に起きた何かの異変、それが少女を揺り起こしてしまったのかもしれません」

「異変か……」

久作が、ある予感に駆られながら言った。

「娘が瞑っていた墓地が、暴かれたということは考えられないか」

久作の胸に去来したのは、昼なお暗い漆沢の大淵《おおぶち》の光景だ。あの大崩落が少女の瞑りを、そして虐げられた人々の瞑りを妨げたのだとしたら……。

例年と違う異変と言えば、それくらいしか思い浮かばない。あの白い大イワナを手にした時の驚愕《きょうがく》、不思議な発光体を眼にした時の恐怖を思い出し、久作の考えはほとんど確信にまでなっていた。

「さっき磯崎さんのお話を聞いていて、僕も同じことを考えました」と、誠。

「磯崎さん、あなたが探しつづけていた墓地、それはもしかしたら漆沢の近辺にあったのかもしれませんよ」

「なるほど、漆沢ですか……」

「誠君」と、隆一が言葉を挟んだ。

「この山ではそんなに幽霊らしきものが目撃されていたのかい」

「ええ、ちょっと不自然なくらいに。それから日を追うごとに目撃談を聞く機会が増えてきました。これには理由がふたつ考えられます。まず、季節が夏に向かうごとに、山に足を向ける人間も増えますから、単純に目撃例も多くなったのではないかということ。

もうひとつ考えられるのは、少女の霊が人間の集まる場所を好んでいるかもしれないということ」

「幽霊なんて、どちらかと言えば、賑《にぎ》やかな場所を嫌いそうなものだが」

「逆だと僕は思います。人の想念が渦巻く場所に、霊というものは惹《ひ》きつけられるんじゃないでしょうか」

「そういうものなのか」

「もちろん根拠はありませんけど。あるいは……」

誠がそこで言い澱《よど》んだ。

「どうした」と、久作。

「非常に言いにくいことなんですが」と、誠は佳代子を見た。

「梶間さんの奥さんの存在が、少女の霊を活性化させてしまったのかも」

佳代子が、怯《おび》えたまなざしを誠に向ける。

「想像でこんなことを言って申し訳ありません。しかし、ここ数日間の怪異現象の顕在化は尋常ではありません。さっきの奥さんの話から察すると、やはり……」

「どうしたらいいんだい」と隆一。

「とにかく奥さんの状態を、一刻も早く回復しないと」

手立てまではさすがにわからないという意味を込めて、誠は黙り込んだ。

「いったいどこまでが自然現象で、どこからが少女の霊に関係があることなんだろうな」

　久作が独りごちるように、違う疑問を呈した。

「少女の出現と時期を同じくして、親爺さんはずっと山の異変を指摘していましたよね。そうこうしているうちに、土砂崩れが起きた。もちろん、それさえも少女の霊の仕業と考えるのは、少々うがちすぎかもしれませんが、何やら因果関係を感じなくもない。あるいは、やはり人間の想像を超える、とてつもない偶然が重なったのか」

「少女の復讐《ふくしゅう》と、山の復讐……」

　久作が呟《つぶや》いた。

「えっ？」

「そのふたつが重なったと考えるのは、飛躍しすぎか」

「山の復讐ですか」

「そう。磯崎さんも指摘したように、人間が散々踏み荒らした山が悲鳴をあげている――そんな気がしてならない。この山は、かつて少女が無邪気に遊んで暮らしていた山ではない。わしが若かった頃と比べたって、見る影もないと言ってよいほどだ。山は明らかに病んでいる。人間はおろか、もともとそこに暮らしていた鳥や獣も、静かに瞑っていた霊も、山は抱えきれなくなった……」

　今よりもっと豊かで、もっと奥深く、何かを生み育《はぐく》む力を漲《みなぎ》らせていた、かつての山。それを知る唯一の〝同志〟、磯崎の顔を、久作は見た。磯崎も見つめ返したが、双眸《そうぼう》ははるか昔日を眺めているようでもあった。

「たまたまそこに少女が眼醒《めざ》めた。もしくは、山が彼女を揺り起こした。いわば山の化身である少女が人間に復讐している」

久作は、ふと視線を落とした。

「……いや、こいつはいささか、情緒的にすぎる解釈か」

「どうでしょう。ただ、こうは言えると思います。少女は御霊《みたま》となった今でも、山の自然を愛し、そこに自らを遊ばせている。彼女につき従うように、現れる動物たちが証明しているように思います。

磯崎さんや梶間さんの奥さんの話から察するに、少女にとっては山の自然と戯れることが、唯一無二の存在意義だった。尋常な精神を授けられなかったゆえに、何の恐れも躊躇《ちゅうちょ》もなく自然に抱かれ、一体化していたのかもしれない。僕の従兄弟《いとこ》にもそういう男の子がいますが、一種の自然児です。彼は知的障害があり、施設に収容されていて、何をするにも人の手を借りなければ生きてゆくことができません。ところが山が大好きで、山の自然に身を浸すと、不思議な能力を発揮する。彼は山に自生するあらゆる種類の植物の名を言い当てることができるし、鳥の声を聞き分けることができます。普段は言葉らしい言葉すら発しないというのに。

あるいは少女もそんな娘だったのではないでしょうか。ところがある日、そんな生活を、唐突に奪われることになった」

磯崎の顔が、微《かす》かに歪《ゆが》む。

「覚醒《かくせい》した少女の霊は、自分が死んでいることさえ自覚しないで、生前そのままに山で遊んでいる。そこには奇妙に気を惹《ひ》く、人のざわめきもある。人の想念に呼応して近づいてはみるが、うまくコミュニケーションが取れずに感情を乱される。驚き、苛立《いらだ》ち、恐れ、怒り、悲しみ、そういうものに振りまわされる。だから悪戯《いたずら》をする。それが悲劇を引き起こしている——そんな気がするんです」

「田島さんをはじめ、何人もの尊い命が奪われたのは、やはり少女の霊の仕業なんだろうね」

誰にともなく磯崎が呟き、さらなる罪を背負った苦渋に顔を歪ませた。心中を察し、再び場が黙り込んだ。

「奥さん……」

磯崎が、佳代子に声をかけた。

「これほど愚かで、罪深い年寄りが、偉そうな口をきけた義理ではないが、どうか私の遺言だと思って聞いてやって下さい」

「遺言だなんて、そんな……」

当惑顔の佳代子に向かって、磯崎は穏やかな笑みを送った。

「私はご主人から、あなたたちご夫婦の身の上に起こった不幸なできごとをお聞きしました。さっきのあなたの温かいお言葉を、そっくりそのままお返しします。娘さんのこと、大変お気の毒に思います。さぞかしお辛《つら》かったでしょう。お話ししたように、私にも娘がひとりおります。奥さんの無念、悲しみは、少しは理解できるつもりです。しかし、いつまでも同じ場所に想いを残してはいけない。生きていた時のお嬢さんを思うのではなく、亡くなったお嬢さんを供養することだけに専念なさい。

この山であなたが見舞われた不思議なできごとは、お嬢さんを悼むあなたの心に、原因のひとつがあると私は思います。ご主人も、苦しんでおられる。苦しむのなら、ご主人と一緒に苦しむべきです。そして、生きているご主人と息子さんと、前向きに歩いてゆく決意をするべきです」

静かだが、断固とした磯崎の口調に呑《の》み込まれるように、佳代子が頷《うなず》いた。

「梶間さん、奥さんの手を握ってあげて下さい」

そう言われて隆一は戸惑ったが、言われるままに佳代子の掌《てのひら》を、自分の掌で包んだ。

「奥さん、温かいでしょう。生きている人間の温《ぬく》もりです。どんなに美しくとも、やはり死んでしまった人の冷たい思い出よりは、温かさの方を私は救いに感じます。ご主人と、ご主人の手の温もりを信頼することです。ふたりで手を取り合って生きて下さい。梶間さん、あなたは何があっても、奥さんの手を離してはいけない。結局、私がしでかしたことが原因で、不可解なできごとにあなたたちを巻き込んでしまい、大変申し訳なく思っています。しかし、どうかその手を離さず、奥さんを守ってあげて下さい。

奥さんを守れるのは梶間さん、あなたしかいないんですから」

隆一が、おもむろに頷《うなず》いた。もう一度、磯崎はふたりに向かって笑いを投げかけた。

事情を呑み込めない久作と誠が、もの問いたげに磯崎を見る。

「誠君、梶間さんの奥さんは大丈夫」と、磯崎は言った。

「生きている人間同士の絆《きずな》と、結束を私は信じているからね」

誠は、曖昧《あいまい》に頷くだけだ。

「さて、問題はあの少女ですな。あの子の浮かばれない魂を何とかして鎮《しず》めてやれないものか……」

磯崎はそう言い、久作の顔をまっすぐに見つめた。

5

永遠に降り熄《や》むことがないと思われた雨も、正午すぎには勢いを失い、午後二時をすぎた頃、ようやくあがった。

台風の名残の風はまだ吹き荒れていたが、生暖かい風は、もはや人間にとっての脅威ではなく、むしろ陰鬱《いんうつ》な雨雲を運び去って、安息と希望をもたらす役目を果たしていた。

上空では、高速回転のフィルムのような素晴らしい速度で、雲が翔《と》んでいる。

雲の隙間から久しく見ることのなかった夏の陽射しが照りつけたかと思うと、やがて稜線《りょうせん》の彼方《かなた》に、台風一過の蒼《あお》い空が劇的に表出した。しかし、戻ってきた陽射しの下で、悪天候に散々いたぶられた山は、やつれた様をくっきりと浮かびあがらせることにもなった。崖《がけ》崩れ、土砂流出、倒木、洪水――いたる処に山は疵《きず》を負い、血を流していた。増水し、邪気を帯びた川は、奔馬のように誰も寄せつけない激しさで河原を呑み、岸辺の樹を押し流し、土手を崩しながら一気に湖に流れ込んでいる。無数の流木やゴミを浮かべている湖の増水もかつてないほどのものだった。下流端に土塊で築かれた増水対策用のダムはとっくに破れており、それでも追いつかずに、湖水はホテルのすぐ間近にまで迫っていた。

梓平ホテルの惨状も、眼を覆うばかりだった。ロータリーや中庭には薙《な》ぎ倒された樹木や木の葉、つい先日まで宿泊客の眼を愉《たの》しませていた、花壇の花々などが無残に散乱している。窓硝子《ガラス》が割れた東側の壁面は、臨時に誂《あつら》えられた色とりどりの遮蔽《しゃへい》物が無秩序に並び、この由緒ある山岳《たた》リゾートホテルの景観を決定的に損ねていた。

そのほかにも、倒木に叩き壊された屋根、落雷を受けたヒマラヤスギ、水没した自動車、吹き飛ばされたガーデンテーブルやガーデンチェア、基礎コンクリートごと抉《えぐ》られて傾いた水銀灯の柱など、台風の凄《すさ》まじさを物語る形跡が随所に見られる。

雨があがるとともに、従業員たちは痛手を受けたホテルの修復と清掃に取りかかり、宿泊客たちは、巣穴からおどおどと這《は》い出す小動物のような挙動で部屋を出て、それぞれがそれぞれの場所で久しぶりの陽光を仰ぎ見た。

磯崎は、久作とともに吊《つ》り橋の袂《たもと》までやってきて、田島の躰《からだ》を呑み砕いた奔流を眺めおろした。

磯崎の方でふたりきりになりたいと所望し、梓平の惨状をひとつひとつたしかめるような行脚の末、ここに辿《たど》り着いた。道々、会話らしい会話があるわけでもなかった。磯崎はただ黙々と歩き、久作も押し黙ってその横につき従っていただけだ。

ふたりは吊り橋で足留めを喰《く》った。土色に濁った水が橋板を嘗《な》めそうなほどに増水し、時折、信じられないほどの巨大な流木が激突して橋を揺らし、その度にワイヤーが軋《きし》んで不穏な音を立てる。近寄りがたい激流で、橋を渡ることはおろか、岸から見ているだけでも身が竦《すく》んだ。疵つきながらも、徐々に穏やかさを取り戻しつつある梓平にあって、この川だけは今もなお、宥《なだ》められずに猛《たけ》り狂っていた。

「田島さんは、この流れに落ちたのですな」

磯崎がぽつりと言った。

「これではひとたまりもなかったでしょう」と、久作。

「あの段階で遺体が見つかったこと自体が、奇跡みたいなものです」

「お気の毒に」

磯崎がよろめくように水辺に近寄ろうとするのを、久作が腕を取って引きとめた。間近の流れがあらためて恐ろしくなったのか、呑み込まれた生命《いのち》のことに思いを馳《は》せたのか、磯崎は川に見入ったまま喉仏《のどぼとけ》を上下させてゴクリと息を吞み、身震いした。

怖いのに惹きつけられる——そんな理不尽な情景が、磯崎の眼の前にあった。

「こんな川を、見たことがありますか」

磯崎が訊《たず》ねた。

「いえ」

久作は、頭《かぶり》を振った。

「このところ、私が山で眼にするのは初めてのものばかりです。五、六年前の秋にひどい長雨で増水したことがありますが、これに比べれば可愛いものでした」

「まったく凄《すご》い」

磯崎は、感心したように言う。

「たしかに怒っていますな、山も川も」

ふたりは、取り憑《つ》かれた眼で川に眺め入った。

「久作さん」

ふいに、磯崎が言葉を発した。

「何でしょう」

「あなた、山小屋を閉めてしまうことを考えているのではないですか」

何の脈絡もなく発せられた磯崎の質問に、久作は戸惑った。

「いえね、昨日からあなたと話していて、何となくそんな雰囲気を察したものだから」

磯崎は、眼許《めもと》に微笑を浮かべた。

「そうですな。たしかにもう潮時ではないかと考えたことはあります」

「今は考えていない？」

「どうですかな。正直に言えば、林野庁とのいざこざにしたって、いささかうんざりしているのです」

「ほかの人に祭りあげられて、退《ひ》くに退けない立場に立たされたというのは、想像がつきますよ」

「まあ、そんなところです」

久作は吐息のように笑った。

「しかし、ここ二、三日で少し考えも変わってきたような気がします」

「ほう」

「私はまだ、ほんとうにこの山を理解していない。ただ馴《な》れ合っていたというだけで、山とのつき合い方を、間違えていたような気がします。結局、何もわからないまま死んでしまうのかもしれないが、もうしばらく山の行く末を見ていたいと思うようになりました」

「……」

「さっき、磯崎さんの口から為造さんの名前が出たので、久しぶりにあの人のことを思い出しましてね。あの人は理由《わけ》あって山の隠遁者《いんとんしゃ》のような人生を送りましたが、まるで政治家のような大人物の風貌《ふうぼう》を持っていて、実際、とても頭のいい人でした。

街でそれなりの仕事に就いていたら、大層な出世をしていたかもしれない。北アルプスについて私が知っていることのほとんどは、為造さんに教えられたものです。私はあの人の頭のよさにも惹《ひ》かれたし、生命力にはもっと魅せられていました。

為造さんには、山の恵みを一身に受けていると、われわれに思わせるような不思議な活力、神々しさがありました。山で為造さんがすることに、間違いはなかった。鉄砲の腕はあの人の右に出る者はいなかったし、地形や気象を読む眼の正しさは神がかっていた。

何より、あの人は、山の生活を楽しむ術《すべ》を心得ていて、それこそ鳥や獣のように山と融和して暮らしていた。それが、磯崎さんが言うところの〈命の力〉というものかもしれない。

私は山で〈命の力〉をまっとうに育《はぐく》んだか。

そう自問したとして、お恥ずかしい話だが、私は胸を張って、そうだ、とは言い切れない。為造さんのようにはいかないかもしれないが、せめて死ぬ時には自分自身が納得していたい。そんな青臭いことを、つらつらと考えたわけです。何だかんだと言っても、私の人生を作ってくれたのはこの山だし、人間関係に不器用な私に、人との繫《つな》がりをもたらしてくれたのもこの山です。ここに骨を埋《うず》めてもいいか、と初めてそんなことを思いました」

「それはよかった」

磯崎は眼を細め、何度も何度も頷《うなず》いた。

「辛《つら》いことや面倒なこともあるだろうが、久作さんには山小屋をつづけてもらいたいのですよ。あなたを慕い、あなたの小屋で人生を学んでいる人がたくさんいる。その人たちのためにも」

「……」

「あの誠君ね、彼を見ているだけで、あなたが立派な教育者でもあるということがわかりますよ」

「とんでもない。あいつはもともとよくできた子供なんです」

「うん、たしかにとても頭がいい子だ。あの子は自分の思想や言葉を持とうとしている。それも裡《うち》に籠《こも》った生っちろいそれではなく、しっかと地に根をおろした揺るぎない思想と言葉をね。誠君の話を聞いていて、この年まで実利一辺倒できた私が、眼に映るものとは別の世界が、たしかにあるのかもしれないという気にさせられました」

「実を言うと、呆《あき》れているのです。私にとってはお伽噺《とぎばなし》みたいな類《たぐ》いの話を、ああも理路整然と説明されてしまって。現代っ子には、私らがどう足搔《あが》いても太刀打ちできない新しい知恵と想像力がある。私たちはおたがいに年を取りすぎたのかもしれませんな、久作磯崎さん」

「何をおっしゃる。そりゃ私は棺桶《かんおけ》に半分、足を突っ込んでいるようなものだが、久作さんはまだまだ若い。私の息子みたいなものだ」

磯崎は、邪気なく笑いこけた。

「しかし、久作さんもたったひとりで今までよく闘ってこられた。もうそろそろ、ご自分のことだけを考えてもいい年になりますな。世の中の七面倒臭いことは、とっとと若い連中に押しつけて、私たちは自分の人生の幕引きのために残された時間を使いますか。久作さんはこれから何がしたいです？」

「あらためてそう言われると、よくわかりませんな。まず、釣りはつづけるでしょう。足腰が使いものにならなくなるまでは。それに……」

久作は遠い眼をした。

「田島をはじめ、この山を心から愛し、この山で命を絶たれた連中が大勢いる。彼らの供養もしなければならんでしょう。もしかしたらそれが、私に残された最後の使命かもしれません」

磯崎がつと、視線を擡《もた》げて表情を引き締め、「あそこです」と、川の向こう岸を指し示した。

「護岸されてしまって、今は見る影もないが、当時、あそこにはかなり大きい淵《ふち》があって、少女はそこで水浴びをしていました。今こうして立っている場所、ちょうどこの辺りで私は彼女を見ていたのです」

またぞろ、暗い過去が追いかけてきて磯崎を搦《から》め捕ったらしく、陰鬱《いんうつ》な翳《かげ》が顔を覆った。

「今もあの子の浮かばれない魂が、さ迷っているのだと思うと、不憫《ふびん》で仕方がない。成仏させてあげたい。この山のどこかで静かに眠《ねむ》らせてあげたい。そう思います。だが、この私にいったい何ができるのか……」

「……」

「久作さん、私の最後のわがままを聞いてもらえませんか」

「何です」

「川の水位が戻って登山道も復旧したら、漆沢まで私を案内していただきたい」

「漆沢へですか？」

「お願いします。もちろんあなたの心配は察しがつく。こんな老いぼれが難所中の難所と言われる漆沢に出かけるなんて、無謀もいいところでしょう。しかし、ぜひそれだけは生きているうちに、やり遂げておきたい。あの大渓谷のとば口に立つだけでも構わないのです」

「しかし……」

「少女の墓がほんとうに漆沢にあったのかどうか、今となってはどうでもいいのです。仮にそうだったとしても、私がのこのこ出かけて行って、少女の御霊《みたま》を安らかにさせられるとは到底思えない。まったくの私の自己満足にすぎません。ただ、なぜかそうしなければいけないような、切羽詰まった気持ちが私の中にはある。四の五の言わずにそこへ行け、という声が聞こえる。今は、裡《うち》なる自分の声に素直に従いたいのです」

「わかりました」

その時、磯崎と久作は、ほぼ同時に異変を悟った。

例の異臭が辺りに満ち、ふたりは腰を折って咳《せ》き込んだ。涙眼の視界の中にチョウの乱舞が飛び込んできた。

どこからともなく出現したチョウの大群に取り囲まれ、ふたりの姿は、あっと言う間に掻《か》き消された。一種類ではない。

クモマツマキチョウ、ヒメキマダラヒカゲ、ギンボシヒョウモン、キベリタテハ、オオイチモンジ、ミヤマシロチョウ、アサギマダラ、コヒオドシ――。ありとあらゆる種類の高山チョウが、陽光に鱗粉《りんぷん》を輝かせて踊り狂っている。

磯崎は、ただならぬ超常現象に遭遇していると痛いほど自覚した。それでもなお、逃げることは考えなかった。

チョウたちの艶《あで》やかさに眼を奪われ、若かりし頃の記憶の残滓《ざんし》から、チョウの名を拾い出していた。

そして磯崎は、恐怖とは別の恍惚《こうこつ》の中にじっと佇《たたず》んだ。

6

佳代子の異常に気づいたのは、誠だった。

磯崎と久作が連れ立ってどこへともなく消えた後、レストランに残された誠は、梶間夫妻と山の異変について、繰り返し話し合っていた。疲労を色濃く滲《にじ》ませ、口数がめっきり減ってしまった佳代子を気遣い、誠はさかんに自室へ戻るよう勧めたが、佳代子は相変わらず、ここに居残りたいと言い張った。

隆一がトイレに立った間に、異変は起きた。座したまま佳代子の躰《からだ》がふいに、左右に揺れはじめた。眼は力を失い、息は荒くなり、意識が朦朧《もうろう》としている様子だ。

佳代子自身も、我が身の変調に気づいたのだろう、何とか正気にとどまろうと、テーブルの端を摑《つか》み、助けを求める視線を誠に送った。誠は肩を揺すったり、手を握ったりしたが、ほどなく佳代子は失神して頸《くび》を垂れた。

佳代子は〝翔《と》んだ〟のだ。

戻ってきた隆一が、すぐに異変を察して佳代子の頰を強く張ったものの、すでに彼女の意識は別の次元に去った後だった。

隆一は、ぐったりとした妻の躰を抱き締めた。半開きの唇からは涎《よだれ》が流れている。隆一は涎を手で拭《ぬぐ》い、死人のように冷たい佳代子の手をそっと握り締めた。

「行くな！」

隆一が、掠《かす》れた声で呼びかけた。

「行くんじゃない。戻ってくるんだ、佳代子」

佳代子はぴくりとも反応しなかった。

チョウの乱舞の中で、姿は徐々に輪郭を明確にしはじめた。吊《つ》り橋のちょうど半ば辺りに最初は薄靄《うすもや》か陽炎《かげろう》のように、次第に人間らしき形が浮かびあがった。

佳代子だ。

佳代子の身に、またしても不可思議な現象が起きたに相違ない。

「奥さん！」

磯崎の呼びかけを認識しているのかいないのか、佳代子の〝影〟は、虚《うつ》ろな視線をあらぬ方角に漂わせている。

「奥さん、ここにいてはいけない」

磯崎が叫ぶ。

「ここは、あなたがくる場所ではない。気をしっかり持つんです。早くご主人のそばに戻りなさい」

磯崎が、駆け出しそうになるのを久作が押しとどめた。

「磯崎さん、橋は危ない！」

と、ふいに少女が現れた。

佳代子のすぐ脇に立ち、磯崎と久作を睨《ね》めつけた。

地獄なのか黄泉《よみ》の国なのか、とにかく異界に繋《つな》がっているに違いない、黒々とした眼《がん》窩《か》をまっすぐに向けて。

山小屋の無線が、久作と誠を呼んでいた。誠はすぐに応答したが、同じ無線機を持ち歩いているはずの久作の声は、なぜか電波に乗ってこなかった。M大学のパーティの一員が絶叫するように何かを告げた。ひどいノイズでよく聞き取れない。

「もう一度、お願いします」

誠が、無線に向かって言う。しかし、反応が返ってこない。

ジリジリというノイズ、空虚な沈黙だけがスピーカーから洩《も》れてくる。

「よく聞こえません。もう一度、お願いします！」

〈……流が……発生しました……して下さい〉

「聞こえないんです。もっとはっきりと」

またもや沈黙。そして、耳障りなノイズ。

「もう一度、言ってくれ！」

〈土石流が……〉

今度はそう聞こえた。

たしかに無線の相手は、「土石流」と言った。

――土石流が発生したから避難して下さい。無線はおそらくそう告げたのだ。

「親爺《おやじ》さん、今の無線が聞き取れましたか」

携帯無線に嚙《か》みつかんばかりの形相で、誠は叫んだ。

「親爺さん！　返事をして下さい」

応答はない。

どういう理由かわからないが、久作の携帯無線に電波は届いていないのだ。

久作が、川の近くにいたら大変なことになる。誠はレストランを飛び出した。駆けながらフロントカウンターに支配人の姿を認めて、蹈鞴《たたら》を踏んだ。

「支配人、川の上流で土石流が発生したようです！」

「何だって」

支配人の顔が凍りつく。

「念のためにお客さんを避難させて下さい。川や湖の周辺からも人を遠ざけて。早く！」

言い捨てて誠は、ロビーを走り抜け、外に飛び出した。

ロータリーに駐車してあった田島のランドクルーザーから、拡声器を持ち出し、川に向かう遊歩道を、全速力で走り出した。雨あがりにどこからか這《は》い出してきたらしいヒキガエルを構っていたリュウが、誠の姿を見つけ、遊んでもらえると思ったのだろう、尻尾《しっぽ》をさかんに振りながら彼の後を追った。

少女に睨《にら》み据えられた途端、磯崎は不思議な情景を眼にした。

　少女と佳代子が立つ橋の様相が、一変している。

　吊り橋だったはずのものからワイヤーが消え失せ、この山にはおよそ不似合いな欄干と橋脚がある荘重な木橋が出現していた。

　間違いない、写真のあの橋だ。

　昭和十一年の秋、磯崎と浅野の運命を決定的に隔てることになった黒い橋が、今、老いた磯崎の眼の前にある。橋の反対側の袂《たもと》に立ち尽くす男――あれは浅野ではないか。

　自分が渓底に突き落とした浅野ではない。もっと若く、病的なくらい痩身《そうしん》で、そのくせ頰の辺りに少年らしいふくよかさをとどめ、こちらを見つめている。意外なことに、磯崎は懐かしさだけに呪縛《じゅばく》され、眼に込みあげてくる熱いものを感じた。

「浅野……」

　短い呼びかけには、旧友との再会を果たした者の懐古と慈愛の響きだけがあり、ほかの邪念は何も含まれていなかった。

　かつて浅野に対して抱いたはずの悪意は微塵《みじん》もなく、ただただ懐かしさと親愛と、彼を亡き者にしてしまった自分自身への悔恨が、責めるように磯崎を支配していた。

　ふたりの間には無数のチョウが、艶やかな妖精《ようせい》たちが、息苦しいほどに群れている。かつてふたりを結びつけたチョウ、ふたりを悲劇に誘ったチョウ、そして、死んだ浅野が生まれ変わったはずのチョウが翔び交い、燃えるような色彩を誇示し、あるいは慎《つつ》ましく高貴な衣装を翻している。

浅野は何を思うのか、表情は判然としない。物静かな、沈んだ視線を磯崎に送ってくるだけだ。ついに磯崎の頬を涙がつたった。とめどなく溢《あふ》れた。磯崎は涙を拭《ぬぐ》いもせず、ふらふらと進み出て橋板に足をかけた。

「行ってはいけません」

久作がその腕を摑《つか》む。

「浅野！」

後ろ手に腕を取られた磯崎は、胸を突き出してもう一度、呼びかけた。

佳代子の〝意識〟は、これまでもっとも明確に周囲のできごとを知覚していた。自分は橋に立っている。橋の下を流れる川は氾濫《はんらん》し、凄《すさ》まじい水音がほかのどんな音をも圧倒していた。しかし、水音よりももっと切実に迫ってくるものがある。

少女の存在感だ。彼女はすぐ近くにいた。

そして、少女の〝意識〟らしきものが一点に集中しはじめていることがわかった。最初は、子供らしい好奇心だった。ものめずらしい小動物を見つけたとでもいうように、少女は対象に近づいた。

そこには、磯崎が立っていた。久作も一緒だ。

磯崎を認めると、少女から吹いてくる感情の〝風〟に変化が兆した。戸惑いとも怯《おび》えともつかぬ〝揺れ〟がまず訪れ、次第に振幅を増し、人間の感情であったなら、発狂したのではないかと思われるほどの混乱をきたし、やがて不穏な波濤《はとう》となって逆巻くのを、佳代子は感じ取った。

ホテルの中庭で騒動を起こした時よりもっと激しく、もっと熱く、もっと狂おしく、もっと獰猛《どうもう》な感情の嵐が、吹き荒れていた。

「磯崎さん、逃げて！」

佳代子は、叫んだ。

「逃げて下さい」

しかし、声は磯崎に届かない。祈るような顔つきで、何かを見ている。少女でも自分でもない何かに眼を奪われている。見つめながら老人は、「浅野」という名を狂ったように連呼していた。

佳代子は不思議なことに気づいた。少女が、磯崎に対してこれまでにないほどの感情の風を吹きつけているのはたしかだが、単純な憎しみや殺意とも言い切れないのだ。見つけた小動物に、興味は持っている。が、小動物が意に染まない行動を見せ、歯痒《はがゆ》くて仕方がないとでもいうような、子供じみた苛立《いらだ》ちの感情が、仄《ほの》見える。

佳代子はしかし、そのことこそが危険なのだとも気づいた。

見つけたカエルを握り締め地面に思いきり叩《たた》きつける、そんな残虐さも、子供はたしかに持ち合わせているのだから。

「お願いだから何もしないで！」

今度は少女にそう語りかけた。少女は佳代子など眼中になく、ただ磯崎だけに意識を照射している。

「よく聞いて。あなたはもうこの世にはいないのよ。わかる？　ずっと昔に死んでしまったの。あなたがここで遊んでいたいのはわかるけど、それはできないの。瞑《ねむ》っていた場所にお還《かえ》りなさい」

ふいに少女の意識が、佳代子に寄せられた。明らかに佳代子の諭しを煩わしく思っている。不機嫌極まりない風が、佳代子の全身を叩いた。が、それも一瞬のことで、少女はすぐに、磯崎に意識を戻した。感情の風は、これまでに佳代子が感知したことのない熱と執心を孕《はら》んでいる。無力を痛感して佳代子は立ち尽くし、やがて引き起こされるに違いない悲劇を予感して、慄然《りつぜん》とした。

(……)

どこかで声がした。

もとより少女のものではない。エコーがかかったように不明瞭《ふめいりよう》ではあったが、それはたしかに男の声音だった。磯崎と久作の話し声？　いや、違う。もっと自分の耳に馴染《なじ》んだ聞き覚えのある声。

(……戻ってこい)

はっきりそう聞き取れた。この声は……。

(佳代子、しっかりしろ。早くこっちに戻ってくるんだ)

隆一だ。

あの人が私を呼んでいる。

その時、佳代子は掌に違和感を感じた。圧迫感と温もり。誰かに掌を握られている感触だった。私はこうしてひとりきりで佇《たたず》んでいるというのに。指を動かしてみる。呼応するように、掌を包む感触が蠢《うごめ》いた。

「あなた……」

自分でも気づかぬうちに声を洩《も》らし、泣きさざめいていた。

「あなた、あなた……」

喘《あえ》ぐように、溺《おぼ》れるように歩き出そうとする。だが、その実、足は竦《すく》んで動かない。今の今まで気にも留めていなかったというのに、足許を轟々《ごうごう》と流れ下る川に、恐怖を感じた。橋が押し流されてしまう！

「助けて、あなた！」

佳代子は絶叫した。

怪異現象に見舞われる時に、いつも決まって鼻腔《びこう》に流れ込む臭気、黄泉《よみ》の国からもたらされるその悪臭とは別の種類の臭いを、久作は嗅《か》ぎつけた。

何かがメラメラと焼け焦げるような、きな臭さ。悪い兆しの臭いだ。

（川だ！）

久作が鋭い視線を、川の上流に注いだ。川が不吉なものを運んでくる。

予感が、磯崎を取り押さえる力を殺《そ》いでしまった。

あっと思った時には、磯崎は久作の腕を擦り抜け、橋の上に進み出ていた。

慌てて追おうとしたところに、衝撃がきた。

今朝、背中と頭に疵《きず》を負わされた時よりも、凄まじい波動《エネルギー》が、久作を軽々と後方へ弾《はじ》き飛ばした。川の方角に飛ばされなかったのは、幸いだった。久作の躰《からだ》は、シラカバ林の中の柔らかいシダの群落に、落下した。肩口から地面に叩きつけられ、したたか頰を打ち、カウンターをまともに浴びたボクサーのように脳が痺《しび》れて一瞬、意識が遠のいた。

不自然に捩《ね》じ曲げられた自分の腕で、胸も圧迫してしまったらしく、息を吸うこともままならない。身悶《みもだ》え、呻《うめ》き声を洩らした。どうにか呼吸を落ち着かせ、骨が砕かれた激痛を全身に感じ、半身を起こして橋を見やった。磯崎は、橋の中央で少女と対峙《たいじ》している。

「……磯崎さん」

大声を出したつもりだが、腹に力が入らず、囁《ささや》きほどの効果も望めなかった。チョウの乱舞が橋を、磯崎と少女を取り囲み、すっかり覆い隠してしまう。

「親爺《おやじ》さーん!」

遠くで、誰かの声が聞こえた。

「親爺さーん! 磯崎さーん! 近くにいませんか」

誠だ。誠が、拡声器を使って久作たちを呼んでいる。

「誠……」

掠《かす》れ声にすらならなかった。立ちあがることもままならない。何とか誠に気づいてもらおうと、頽《くずお》れたまま、手を掲げて左右に大きく振った。

「親爺さーん！　磯崎さーん！」

誠の声は近づいている。

「ここだ……」

久作の眼は林立するシラカバの幹の間に、見え隠れする誠の姿をとらえていた。やけくそのように手を振ったが、誠の方では一向に気づく様子がない。躰中の痛みが極限にきて手を振ることも難儀に感じはじめた時、すぐ脇に動物の温もりを感じてハッと振り返った。

リュウだった。

主人を見つけたリュウは、誠に知らせるために激しく吠《ほ》えた。誠がそれに気づき、遊歩道から、藪《やぶ》に躍り込んで倒れている久作のもとに駆け寄った。

「親爺さん、どうしたの？」

誠は、久作の躰を抱き起こした。

「大丈夫？」

久作は余裕の薄笑みを浮かべたつもりだったが、誠にはただ顔をしかめたというふうにしか見えなかった。

「大変だ、親爺さん。ついさっき山小屋から無線連絡があった。上で土石流が発生したらしい」

「そんなことだろうと思った。連絡があったのはどのくらい前だ」

「十分は経ってないと思うけど……」

「まずいな。ここは危ない。川べりに人はいなかったか」

「ここにくるまでの間に見かけた人たちは、追い払ってきた」

「そうか。おまえも早く逃げるんだ」

その時になって誠は、初めて橋の異様な光景に眼を奪われた。誠の胸倉を久作が乱暴に摑《つか》む。

「ぐずぐずするな！　死にたいのか」

磯崎のことは気になるが、若者を逃がすことの方が先決だ。

誠は久作の脇に肩を捩《ね》じ込み、何とか久作を立たせようとした。

「わしには構うな。走ってできるだけ、遠くへ逃げるんだ」

それでも誠は、久作の躰を支えて歩き出そうとする。

「言うことを聞け！　山ぬけ（土石流）は凄《すご》い速さでくるぞ」

誠は耳を貸さない。歯を喰《く》いしばり、全力で久作を引きずるように歩く。誠が、いや久作ですら、今まで聞いたこともない、異様な音響が背後に轟《とどろ》き地面が揺れたのは、その時だ。

「伏せろ！」

久作が誠の躰を叩《たた》きつけるようにして地面に寝かせ、上に覆い被《かぶ》さった。凄《すさ》まじい勢いの水が、あっと言う間に堤防を越え、遊歩道を水没させ、シラカバ林に雪崩《なだ》れ込んだ。あちこちで樹が軋《きし》み折れる音が、不協和音を奏でる。同時に細かい砂礫《され き》が、頭上から降り注いできた。久作と誠は叫ぶ間もなく、水に押し流された。

7

結果的に水に押し流されたことが、幸いした。

さもなければ、誠の躰は後から押し寄せてきた信じられない量の土砂に埋まってしまったか、巨礫《きょれき》に粉砕されて跡形もなく、消えてしまうところだった。

どこをどう流されてきたのか、水に呑《の》まれた地点から百メートルほども離れたクマザサの繁みに、誠は気を失って倒れており、やはり無事だったリュウに顔を嘗《な》められて正気を取り戻した。

誠は上半身裸に素足という、自分の出《い》で立ちを不思議そうに見やりながら躰を起こし、地面に胡座《あぐら》をかいた。

が、その行動はたぶんに反射的・本能的なもので、ただただ茫然《ぼうぜん》自失しているのが実情だった。どこかに頭を打ちつけたのだろうか、頭痛というよりは、頭蓋骨《ずがいこつ》いっぱいに砂でも詰め込まれた重苦しさに苛《さいな》まれ、思考がなかなか定まらない。

誠は嘔吐《おうと》感に襲われ、生唾《なまつば》を吐き散らした。胡座の格好のままうなだれて、深呼吸を繰り返しているうちに、ようやく自分がとてつもない天災に巻き込まれたと思い出した。衣服や靴が水流に剝《は》ぎ取られてしまったのだと気づいたのも、その時だ。

（親爺さんは？）

久作のことに考えがおよび、誠は跳ねるように立ちあがったが、眩暈《めまい》に襲われてふらふらと二歩、三歩よろめき、ついには膝《ひざ》から崩れ落ちた。躰が自分の意志通りに動かない。筋肉の隅々にまで、ちゃんと血流が行き渡っていない——そんな気がする。

頭を振り、今度はシラカバの樹に取り縋《すが》って、静かに立ちあがった。

「リュウ、親爺さんはどこだ」

傍らのリュウに問うたが、犬は戸惑うように誠を見つめ返すばかりだ。

「早く、早く親爺さんを探すんだ！」

リュウは言葉の意味を察したのか、ただならぬ誠の気配と荒々しい語気に恐れをなしただけなのか、水浸しの林を駆け出した。誠は幹にしばらく凭《もた》れ、躰の機能が回復するのを待った。さっきまで繰り返し喉元《のどもと》までせりあがってきた嘔吐《おうと》感は、徐々に治まってきたものの、相変わらず船酔いにも似た眩暈が気力を萎《な》えさせる。

そんな自分を叱るように、両の掌で何度も頰を叩き、リュウが走り去った方向へ歩き出した。シラカバ林の景観は、惨澹《さんたん》たるものだった。何本もの樹が川とは反対方向に傾いている。幹をへし折られたものもあれば、根こそぎ押し倒されたものもあった。地面には流されてきた木片やゴミが散乱していた。

いや、ゴミ扱いすることが憚《はばか》られるものもある。マウンテンバイク、テント、キャンプ用マット、バーベキューコンロ、どうしてそんなものがここに運ばれたのか、誠には見当もつかないが、テレビまでもが転がっていた。

すっかり戻った夏の陽射しが、間断なく水分を蒸発させ、林の中は濃い霧のように煙《けぶ》り、噎《む》せ返る熱気が、立ち込めていた。水が退《ひ》いていないところが随所にあり、クマザサやシダの群落があちこちで水没している。

流れのない川か、湿地帯を歩いているのと一緒だった。五十メートルほどを歩いた処で誠はギョッと息を呑み、場に立ち竦《すく》んだ。馬鹿げた話だが、それは例えば、特撮映画にでも登場するような、ミミズじみた巨大生物が横たわっている――一瞬、そんなふうに誠の眼に映じたのだ。

実際は、土手を乗り越した土塊が川沿いに延々とつづいている、異様な光景だった。久作と一緒に水に呑まれたとおぼしき場所も、今は砂礫《されき》に埋まっている。水に流されていなかったら、下敷きになっていたのだ。そう思って誠は身震いした。と、その時、左手の方角から、リュウの啼《な》き声が聞こえた。誠は思わず駆け出していた。

久作は倒木の下に潜り込むような格好で、仰向《あおむ》けに横たわっていた。

誠にもそうしたように、リュウが懸命に久作の顔を嘗めていた。

「親爺《おやじ》さん、生きてる？」

誠がしゃがみ込んで、声をかけた。もちろん久作がちゃんと息をしていることをたしかめた上での、軽口だった。

「……ああ、何とかな」

久作は、地面に仰臥《ぎょうが》したままゆっくりと瞼《まぶた》を擡《もた》げた。久作もまた、激しい頭痛に襲われていた。無理に起きあがれば、吐いてしまいそうな気がする。

「おまえの方は、怪我はないか」

「気分は最悪だし、躰中《からだじゅう》、疵《きず》だらけだけど、どうやら死ぬほどのことじゃないらしい」

生き延びたという安堵《あんど》がそうさせるのか、いつになく誠は冗談っぽい言い草をした。

「こんなハードな水泳は、初めてだよ」

冗談で切り返す気力も、体力も、久作には残っていなかった。意識がはっきりしてくるほどに、火のような激痛が頭だけではなく、全身を蝕《むしば》みはじめ、少し腕を動かしただけで呻《うめ》き声が洩《も》れた。

「親爺さんはここにじっとしてて。ホテルに戻って、田島さんのランクルで迎えにくるよ」

「何を言っている。免許もないくせに」

「いけない？」

ようやく久作は薄い笑みをこぼした。

「いや、口うるさい警察官はもういないし、大丈夫だろう」

大儀そうに、誠が立ちあがる。

「空が蒼《あお》いな」

久作は眼を凝らした。

「こんなふうに森の中に寝転がって、樹の間から空を眺めるなんて久しくなかったことだ。躰や地面が濡《ぬ》れていなけりゃ、さぞかし気持ちがよかっただろうに」

空の彼方《かなた》から、爆音が聞こえてきた。

やがて二機の県警ヘリコプターが久作の視界に入った。河原が跡形もなく消えてしまったせいだろう、着陸できる場所を探して旋回しはじめた。

「やっときたか」

と、久作。

「誠、お巡《まわ》りさんがきたぞ。やはり、無免許運転は止めておくんだな」

「そうだね」

「あいつら、きっとびっくりしているぞ」

加虐的とも自虐的ともつかぬ皮肉な笑みが、久作の口許《くちもと》に浮かんだ。

「わしも空から、梓平を眺めてみたいものだ。少し怖い気もするが」

久作はそう言って辛《つら》そうに息を吐き、眼を瞑《つぶ》った。

「すぐ戻るからね」

去りかけた誠が、それでもなお、心配げに振り返る。

「親爺さん、死なないでよ」

「大丈夫だ」

リュウがまた、久作の顔を嘗めて唾液《だえき》だらけにしてしまう。くすぐったさに久作は声を出して笑ったが、それは呻き声のようでもあった。

「リュウ、親爺さんをちゃんと見ててくれよな」

言い残して、誠はよろよろと歩きはじめる。

「誠」

久作が、誠の背中に声をかけた。

「えっ？」

「ありがとう」

「……」

「おまえに命を拾ってもらって、こうしてまた空を見ることができた。礼を言うぞ」

誠は、ただ微笑んだだけだった。

ヘリコプターが着陸し、山岳救助隊員や医師たちが大挙してホテルに詰めかけてからというものは、慌ただしく、賑々《にぎにぎ》しく、時は流れた。

久作が救助隊の担架に乗せられて、ホテルに収容された頃には、すでに陸上自衛隊の出動も要請されており、やがて梓平の上空には県警、自衛隊、消防、報道などのヘリコプターが飛び交って、爆音を撒《ま》き散らしはじめた。

やれやれ騒々しいものだ、と、ホテルの磯崎の部屋でベッドに横たわり、久作は独りごちたが、騒々しさは山に取り残された人々にとっては、福音に違いなかった。

ホテルは紙一重のところで難を免れたものの、土石流の最先端部分は、敷地にまで達しており、料理長《シエフ》が飼っていたウサギとニワトリが、飼育小屋ごと押し潰《つぶ》されて犠牲になった。

部屋にはほかに、誠、隆一、佳代子がいた。

そして久作の顔見知りである、小野《おの》という年若い救助隊員が、何度か出入りしていた。小野自身、ヘリコプターに搭乗して山を巡回したらしく、梓平と山の惨状をこと細かに久作に報告してくれた。

小野の話によれば、土石流発生箇所はやはり、久作の想像通り漆沢だった。漆沢堰堤《えんてい》が決壊し、想像を絶する大量の土砂と水が流れ出した。土石流は漆沢下流部に設けられたスリット式砂防ダムを破壊し、さらに下流域の土砂を巻き込んで、規模を拡大しながら、一気に梓平を駆け下った。

結果、梓平からは、水の流れが消滅した。今は、岩塊と土砂の黒い帯がかつての流れの筋を覆い尽くしているという。

「どこか違う惑星のような光景です」と、小野は表現した。

川に架かっていた橋はすべて落ち、湿原も管理釣場も土砂に埋まった。久作小屋の裏手の斜面では、常々心配されていた崖崩《がけくず》れが発生し、木造の建物がほぼ全壊したらしい。危険を察知した常連客がいたようで、死者こそ出さなかったが、数人が逃げ遅れて家屋の下敷きになり、重傷を負ったという。キャンプ場は第二区画がすっかり土砂に埋まったものの、こちらは本田が田島の指示を忠実に守り、川を挟んで反対側に位置する第一区画に全員を避難させていたために、ことなきを得た。あらかじめ点呼もしてあったので、土石流による被災者はなかったことが、すでに確認されている。

今のところ、土石流に巻き込まれて命を落としたのは、磯崎だけになる。災害の規模から考えると、奇跡的とも言える結果だった。

ただし、思わぬ場所で多数の犠牲者が出ていた。

好天になったのを幸い、下山を急いだらしい登山パーティが、久作小屋から一キロほど上の登山道で相次いで倒れ、死亡した。おそらく火山性ガスによる中毒死だろう、と小野は、久作に告げた。

救助隊ヘリコプターが発見した時点ですでに、二十名以上の人間が輪を描くように倒れており、事情を調べようと機外に出た救助隊員のひとりも、すぐさま地面に頽《くずお》れたという。山体の崩壊によって、地下に籠《こも》っていたガスが噴き出したらしい。だが、ガスの噴出箇所を特定できない上に、ガスの正体が硫化水素ガスなのか亜硫酸ガスなのか、あるいは二酸化炭素なのかも判断がつかないので、人を差し向けることもできず、遺体収容もままならないのが現状だった。

小野がもたらす情報を、久作はほとんど口を挟まずに黙って聞いた。

教えてくれることは、おそらく氷山の一角にすぎない。いや、救助隊も自衛隊も山の災害の全体像を把握しきれていないのが、ほんとうのところだろう。山はまだまだ、人間の想像を超える、不吉なカードを用意しているようだ。

これから先、死者や怪我人がもっと増える可能性は否定できない。久作は生き延びたという昂揚《こうよう》感を噛《か》み締めることさえできず、ただただ山の怒りが鎮まることを祈った。

久作自身、今回の災害では、重傷の部類に入る怪我人に数えられている。救助隊に同行してきた医師の診断によれば、上膊部《じょうはくぶ》の骨と肋骨《ろっこつ》を骨折しているようで、硝子《ガラス》片で切った背中の疵も、軽いものではなかった。

「すぐにヘリで病院に運びますよ」と、小野は言ったが、久作はほかの怪我人を優先してくれと言った。

部屋の窓からも惨状の一部を見ることができた。

湖は三分の二が消失している。河口を中心点にして、扇状に雪崩れ込んだ土砂に水は押しやられ、下流部にわずかばかりの水溜《みずた》まりを残しているにすぎない。つい数時間前まで激流が咆哮《ほうこう》していた川は、完膚なきまでに消え失《う》せ、堤防を乗り越した土砂と巨礫《きょれき》が遊歩道や森の一部をも呑《の》み込んでいる。

あちこちに無数の倒木があり、土砂の中からのぞく幹や枝が、まるで足掻《あが》き苦しんだ末に果てた人間の干からびた手足に見えた。吊《つ》り橋があった場所では、ワイヤーの残骸《ざんがい》が振り子のように風に揺れ、大災害に見舞われた後の山の空虚な時を刻んでいる。すべての情景が無残に変貌《へんぼう》していた。

佳代子は正気を取り戻し、久作の躰《からだ》を気遣っていた。それとなく訊《たず》ねると、橋の上にいたことも、磯崎と久作が近くに居合わせたことも覚えているが、土石流を見ることはなかったし、磯崎や少女がその後どうなったのかは、さっぱりわからないと、佳代子は答えた。

気がついたらレストランの椅子に座って、隆一に肩を抱かれていたという。

磯崎が、橋もろとも土石流に呑まれたことは、疑いようのないことだった。

それが磯崎の選んだ、「決着」だった。今はそう思って納得するしかない。

あの時、あの場所に、磯崎がいた。

見越したように、前代未聞の災害がこの地を襲った。そのこと自体に、「運命的」とも言える恐ろしい必然を、久作は感じていた。

「あの少女はどうなったんだろう」

窓辺に立って外を眺めながら、隆一が言った。

「それに、まだまだ不幸がつづくのかな、この山では」

「これ以上の不幸があるのかしら……」

隆一に寄り添った佳代子が、呟《つぶや》いた。

「あの子がこの山でまだ遊びたいと言うのなら、それもいいじゃないか」

ベッドの上の久作が、梶間夫妻の不安を宥《なだ》めるように静かな口調で言った。

「むしろあの子が喜ぶように、早く山が健やかになることを祈るだけだ。山が元気なら、あの子だって機嫌よく遊んでいられる」

七時近くになって、外は急速に暗くなりはじめた。麓《ふもと》に繋《つな》がる道は当然のことながらまだ復旧しておらず、怪我人以外の者たちはもうしばらく山での不自由な生活を強いられることになる。落ち着かない夜がまたはじまろうとしていた。

「何かしら、あの光」

外をぼんやり眺めていた佳代子が、言った。

「作業灯か何かだろう」

隆一も訝《いぶか》しげに眼を凝らす。誠が窓辺に近づいて外を眺めやった。

「鬼火だ」と、誠は言った。

「親爺《おやじ》さん、鬼火だよ！」

暮れなずむ空の下、川向こう（今は川と呼べる代物ではなかったが）の山の斜面にいくつもの淡い光が、一列に並んでいた。まるで疵《きず》ついた梓平を、右往左往する人間たちの喧騒《けんそう》を睥睨《へいげい》するかのように。

そして、窓辺の三人は見た。忽然《こつぜん》と湖の近くに現れ出たひとつの光が、光の群れを目指して凄《すさ》まじい速さで一直線に、川の上空を遡《さかのぼ》るのを。久作はベッドに横たわったまま眼を瞑《つぶ》り、一部始終を伝える誠の言葉だけを耳にしていた。

見なくても、外で何が起きているのか、久作には鮮やかに想像できた。

（あの子が同胞《なかま》のいる場所へ還《かえ》って行く……）

そんな気がした。

そうあって欲しいと、願った。いずれにしても、不可思議な現象は、何かの終焉《しゅうえん》を告げているように思われる。あるいは、何かのはじまりか——。

窓辺の三人は押し黙り、鬼火が消えるまでじっと立ち尽くしていた。

エピローグ

秋〜梓平

夏の日の惨劇から二ヶ月近くが経ち、現在に至るまで、一般人の立ち入りが禁止されている梓平は、ここ数十年来、望むべくもなかった凛《りん》とした静寂の秋を迎えていた。

本来であれば、梓平の美が極まるはずの季節だった。優雅に雲を遊ばす澄んだ秋空の下、森林地帯の紅葉が燃え盛り、それでいて路傍の草はまだ瑞々《みずみず》しい緑を湛《たた》え、夏の渇水から蘇《よみがえ》った川の流れが、岩を洗って白い飛沫《しぶき》をあげる。

そして、陽が沈む頃になれば、峰々は黄金色に縁取られ、雲が一気に黄昏《たそがれ》に染まる——。自らが持ち得るあらゆる色彩を競いせしめ、山が最も晴れやかにおのれを誇示する季節のはずだった。しかし、今の梓平は眼を覆いたくなるほどの惨状を呈していた。

たしかに季節は健気《けなげ》とも言えそうなほどに、山の様相を秋めかしてはいる。

が、そこには清冽《せいれつ》な渓流の迸《ほとばし》りも、秋空を映す湖水の漣《さざなみ》もなく、水のきらめきがないことが梓平からほんとうの秋を、生命感を奪っていた。渓《たに》を抉《えぐ》り、キャンプ場を埋め、湖水を追いやった巨石や岩塊、帯状に堆積《たいせき》した砂礫、泥流が乾いた後の黒ずんだ土塊、ひび割れた地表、そして、薙《な》ぎ倒《たお》されて朽ちた樹木の残骸……。それらがかつての水の通り場を覆い尽くし、さながらこの世の果てのような、殺伐とした光景を作りあげている。

それにしても、水のない風景というものは、どうしてこうも寂寥《せきりょう》とした気分に人を陥れるのだろうか……。

ほんの二月前まで河原だった場所、今は瓦礫《がれき》の原と化した場所に佇《たたず》み、久作はそう考えていた。

災害後の久作は、ずっと街の知人の家に身を寄せている。

最初の二週間ほどは、入院して躰の治療に専念した。その間にも、「災害」と「変死」について、関係各方面の聞き取り調査に応じていた。

一見、猟奇殺人とも思われる工藤と谷中の謎の死に関しては、はっきり言って、警察はお手あげの状態だった。

一時期、死亡者と親密な関係があった女性ふたりが殺人の容疑者と目されたこともあったが、本人たちはもちろん容疑を否認し、なぜか久作やホテルの支配人ら複数の人間が、あれは殺人事件ではないと、示し合わせたように証言した。

警察官である田島が、生前に本田に対して同じことを断言している事実もあった。

示し合わせたようにと言えば、証言者が一様にそれ以上のことに関して、口を噤《つぐ》むということも共通していた。彼らは、憶測や想像すら洩《も》らさなかった。そのこと自体を何らかの〝共謀〟と訝るむきも警察には当然あったが、肝心の検視の結果がまた〝容疑者〟にとっての追い風となった。

田島が死の直前に遺《のこ》していた報告書通り、遺体の眼は完全に「焼き尽くされ」ており、担当医も遺体の状況に頸《くび》を捻《ひね》るばかりで、結局、殺害方法を特定するには至らなかった。警察は殺人の線を捨てきれていないが、結局、膠着《こうちゃく》状態のまま今日に至っている。雄一、田島、磯崎の死は、事故死として処理され、一連の災害による死者と行方不明者は最終的に、四十六名と当局は発表した。

このうち磯崎を含む九人が、土石流に呑まれたと思われ、遺体は発見されていない。

躰を動かせるようになった久作は、建設省や環境庁をはじめとする役人、学術調査のための研究グループ、警察関係者や民間の土木業者などといった人間につき合わされ、何度か梓平を訪れた。

退院直後には、山岳救助隊のヘリコプターに同乗させてもらい、災害後初めて自分の山小屋を上空から眺めてもいた。

救助隊員の同情とは裏腹に、土砂に埋まった小屋を実際に眼にしても、久作は存外に平静でいられた。生簀《いけす》は完全に埋まり、外壁は崩れ、崩れた崖《がけ》に面した台所部分は、押し潰《つぶ》されていたが、建物の大黒柱は土砂の重みに耐えて、健気に立ち聳《そび》えていた。

それを見て、「なかなか頑張ったじゃないか、あのおんぼろ小屋も」と久作は、笑みすらこぼし、同乗者たちを不思議がらせた。久作小屋までは、まだ通常の装備では歩いて登れない。登山道が復旧するのは、年があらたまってからのことになるだろう。久作は今日、自分の意志で二時間以上もかけてオートバイを走らせ、たったひとりで疵ついた梓平を見舞うことにした。途中、調査や工事のために入山しているらしい車《しゃ》輛《りょう》を数台、見かけはしたものの、人と出くわすことはなかった。

この季節、人影を映さない梓平に身を置くことなど、いったい何年ぶりだろうか。過去にもしあったとしても、あまりに遠い日のできごとだと思い至り、追憶に浸ることを放棄した。

この山は騒々しくなりすぎたと思わないかい――死んだ田島は、いつか寂しそうにそう言っていた。そう、たしかにこの山は騒々しくなりすぎていたと、久作も思う。人の足が踏み込めば、様々な想念も入り込む。人の想いが、少女を出現させたのかもしれないと指摘したのは、誠だ。

誠とは、ここ二ヶ月の間に何度か街の古びた名曲喫茶で逢《あ》い、静かに流れるクラシック音楽を聴きながら、山で起きたことを想像し合い、話し合った。磯崎の贖罪《しょくざい》の想いが、佳代子の娘への想いが、そして、自分たちが知る由もない者たちが抱え持つ悲しみ、喜び、嘆き、苦痛、恐怖、昂揚《こうよう》、興奮、執心、怨恨《えんこん》……、数え切れない想念が、偶然にも絡み合って何らかのエネルギーを作り出し、少女の魂を引き寄せ、導き、時には嘆かせ、蹂躪《じゅうりん》したのではないか。

誠はそんなことを、呟いた。

そうなのかもしれない。あるいは、そうではないのかもしれない。

その誠はある時、会話の途中で唐突に、「大学進学を目指したい」と、ぽつりと打ち明けた。「ああ、そうしろ」とだけ、久作は言った。

若い人間はいつしか巣立つものだ。誠も巣立ちの時を迎えたのだ。

久作は、砂礫に埋め尽くされた渓流の跡を、ゆっくりと歩きはじめた。

半月ほど前、土石流跡を登りつめた大学関係者が、そこここに人骨を見つけたと久作は聞いている。

今回の災害の犠牲者のものではない。もっとずっと昔のものだ。

それらは砂礫に粉砕されてしまったであろう、残りのものを考え合わせると、実に夥《おびただ》しい数にのぼると伝えられている。発見された人骨は鑑定中とのことだが、久作には磯崎が話していた、「失われた墓地」のものだろうという確信があった。

土石流の直接のきっかけとなった漆沢の堰堤《えんてい》、あの付近に眠っていたものか。

それとも、渓を流下する間に土砂が暴いたものか。

今となっては、もちろん誰も知る由はない。

あの堰堤を発見したのが、自分だったことを思い出し、久作は因縁めいたものを感じた。

堰堤を眼にした時から、あるいはあの淵《ふち》で、化け物じみた白いイワナを釣りあげた時から、悲劇ははじまっていたのだろうか。少女の出現と、山の天変地異には、関係があったのだろうか。

それもまた、知ることなど到底かなわない、深い謎だった。

たしかに自分たちは、ほかの誰よりも〝事実〟には近づいたのだろうが、〝真相〟そのものを知り得たわけではないし、まして何かを解決できたわけでもない。

結局、人間には推し量れない何かの意志が、働いていたとしか、久作には言えない。

久作は、吊り橋の残骸が散《つ》っている箇所で足を止めた。

一時間当たりの雨量が百四十五ミリ、土石流先端部の流下速度は時速三十キロメートル、崩壊土砂の量は、五億立方メートル以上……。専門家が計測し、あるいは推測したそれらの数字を久作は何度も聞かされていた。

しかし、そんな数字よりも、眼の前に頽《くずお》れているかつての吊り橋と、吊り橋を無残な姿にしたと思われる、見あげるばかりの巨礫が、この地で起きたことの異様さを久作に生々しく教えていた。

久作は魅入られるように岩を撫《な》で擦《さす》り、周囲を歩いた。間違いなく、山小屋で自分が寝起きしていた部屋よりも大きい。こんなものを造作なく運んできたのだから、過日の土石流がいかに凄《すさ》まじかったかがわかる。

岩を見あげながら、しかし、久作は、ある種の感動に打ち震えてもいた。

山は何という力を秘めているのだろう。

たとえそれが崩壊に向かう力だとしても、だ。

同じ力がいつかは、再生に向けられることだってあるに違いない。人間が邪魔さえしなければ。

近くに人声を聞き、久作はそちらの方に眼をやった。久作が辿《たど》ってきたその同じ道を、ヘルメットを被《かぶ》った一団が登ってくる。数人の男たちに混じって、年老いた女性がふたりいた。調査や作業のためのグループではないことは、明白だった。老婦人のうちのひとりは、胸元に花束を抱えている。手向けの花であろうことは、察しがついた。一団と眼で会釈し合った久作に、花を持っていない方の婦人が声をかけた。

「あの……」

「はい」

「間違っていたら申し訳ございません」と、彼女は慇懃《いんぎん》に言った。

「もしや、久作小屋の田沼さんでは」

「そうですが」

「やっぱり」

老婦人は眼鏡の奥で、眩《まぶ》しげに眼を細めた。

「何となくそんな気がいたしました」

「失礼ですが、あなたは」

「磯崎要《かなめ》の家内でございます」

「磯崎さんの……」

「生前は、主人が大変お世話になりまして」

深々と腰を折った磯崎夫人が再び顔をあげた時、そこには少女のようにも見える笑みがこぼれていた。

「主人からはしょっちゅう、田沼さんのことを聞かされました。あの人の憧《あこが》れの方に、ようやくお逢いできましたわ。これもあの人の、引き合わせですかね」

「憧《あこが》れなどと……とんでもない」

久作は戸惑った。たおやかで上品な女性に対処することに、彼は慣れていなかった。

「私の方こそ、磯崎さんにはいろいろな思い出をいただきました」

「田沼さんにそう言っていただくと、きっと主人も浮かばれるでしょう」と、磯崎夫人。

「今日は主人が亡くなった場所を見ておきたくて、参りました。一刻も早くきたかったのですが、何ですか、まだ地盤が危ないというので、なかなか周りの人が許してくれませんで」

「そうでしたか」

「結局、あの人は生きている間には、私をここへ連れてきてはくれませんでしたから、とても有名な場所なのに、梓平にくるのは初めてですのよ」

「梓平がもっと美しかった時に見ておいていただきたかった」

久作は、言った。そして、ふと思いついて、襟を正した。

「これは失礼。ちゃんとお悔やみも申しあげなくて。お葬式のことも人づてに聞いてはいたのですが、私の方も病院に入っていたりしていて、とうとううかがえませんでした」

「いえいえ。葬儀なんて、あれは生きている者の見栄《みえ》でやるものですから、どうかお気になさらずに。第一、肝心の主人の遺体だってなかったんですからね。主人が眠《ねむ》っているのは、間違いなくこの梓平ですよ」

「……」

「田沼さんこそ、お躰《からだ》の方は？」

「もうすっかり」

「それは何よりです」

「それにしても、惜しい方を亡くしました」

「仕方がないことです」

なぜか磯崎夫人は笑った。愛らしいと言ってもよい表情で。そのくせ矍鑠《かくしゃく》とした風情には、奇妙な迫力が感じられる。

「主人は大往生ですよ。それに、ようやく楽になったでしょう」

「楽に？」

「いろいろな意味で」

磯崎夫人はそれから、自分の娘と、その夫で磯崎の後継者でもある男を、久作に紹介した。磯崎の娘はどうかすると母親よりも老けて見え、平凡な顔立ちは携えた花の艶《あで》やかさに埋もれてしまうようだったが、湛《たた》えた柔和な表情は、老いてなお精力的な母親と、堅実そうな夫の庇護《ひご》の下、慎ましい幸せを想像させた。

磯崎夫人は、梓平の復興には磯崎グループが総力をあげて取り組む旨を言い、「何か私どもに、お手伝いできることはありませんか」と、久作に訊《たず》ねた。

「いいえ、大丈夫です」

「田沼さん、山小屋はおつづけになるんでしょうね」

磯崎夫人の問いに、久作は思わず苦笑を洩《も》らした。ここ二ヶ月間、いったい何人の人間に同じことを訊《き》かれただろう。そもそも最初にその質問を発したのは、磯崎だった。誠も街の喫茶店で初めて逢《あ》った時、開口一番、こう言ったのだ。

「親爺《おやじ》さん、まさか山小屋を畳むなんてことはないよね」、と。

以来、街で逢う旧《ふる》い知り合いや山男たちは、判で押したように同じことを訊く。こんな老いぼれを、そして、あんなおんぼろ小屋を気遣い、惜しんでくれる人間がたくさんいることを知り、久作は素直にありがたいことだと思った。

「どうかなさって？」

磯崎夫人が、久作の笑いを訝《いぶか》った。

「いや、失礼。山小屋はつづけるつもりです」

「よかった」

心底ほっとしたように、磯崎夫人は頷《うなず》いた。

「お困りのことがあったら何なりとご相談ください」

「ひとつだけお願いしてよろしいですか」

「何でしょう」

「ここに慰霊碑を建てたいと思っているのです」

「慰霊碑？」

「はい。磯崎さんもそうですし、ほかにも大勢の人々がこの山に瞑っています」

山男たちだけではない。あの少女も、そして彼女と同じ民族《なかま》も山の土に還《かえ》っていった。

「彼らの安息のためにぜひ造りたい。大袈裟《おおげさ》なものではなく、この山に似つかわしいものをと考えています。私は人前で旗を振ることが得意とは言えませんが、有志から寄付を募るために、いずれちゃんとした手立てを整えたいと思っています。その時は、ご協力いただけませんか」

「喜んで」

磯崎夫人は言い、しばらく眩《まぶ》しそうに久作を見ていた。そして、別れの挨拶《あいさつ》をした。

「それでは、今日はこれで失礼します。またお逢いしましょう」

磯崎夫人の一団はまだ上流を目指すらしく、久作を残して立ち去った。

かなりの高齢のはずなのに、磯崎夫人は周囲の男たちに負けない健脚ぶりだ。

久作はとても太刀打ちできない相手を見送るように、小さくなる磯崎夫人の背中を凝視した。

あの女性は知っている。

少なくとも浅野という男の、死の真相は。

たしかにそうであったとしても不思議はない。たとえ磯崎自身が口を噤《つぐ》んでいたとて、我が子を見舞った不幸のことを鑑《かんが》みれば、浅野の死に某《なにがし》かの想像を巡らせることは、むしろ当然の成り行きだ。

しかし、磯崎夫人という女性は、それを黙殺することができた。

磯崎が人生という長い時間を費やしてもとうとう風化させることができなかったできごとを、彼女は逞《たくま》しく血肉に取り込み、ともすれば挫《くじ》けそうになる夫を陰に日向《ひなた》に支えてきたのではないか。忌まわしい秘密を握り締め、自分の墓場まで持ち込むのだという凄《すさ》まじい決意で生きてきたのではないか。あるいは、類《たぐ》い稀《まれ》な忘却の術を心得ていたか。

もちろん久作とて、磯崎の告白を他言するつもりは金輪際ないが、同じ秘密でもあの女性と自分とでは、持つ重みがまるで違っている。

久作は畏怖《いふ》するように頸《くび》を振り、「凄《すご》い女性《ひと》だ。あの女性なら、この山にも負けないか」と独りごちた。

と、その時、久作の視界の先、川が流れていた時には対岸に位置していた場所の繁みからチョウの群れが翔《と》び立った。

呆《あき》れるほどの数だった。久作は身構え、周囲にさっと眼を配った。

しかし、異臭も漂ってこなければ、少女の姿もない。

ほっと胸を撫《な》でおろし、怯《おび》えの染みついた自分を笑った。

チョウの乱舞は、今は干あがってひび割れた湖底をあらわにしている、かつての湖の方角に向かっていた。

傾きかけた午後の陽射しを弾《はじ》き、チョウの舞いは黄金色の川となった。

完

本書は二〇一三年二月に
小社より単行本として刊行されました。

シャッター・マウンテン

北林《きたばやし》一光《いっこう》

平成27年 2月25日　初版発行
令和6年 5月30日　5版発行

発行者●山下直久

発行●株式会社KADOKAWA
〒102-8177　東京都千代田区富士見2-13-3
電話　0570-002-301（ナビダイヤル）

角川文庫 19017

印刷所●株式会社KADOKAWA
製本所●株式会社KADOKAWA

表紙画●和田三造

●お問い合わせ
https://www.kadokawa.co.jp/（「お問い合わせ」へお進みください）
※内容によっては、お答えできない場合があります。
※サポートは日本国内のみとさせていただきます。
※Japanese text only

ISBN978-4-04-101763-0　C0193

角川文庫発刊に際して

角川源義

第二次世界大戦の敗北は、軍事力の敗北であった以上に、私たちの若い文化力の敗退であった。私たちの文化が戦争に対して如何に無力であり、単なるあだ花に過ぎなかったかを、私たちは身を以て体験し痛感した。西洋近代文化の摂取にとって、明治以後八十年の歳月は決して短かすぎたとは言えない。にもかかわらず、近代文化の伝統を確立し、自由な批判と柔軟な良識に富む文化層として自らを形成することに私たちは失敗して来た。そしてこれは、各層への文化の普及滲透を任務とする出版人の責任でもあった。

一九四五年以来、私たちは再び振出しに戻り、第一歩から踏み出すことを余儀なくされた。これは大きな不幸ではあるが、反面、これまでの混沌・未熟・歪曲の中にあった我が国の文化に秩序と確たる基礎を齎らすためには絶好の機会でもある。角川書店は、このような祖国の文化的危機にあたり、微力をも顧みず再建の礎石たるべき抱負と決意とをもって出発したが、ここに創立以来の念願を果すべく角川文庫を発刊する。これまで刊行されたあらゆる全集叢書文庫類の長所と短所とを検討し、古今東西の不朽の典籍を、良心的編集のもとに、廉価に、そして書架にふさわしい美本として、多くのひとびとに提供しようとする。しかし私たちは徒らに百科全書的な知識のジレッタントを作ることを目的とせず、あくまで祖国の文化に秩序と再建への道を示し、この文庫を角川書店の栄ある事業として、今後永久に継続発展せしめ、学芸と教養との殿堂として大成せんことを期したい。多くの読書子の愛情ある忠言と支持とによって、この希望と抱負とを完遂せしめられんことを願う。

一九四九年五月三日

角川文庫ベストセラー

角川文庫ベストセラー

百年の迷宮
霧の夜の戦慄　赤川次郎

十六歳の綾はスイスの寄宿学校に留学することになった。その初日、目を覚ました綾は、切り裂きジャックに怯える一八八八年のロンドンで「アン」という名で暮らしていた！〈百年の迷宮〉シリーズ第一弾。

壁抜け男の謎　有栖川有栖

犯人当て小説から近未来小説、敬愛する作家へのオマージュから本格パズラー、そして官能的な物語まで。有栖川有栖の魅力を余すところなく満載した傑作短編集。

赤い月、廃駅の上に　有栖川有栖

廃線跡、捨てられた駅舎。赤い月の夜、異形のモノたちが動き出す——。鉄道は、私たちを目的地に運ぶだけでなく、異界を垣間見せ、連れ去っていく。震えるほど恐ろしく、時にじんわり心に沁みる著者初の怪談集！

最後の記憶　綾辻行人

脳の病を患い、ほとんどすべての記憶を失いつつある母・千鶴。彼女に残されたのは、幼い頃に経験したというすさまじい恐怖の記憶だけだった。死に瀕した彼女を今なお苦しめる、「最後の記憶」の正体とは？

霧越邸殺人事件〈完全改訂版〉(上)(下)　綾辻行人

信州の山中に建つ謎の洋館「霧越邸」。訪れた劇団「暗色天幕」の一行を迎える怪しい住人たち。邸内で発生する不可思議な現象の数々…。閉ざされた〝吹雪の山荘〟でやがて、美しき連続殺人劇の幕が上がる！

角川文庫ベストセラー

GOTH 夜の章・僕の章　乙一連続殺人犯の日記帳を拾った森野夜は、未発見の死体を見物に行こうと「僕」を誘う……人間の残酷な面を覗きたがる者〈GOTH〉を描き本格ミステリ大賞に輝いた乙一の出世作。「夜」を巡る短篇3作を収録。

失はれる物語　乙一事故で全身不随となり、触覚以外の感覚を失った私。ピアニストである妻は私の腕を鍵盤代わりに「演奏」を続ける。絶望の果てに私が下した選択とは？　珠玉6作品に加え「ボクの賢いパンツくん」を初収録。

長い腕　川崎草志東京近郊のゲーム制作会社で起こった転落死亡事故と、四国の田舎町で発生した女子中学生による猟銃射殺事件。一見無関係に思えた二つの事件には、驚くべき共通点が隠されていた……。

青の炎　貴志祐介秀一は湘南の高校に通う17歳。女手一つで家計を担う母と素直で明るい妹の三人暮らし。その平和な生活を乱す闖入者がいた。警察も法律も及ばず話し合いも成立しない相手を秀一は自ら殺害することを決意する。

硝子のハンマー　貴志祐介日曜の昼下がり、株式上場を目前に、出社を余儀なくされた介護会社の役員たち。厳重なセキュリティ網を破り、自室で社長は撲殺された。凶器は？　殺害方法は？　推理作家協会賞に輝く本格ミステリ。

角川文庫ベストセラー

狐火の家　貴志祐介

築百年は経つ古い日本家屋で発生した殺人事件。現場は完全な密室状態。防犯コンサルタント・榎本と弁護士・純子のコンビは、この密室トリックを解くことができるか!? 計4編を収録した密室ミステリの傑作。

鍵のかかった部屋　貴志祐介

防犯コンサルタント（本職は泥棒?）・榎本と弁護士・純子のコンビが、4つの超絶密室トリックに挑む。表題作ほか「佇む男」「歪んだ箱」「密室劇場」を収録。防犯探偵・榎本シリーズ、第3弾。

散りしかたみに　近藤史恵

歌舞伎座での公演中、芝居とは無関係の部分で必ず桜の花びらが散る。誰が、何のために、どうやってこの花びらを降らせているのか? 一枚の花びらから、梨園の中で隠されてきた哀しい事実が明らかになる――。

ダークルーム　近藤史恵

立ちはだかる現実に絶望し、窮地に立たされた人間たちが取った異常な行動とは。日常に潜む狂気と、明かされる驚愕の真相。ベストセラー『サクリファイス』の著者が厳選して贈る、8つのミステリ集。

ミスティー・レイン　柴田よしき

恋に破れ仕事も失った茉莉緒は若手俳優の雨森海と出会い、彼が所属する芸能プロダクションへ再就職することに。だが、そのさなか殺人事件が発生。彼女は嫌疑をかけられた海を守るために真相を追うが……。

角川文庫ベストセラー

聖なる黒夜（上）（下）　柴田よしき

広域暴力団の大幹部が殺された。容疑者の一人は美しき男妾あがりの男……それが十年ぶりに麻生の前に現れた山内の姿だった。事件を追う麻生は次第に暗い闇へと堕ちていく。圧倒的支持を受ける究極の魂の物語。

わくらば日記　朱川湊人

私の姉さまには不思議な力がありました。その力は、ある時は人を救いもしましたが、姉さまの命を縮めてしまったのやもしれません。少女の不思議な力が浮かび上がらせる人間模様を、やるせなく描く昭和事件簿。

わくらば追慕抄　朱川湊人

鈴音とワッコ姉妹の前に現れた謎の女・御堂吹雪は、鈴音と同じ能力を悪用して他人の秘密を暴き、恐喝の種にしている。その憎しみに満ちたまなざしに秘められた理由とは？　優しくて哀しいシリーズ第2弾。

夢のカルテ　高野和明　阪上仁志

毎夜の悪夢に苦しめられている麻生刑事は、来生夢衣というカウンセラーと出会う。やがて麻生は夢衣に特殊な力があることを知る。彼女は他人の夢の中に入ることができるのだ――。感動の連作ミステリ。

グレイヴディッガー　高野和明

八神俊彦は自らの生き方を改めるため、骨髄ドナーとなり白血病患者の命を救おうとしていた。だが、都内で連続猟奇殺人が発生。事件に巻き込まれた八神は患者を救うため、命がけの逃走を開始する――。

角川文庫ベストセラー

ジェノサイド(上)(下)　高野和明

イラクで戦うアメリカ人傭兵と日本で薬学を専攻する大学院生。二人の運命が交錯する時、全世界を舞台にした大冒険の幕が開く。アメリカの情報機関が察知した人類絶滅の危機とは何か。世界水準の超弩級小説！

緩やかな反転　新津きよみ

最後に覚えているのは、訪問者を玄関に招じ入れたこと。次に気付いたとき、亜紀子は野球のバットを握り、床に倒れた自分を見下ろしていた。入れかわった二人の女性の人生を描きだすサスペンスミステリ。

トライアングル　新津きよみ

郷田亮二は駆け出しの刑事。小学生の頃に同級生・佐智絵が殺され、その事件が時効を迎えたのをきっかけに、刑事の道を歩む決意をした。しかし二十年の時を経て、死んだはずの佐智絵が亮二の前に現れて……。

ダブル・イニシャル　新津きよみ

左手首を持ち去られる猟奇的な方法で殺害された安藤亜衣理。彼女に続きI・I、KKとイニシャルが連続する女性ばかりを狙った連続殺人事件が起きる。幸せな結婚を脅かす犯人の狙いに迫るサスペンスミステリ。

魔欲　山田宗樹

広告代理店に勤める佐東は、プレゼンを繰り返す忙しい日々の中、自分の中に抑えきれない自殺衝動が生まれていることに気づく。無意識かつ執拗に死を意識する自分に恐怖を感じ、精神科を訪れるが、そこでは⁉